マイフェアレディも楽じゃない

登場人物紹介
リジオン
グランティーヌ伯爵家と親交のある
アルジェード侯爵家の次男。二十五歳。
王国騎士団でも凄腕の騎士。
ジェシカの護衛兼教育係となる。
ジェシカ
グランティーヌ伯爵の孫娘。十八歳。
庶民として育つも、両親の死によって
父の実家の伯爵家に引き取られる。
祖父亡きあと、跡継ぎに指名される。
明るく素直な少女。

国王
リジオンらの主君。
巧みな手腕で
国を安定に導く賢王。
無類の女好き。
ユーリー
アルジェード侯爵家の嫡男で、
リジオンの兄。
王宮で法務次官を務め、
亡き伯爵よりジェシカの
後見役を頼まれる。
ベリンダ
ジェシカの伯母。
カーティス子爵夫人。
贅沢好きの
嫌味な女性。
エリック
ベリンダの息子で、
ジェシカの従兄。
気弱で母親に
頭が上がらない。

第一章　淑女教育の始まり

——馬車の車輪が回るガラガラという音が異様に大きくなっている。

それに気づいたジェシカ・フォン・グランティーヌは、うつむけていた顔を上げた。

窓の外を見ると、屋敷に戻るはずの馬車が深い森の中を疾走《しっそう》していた。

驚きに息を呑んだジェシカは、視界を覆《おお》っていたヴェールを脱ぎ捨てる。その拍子《ひょうし》に、まとめていた薄茶色の髪がふわりと揺れた。

「ど、どうして……。なんでこんなことになってるの？」

ジェシカは急いで御者台に通じる小窓を開ける。

「あの！　どうしてこんなところを走って……ッ」

だが小窓は外からぴしゃりと閉められた。明らかな拒絶に、ジェシカは思わず首をすくめてしまう。

馬車はガタガタと絶え間なく揺れ、バランスを崩しそうになった彼女はとっさに窓枠にしがみつく。自分の身になにが起きているのかまるでわからなくて、ジェシカは湧き上がる恐怖に白い頬を引き攣《つ》らせるのだった。

飾り気のない黒いワンピースにリボンを合わせたジェシカは、葬儀の帰りだった。

弔《とむら》われたのは彼女の祖父で、この辺り一帯を治める領主グランティーヌ伯爵である。

つい最近まで、ジェシカは自分が伯爵の孫娘であることを知らずに暮らしていた。

というのも、グランティーヌ伯爵の嫡男であった父が、庶民である母と駆け落ちしたことで勘当されたためだ。以来、父は貴族の生まれであることを隠して生きていたらしい。

憶測であるのは、祖父の使いが自分を迎えにきたとき、両親はすでに馬車の事故でこの世のひとではなくなっていたからだ。

『すまなかったな、ジェシカ。わたしがもっと早く二人と和解していれば、こんな悲しみの中でおまえと会うこともなかったであろうに……』

祖父はそう言って涙を流しながら、ジェシカをしっかり抱きしめてくれた。

祖父の抱擁《ほうよう》は、たった一人残されて塞ぎ込んでいたジェシカの心を温かくしてくれた。

そして彼女は、新たに家族となった祖父のもとで暮らすことになった。それが今から二年前のことである。

だがその祖父も病で亡くなり、再び一人取り残されたジェシカは、葬儀のあいだずっと失意の底に沈んでいた。おかげでこんな見知らぬ場所にくるまで、異常に気づけなかったのだが。

馬車はスピードを上げ、どんどん森の奥へ入っていく。

（どうしよう。このまま乗っていても絶対いいことはない気がする。……いっそ飛び降りる？　う

うん、このスピードじゃ大怪我をして終わりよ）

だがこのまま乗車し続けるのも明らかに危険だ。どうすれば……！

そのとき、馬車の速度が徐々に落ち始め、やがて完全に停車した。

ジェシカは馬車の外に逃げようとする。だが外からすぐ扉が開いて、御者の大きな手に腕を強く掴《つか》まれた。ジェシカはとっさに扉の手すりにしがみついて抵抗する。

「やめて、離してよッ！」

「ええい、おとなしくしろ！」

力ずくで外に引きずり出され、乱暴に後ろ手を取られる。ジェシカは痛みにうめきながらキッと御者を睨《にら》みつけた。

「なにをするの！　わたしをいったいどうするつもり⁉」

「心配するな。ちょっとおれたちときてもらうだけだ」

その言葉は御者ではなく、少し離れたところに待ち構えていた二人の男たちから返ってきた。

ぎょっとしたジェシカは、男たちの様相を見て一気に血の気が引く。

筋骨隆々《きんこつりゅうりゅう》であちこちに傷痕《きずあと》が見て取れる、明らかに堅気《かたぎ》ではない雰囲気の男たちだ。

彼らのうしろには長旅ができそうなほど大きな幌《ほろ》馬車が停まっていて、ジェシカは「こいつらについていったらまずい！」と本能的に感じた。

「はなっ、離して……！　離してよ！　やめて！」

「依頼は先に伝えた通りだ。この娘を自力では戻ってこられない場所まで連れて行ってくれ」

「わかってるよ。残りの報酬、期待してるぜ」

暴れるジェシカを易々《やすやす》と押さえ込んだ御者に、ならず者という表現がぴったりの男たちが答える。

それを聞く限り、どうやら前々からジェシカを連れ去る計画があったらしい。

(いったい誰が？　どうしてわたしを……)

だが驚いている暇はない。とにかくここから逃げなければ！

「離して！　誰か！　誰か助けて――ッ！」

「こんな森の奥で叫んだって誰もきやしない……、ぐあっ!?」

ニヤニヤしながらジェシカの腕を掴《つか》んだ男が、次の瞬間うめき声を発して身体をくの字に折った。

ジェシカの目に、男の野太い腕に突き刺さった短剣が映る。

銀色の刃《やいば》と飛び散る血に息を呑んだ直後、ダラララッ！　と馬の蹄《ひづめ》の音が聞こえてきた。

「伏せろッ！」

蹄《ひづめ》の音とともに飛んできた声に、ジェシカは反射的に従う。頭を抱えてしゃがみ込んだ瞬間、頭上をブンッと風が吹き抜けた。

「うわあああッ！」

「てめっ、なにしやがる……、ぅぎゃああ！」

ガツン、ドゴッ――、と辺りに耳障りな音が響き渡る。

目の前にならず者の一人が倒れ込んできて、ジェシカは悲鳴を上げて後ずさった。

すると彼女の視界を遮《さえぎ》るように、黒いマントがバサッと音を立てて翻《ひるがえ》る。

いつの間にか、一人の青年が彼女を護るように目の前に立っていた。

（いったい誰――？　どこかの騎士？）

彼が剣を提《さ》げているのが見えて、ジェシカはとっさにそう思った。

見知らぬ騎士はかすかに身を沈めて剣を抜き放つと、残りの二人に素早く飛び込んでいく。

御者の男は悲鳴を上げて逃げ出したが、もう一人のならず者は「野郎！」と口汚く罵《ののし》りながら短剣を構えた。

だが騎士と一、二度打ち合っただけで、ならず者の短剣が宙を舞う。次の瞬間には、男はあっけなく打ち倒されていた。

騎士はそのまま逃げた御者へ突進し、跳び蹴りを食らわせて逃走を阻止する。

それは驚くほどあっという間の出来事だった。

（……た、助かった、の？）

地面にへたり込んだジェシカは、黒ずくめの騎士が御者を引きずってこちらへ戻ってくるのを呆然と見つめた。

彼は気を失った御者を倒れたならず者たちのところに放り投げ、パンパンと手を叩くと、ジェシカに向かって声をかけてくる。

「グランティーヌ伯爵の孫娘だな？」

そろそろと顔を上げたジェシカは、騎士が思いがけず若いことに驚かされた。

同時に、こちらを見つめる藍色の瞳は射貫くような鋭さで、ついひるんでしまう。

ジェシカは必死に自分を奮い立たせて、逆に問いかけた。

「そ、そういうあなたは誰ですかっ？」

……声が上擦《うわず》ってしまうのは、なんとも情けなかったけれども。

騎士はその問いには答えず、膝をついてジェシカと視線を合わせると、おもむろに彼女の顎《あご》を持ち上げた。

「ひっ……、な、なにっ？」

突然の無礼に恐怖が募《つの》る。しかし騎士は淡々と事務的に尋ねてきた。

「怪我はないな？」

「お、おかげさまで……っ」

「ならいい」

そのまま間近から見つめられ、居心地の悪さといたたまれなさに、ジェシカは冷や汗を流した。

(いったい、なんなの——？)

自分は助かったのだろうか、それともこの男からも逃げたほうがいいのだろうか。混乱するジェシカの前で、騎士がふっと柔らかく微笑んだ。

一瞬にしてぴんと張り詰めた空気が和《なご》む。驚くジェシカに、騎士が小さく呟《つぶや》いた。

「あの頃から多少は成長しているが、まだまだ垢抜《あかぬ》けないな」

「……は……？」

そのとき、ジェシカの背後から「おーい」と、こちらを呼ぶ声が聞こえてきた。

振り返ると、一台の馬車がガタゴトと近づいてくる。

騎士がすっくと立ち上がり、馬車に向かって軽く手を振る。すると、馬車の窓から顔を出していた人物がにっこりと笑って手を振り返してきた。

ジェシカたちの前でぴたりと停まった馬車から、その人物はすぐに下車してくる。

「大丈夫かい？」

彼はへたり込んだままのジェシカに、さりげなく手を差し伸べてくれる。騎士よりはいくらか年上だろう。なんとも柔和な雰囲気の男性だった。

「……どうやらあんまり大丈夫という雰囲気じゃなさそうだね。なにがあったの？」

ジェシカを助け起こしながら、倒れているならず者たちを見つけた男性は騎士に尋ねる。いつの間にか幌《ほろ》馬車から縄を見つけてきた騎士が、男たちを縛り上げつつ、それに答えた。

「彼女を連れ去ろうとしていた。御者も協力的だったから、最初からここで落ち合う計画だったんだろう」

「なるほど。グランティーヌ伯爵が懸念《けねん》していた通りになったということか……。やっぱり護衛は必要みたいだね」

「そのようだ」

騎士と男性は顔を見合わせてうんうんと頷き合っている。

襲われた当事者であるというのに、さっぱり話についていけないジェシカはつい口を挟んだ。

「あの、すみませんが、あなた方はいったい……？」

「おっと失礼。自己紹介がまだだったね」

振り返ったのは、あとからやってきた男性のほうだった。

「初めまして、ジェシカ嬢。僕はユーリー・グレフ・アルジェード。今はヒューイ子爵を名乗っているよ。こっちは王国騎士団に所属している僕の弟で、リジオンというんだ。よろしくね」

「はぁ、どうも……」

名前を聞いても貴族社会に疎《うと》いジェシカには、彼がどのような人物なのかいまいちよくわからない。だが王国騎士団というのは、庶民にも広く知られるこの国最高の軍組織だ。そこに所属している騎士様というなら、信用できるひとたちなのだろうか。

「僕は普段は法務省に勤めているんだ。今日はグランティーヌ伯爵の生前の願いに従い、その遺言を伝えるため、お屋敷へお邪魔するところだったんだよ」

「お祖父《じい》様の遺言?」

ユーリーの思いがけない言葉にジェシカは目を見開く。彼は頷き、懐《ふところ》から懐中時計を取り出した。

「おっと、もうこんな時間だ。ジェシカ嬢、申し訳ないが一緒にきてくれないかな。詳しい説明は移動しながらしていくから」

背に手を添えられ、馬車に乗るよう促《うなが》される。

だがジェシカは素直に頷けなかった。ユーリーは法務省に勤める立派な人物らしいが、本当にそれを鵜呑《うの》みにしてしまっていいのだろうか？

ジェシカの不安が伝わったのか、ならず者どもを縛り終えたリジオンが、「心配するな」と声をかけてきた。

「おれもユーリーも、伯爵には子供の頃から世話になっている。恩ある伯爵の孫娘に妙な真似はしない。王国騎士団の名にかけて誓う」

リジオンはそう言って、胸に刺繍《ししゅう》された記章に拳《こぶし》を当てる。

騎士が自《みずか》らの身分に誓う行為は、とても神聖で厳《おごそ》かなこととされている。破ることは決して許されないだけに、彼が本気でジェシカを安心させようとしていることが伝わってきた。

ジェシカは二人を見ておずおずと頷く。

「急《せ》かしてしまってすまないね。じゃあ、行こうか」

ユーリーの手を借り、彼の馬車に乗り込む。

馬に乗ったリジオンがぴたりと隣につくと、馬車はゆっくりと走り出したのだった。

＊　＊　＊

グランティーヌ伯爵家が治めるリディル領は、アスガール王国の王都から南に下ったところにある穏やかな土地である。平地が多いため、たくさんの種類の野菜や麦が植えられており、領民の大半は農業に従事して慎《つつ》ましく暮らしていた。

伯爵邸はそんな領地のほぼ中央に位置している。

三階建ての瀟洒《しょうしゃ》な建物だが、今は馬車寄せ場に多くの馬車が停まっていた。いずれも伯爵の葬儀に参列した親族たちのものだろう。

ユーリーの手を借り馬車を降りたジェシカは、見慣れた景色にひとまずほっと息をつく。

が、安堵できたのはその一瞬だけだ。すぐに、開け放たれた玄関から女性の金切り声が聞こえてくる。

「まったく、いったい何時間待たせる気なの⁉　あんな小娘など待たずとも、食事なりなんなり用意するべきでしょう！」

ジェシカが玄関ホールに足を踏み入れたとき、伯爵家の家令に詰め寄っていたのは、伯母のベリンダだった。

以前から彼女と折り合いの悪いジェシカは、つい「げっ」と呟《つぶや》いてしまう。

それをしっかり聞きつけたベリンダは、鬼の形相《ぎょうそう》でジェシカのほうを振り返ってきた。

「まぁ！　わたくしたちをこれだけ待たせておいて、よくものこのこと顔を出せたこと！」

彼女の言葉に合わせて、そこに集まっていた他の親族が剣呑《けんのん》な視線を向けてくる。

思わずひるんだジェシカに対し、ベリンダは親族を代表するかのようにフンと鼻を鳴らした。

「いったいどこで寄り道をしてきたのかしら？　ヴェールをしていないどころか、そんなに髪をぼさぼさにして。おまけになにをしたら服がそんなことになるの？」

ジェシカはとっさに、ほこりだらけのスカートを両手で押さえた。

確かに今のジェシカの恰好は、あまり褒《ほ》められたものではない。

ヴェールは自分で取り去ったが、ならず者たちのせいでまとめていた髪は解け、服もあちこち汚れている。こんなことなら、せめて馬車の中で髪くらいは整えておくべきだったと後悔した。

「まったく、忌々《いまいま》しいこと。このまま帰ってこなくてもいっこうに構わなかったのに」

……ベリンダにはこれまでも顔を合わせるたびに嫌みばかり言われてきたから、今さらなにを言われても傷つきはしない。しかし、このときばかりは彼女の言葉を聞き流せなかった。

ならず者と通じていたらしい御者のことが脳裏を過《よぎ》る。

まさか――という思いにジェシカは戦慄《せんりつ》した。

(あのひとたち、伯母さんの命令で動いてたりしないわよね……?)

「――彼女が遅れた理由は、わたしから説明させていただきます。なのでどうかこれ以上、彼女を責めないでやってくれませんか?」

強張《こわば》ったジェシカの肩をぽんと叩いて、それまでずっとうしろに控えていたユーリーがにこやかに親族たちの前に進み出た。

ジェシカを睨《にら》みつけていた親族たちは彼を見た途端に息を呑んで、なぜか一歩後ずさる。

「まっ、まぁ……！　あなた様は、アルジェード侯爵家のご嫡男様!?」

ベリンダもさっと顔色を変えてユーリーを凝視した。

「アルジェード、侯爵家?」

先ほど彼は、子爵を名乗っていると言っていたが、本当は侯爵家の嫡男だった……!?

さすがのジェシカも『侯爵』が貴族の中でも上位に位置するというのは知っている。驚くジェシカの隣で、ユーリーは親族たちに向け軽く一礼した。

「皆様、ご機嫌麗《うるわ》しく。今日は弟も一緒です」

「お、弟君というと、王国騎士団でも名高いリジオン卿……!?」

ベリンダがそう息を呑んだところで、件《くだん》のリジオンが玄関から入ってきた。

「失礼、この家の警備を確認しておりました。遅くなって申し訳ない」

ともすれば兄のユーリーより堂々とした態度で、リジオンは軽く目礼した。

黙り込んだ親族たちを見て、この兄弟が貴族社会では有名人であることを、ジェシカはようやく認識する。どうやら自分はすごいひとたちに助けてもらったらしい。

「ど、どうしてお二人がこちらに……。それに、リジオン卿は国境にいらっしゃったのでは？」

「ちょうど長期休暇中です」

リジオンがさらっと答える。その横で、ユーリーがぐるりと周囲を見回して家令に尋ねた。

「どこか全員が集まれる場所があるといいのだけど？」

「それでしたら、食堂がよろしいかと……」

ユーリーの目が逸《そ》れるなり、それまで蛇に睨《にら》まれた蛙《かえる》状態だった親族たちが、一斉に鋭い視線をジェシカに向けてきた。

（いや、わたしを睨《にら》まれても困るのだけど）

ジェシカが口元を引き攣《つ》らせると、うしろからくいっと腕を引かれた。驚いて振り返ると、いつの間にかリジオンがそばにいて、彼女の手を自分の腕にかけさせる。

「では皆さん、行きましょうか」

親族たちににこりと微笑みかけ、リジオンはスマートな仕草でジェシカをエスコートしていく。

顔を上げると、リジオンの藍色の瞳とバッチリ目が合ってどきりとした。

今さらながらに、彼の容姿が整っていることに気づかされる。恰好こそ黒ずくめで恐ろしいが、黒い髪が縁取る顔はすっきりと男らしく、それでいて息を呑むほど秀麗だった。

「あ、あのっ、別にエスコートしていただかなくても、一人で歩けますから……!」

「遠慮しなくていい。おれがしたくてしていることだ。それとも針の筵《むしろ》の中、一人でいるほうがいいのか？」

「うっ……」

うしろの親族たちからは、相変わらず非友好的な視線がビシビシ向けられている。

「……エスコートを、お願いします」

彼の腕に添えた手にきゅっと力を込めると、リジオンがくすりと笑った気配がした。


「——さて、全員そろいましたね」

食堂に集まった人々は、それぞれ長テーブルについた。

上座である暖炉に近い席にユーリーがつき、そのすぐ隣にジェシカ、さらに隣にリジオンが座る。

重々しい空気の中で、ユーリーは手にしていた鞄《かばん》から書類を取り出した。

「こちらが、グランティーヌ伯爵が生前に遺《のこ》された遺言状です。伯爵の意向により、古くから家同士の付き合いがあり、なおかつ法務次官を務めるわたしが遺言状を預かることになりました」

親族たちはなにも言わず書類を見つめている。異様な雰囲気にジェシカは唾を呑んだ。

「それでは、読み上げさせていただきます。——『わたし、グランティーヌ伯爵家十八代当主ザウバッハは、伯爵家の跡継ぎとして、孫娘のジェシカ・フォン・グランティーヌを指名する。爵位、および財産はジェシカの夫となる者が受け継ぐこと。ジェシカが夫を迎えるまでは、アルジェード侯爵家嫡男、ユーリー・ヒューイ子爵を後見人として指名する』、以上」

「はい……？」

——『伯爵家の跡継ぎとして、孫娘のジェシカ・フォン・グランティーヌを指名する』

予想外の遺言状の内容に、思わずジェシカはあんぐりと口を開けた。

(わたしが……、伯爵家の跡継ぎ……!?)

なにかの間違いではないだろうか？

だが、そう思ったのはジェシカだけではなかったらしい。

しんと静まった広間は、次の瞬間、蜂の巣を突《つつ》いたような騒ぎになった。

「——じょ、冗談じゃないわ！　こんな平民上がりの小娘に、この名門伯爵家を継がせるなんて!!　お父様はいったいなにを考えていらっしゃるの!?」

その中でもベリンダの甲高い声はよく響いた。これまで以上に険悪なまなざしで睨《にら》みつけられ、さしものジェシカもびくついてしまう。

だが、騒然とする親族たちに対し、ユーリーは平然とした態度で口を開いた。

「育ちがどうあれ、ジェシカ嬢は間違いなくグランティーヌ伯爵のご長男、アラン様のご息女です。

アラン様は正式な手順を踏み、ジェシカ嬢の母君と結婚しています。そのときの教会に連絡し、二人の婚姻誓書《こんいんせいしょ》を確認済みです。また、当時暮らしていた町の人々や、出産に立ち会った産婆《さんば》に確認し、ジェシカ嬢が間違いなくお二人のお子であることも証明されています」

いったいいつの間にそんな調査をしたのか。ただただ驚くジェシカだが、ユーリーは穏やかな物腰で淡々と話を進めていく。

「この遺言状は国の法に則《のっと》り正式な手順で作成されたものですので、どんな事情があろうと内容が覆《くつがえ》ることはありません。よって、こちらにいらっしゃるジェシカ嬢が、グランティーヌ伯爵家の正当な跡継ぎになります。彼女が婿を取るまでは、わたしが後見人としてしっかり支えていくことをここにお約束いたしましょう」

「し、しかし、血筋がいくら正しかろうが、育ちが卑《いや》しいことに変わりはありません！」

ベリンダが引き攣《つ》った声で反論してきた。

「こんな娘が伯爵家の者として社交界に出ていったら、いい笑いものです。伯爵家だけでなく、我々親族まで恥をかくことになりますわ！」

他の親族たちも同調するように深く頷いている。

その散々な言われ方に、ジェシカはなんだかムカムカしてきた。突然の話に混乱しているとはいえ、一方的に『育ちが卑《いや》しい』と見下されれば、怒りも湧いてくるというものだ。

すると、それまでずっと黙っていたリジオンが不意に口を開いた。

「それでは、ジェシカ嬢がどこに出しても恥ずかしくない立派なレディになれば、跡継ぎを名乗っても問題ないということでよろしいですか？」

「なっ……」

親族たちが大きく息を呑んだ。そんな中、ベリンダの近くに座っていた壮年の男が声を上げる。

「ちょ、ちょっと待ってください」

男はやや荒い動作で席から立ち上がった。

「ベリンダの言う通り、その娘は長らく庶民として育ちました。たとえ教育を受けようとも、生まれながらの貴族令嬢のようにはとうていなり得ないと思います」

きっぱり言い切った男に、リジオンがかすかに目を細めた。

「ほぅ……。貴殿は確か、ラスビーゴ男爵でしたか。鷹狩りの名手と宮廷でも評判の方だ。伯爵の一族の方だったのですね」

ラスビーゴ男爵と呼ばれた男は軽く目を見開く。まさかリジオンが自分を知っているとは思わなかったようだ。

表面上は穏やかな笑みを浮かべながら、その実、鋭い視線で見つめてくるリジオンに、ラスビーゴ男爵はひるむ様子を見せつつ気丈に反論を続けた。

「貴族の令嬢は幼い頃から専属の家庭教師のもとで、礼儀作法を始めとする様々な教養を身につけます。たとえ国一番の教師をつけたとしても、物心ついたときから学んでいる娘と、急ごしらえで仕込まれた娘とでは、明確な差がつくでしょう」

「なるほど。男爵は彼女が立派な淑女になれるはずがないとお考えなのですね」

「まぁ……はっきり言えばそうです」

頷く男爵に向かって、リジオンはなぜか不敵に笑った。

「逆に言えば、彼女が伯爵家を継ぐにふさわしい令嬢になれたら、なんの問題もないということですね？」

「えっ……、いや、それはそうだが、この娘に限ってそのようなこと……」

「無理だと思われますか？　本当に？」

妙な自信を感じさせるリジオンの言葉に、男爵の眉間に皺《しわ》が寄る。

そこでおもむろにリジオンが居住まいを正した。全員の視線を一身に受けつつ、多少穏やかだった声音《こわね》をがらりと変えて、真剣味を帯びた声で話し始める。

「ジェシカ嬢が伯爵家の跡取りと認められるのは、規定により、三ヶ月後の王宮舞踏会にて国王陛下に拝謁《はいえつ》したあととなります。それまでに、彼女には伯爵家の名にふさわしい令嬢になることはもちろん、わたしの婚約者として、相応の教養を身につけてもらいます」

リジオンの隣でそれを聞いたジェシカは、ぽかんと口を開けた。

（……こんやくしゃ？　このひと今、婚約者って言った？）

親族たちも一様に目を瞠《みは》り、リジオンとジェシカを忙《せわ》しなく見やった。

「こっ、こここ、婚約ですってっ？　あなた様と、そこにいる娘がっ？」

ベリンダが親族を代表するように、ひっくり返った声で確認する。

リジオンは「そうです」と大真面目に頷いた。

「伯爵は大切な孫娘が我が侯爵家の者と結婚し、この家を継ぐことを望んでいました」

途端に親族たちの目の色が変わる。いずれもひどく狼狽《うろた》え衝撃を受けた様子だった。驚きを通り越し呆然としているジェシカの目には、そんな彼らの表情が入ってくることはなかったが。

「兄のユーリーはすでに結婚していますが、幸いわたしはまだ独身です。次男という点で、ジェシカ嬢との縁組みになんら問題はありません。ねぇ、兄上？」

リジオンに話を振られたユーリーは、ちょっと驚いた様子ながら満面の笑みで頷いて見せた。

「ええ、弟の言う通りです。皆様も我が弟の評判は宮廷などでお聞き及びでしょう。伯爵家にとってもこれ以上の縁組みはないかと」

「……それは、まあ、そうですが……」

ベリンダが歯切れの悪い様子でもごもごと呟《つぶや》く。リジオンだけならまだしも、ユーリーまでがこの縁組みを押してくるとなると、反論は難しいようだ。

だがそこに、再びラスビーゴ男爵が口を出してくる。

「せっかくのお申し出ですが……伯爵家の者としては賛同できかねます。庶民出の娘に、侯爵家から婿をもらうなど……ましてそれが国王陛下の覚えもめでたいリジオン卿であるなど、下手《へた》をすれば我々が恥知らずの誇《そし》りを受けかねません」

どうやら男爵は遠回しにこの縁談を断ろうとしているらしい。

（というか、そもそもどうして、わたしが遺言状通りに行動することが当然のように話が進んでいるのよ）

——結婚相手はもちろんだが、伯爵家の跡継ぎなんてわたしには荷が重すぎる！

このまま黙っていてはトントン拍子《びょうし》に話が進んでしまうだろう。そうなっては大変だ。

「あの！　そもそもわたし跡継ぎとか結婚とか考えて——、きゃっ！」

勢いよく立ち上がろうとしたジェシカは、素早く服を引っ張られて椅子に戻された。その張本人であるリジオンは、何事もなかったようににっこりと口を開く。

「男爵の仰《おっしゃ》りたいことはわかりました。要は、ジェシカ嬢が現状、侯爵家の生まれであるわたしにふさわしい淑女でないため、結婚させられない。そういうことですね？」

「えっ……まぁ、そうです……」

「だったら、彼女が文句のつけようもない立派な淑女なら、わたしとの結婚も許可するということですね？」

「いや、ですから。その娘が短期間で淑女になれるわけが——」

「なれますよ。他でもない、このわたしが直々《じきじき》に彼女を指導するのですから」

「はっ……？」

これには親族だけでなく、ジェシカも一緒になって聞き返した。

「リ、リジオン卿が、その娘を躾《しつ》けると？　専属の家庭教師を呼ぶのではなく？」

「今から一流の教師を探すのは時間的に難しいでしょう。ならばわたしが彼女の護衛を兼ねて、そばについて教えるのが一番よい方法かと」

「ちょっとお待ちください。護衛、と仰《おっしゃ》いましたか？　なぜそんなものが必要なのです」

ベリンダが眉をひそめて口を挟んでくる。それには答えたのはリジオンではなくユーリーだった。

「実はわたしたちがここへ着く前、誘拐まがいの事件が起きていたのです。被害者は他でもないジェシカ嬢。彼女は伯爵の葬儀のあと、御者の手引きによって無法者に引き渡されそうになっていたのです」

親族たちがざわっとどよめく。ベリンダも「まぁ、そんなことが」と目を瞠《みは》っていた。

……それがかなり胡散臭《うさんくさ》く見えるのは、ジェシカの思い過ごしだろうか。

「グランティーヌ伯爵家は建国から続く由緒正しい家です。王家の覚えもめでたく、領地も財産も大変に豊かときている。その跡を継ぐのがまだ年若いご令嬢となれば、よからぬことを考える輩《やから》も出てくるだろうと、かねてより伯爵は懸念《けねん》されていました。それが伯爵の死後、早々に現実になったということです」

「ちょうど伯爵邸に向かっていたわたしたちが、ジェシカ嬢の馬車の異変に気づき助けに入ることができました。そうでなければ、今頃彼女は我々の手の届かないところへ連れ去られていたかもしれません」

ユーリーのあとを引き継ぎ、リジオンが硬い声音《こわね》で言う。そこにリジオンの憤《いきどお》りを感じ取った親族たちが、ごくりと唾を呑み込んだ。

「そういった状況からも、ジェシカ嬢にはしっかりとした護衛が必要なのですよ。王国騎士団所属の騎士であるわたしは、その役にうってつけでしょう」

「ご、護衛を任せる騎士や軍人ならば、我が一族にも当てはまる者がおります……」

「ほう？　このわたし以上に、武に優れた者がいるということですか？」

リジオンは冷ややかに問いかける。ちらりと見た彼は相変わらず微笑んでいたけれど、その目はちっとも笑っていなかった。

だいたい、リジオンに敵《かな》う人間なんて国中探してもいないんじゃ……とジェシカは思う。ならず者たちを倒した彼の動きは神がかっていたし、自信満々にそう言えるだけの強さがあるのは、きっと間違いないだろう。

（……でもちょっと強引というか、横暴な気がするけど！）

未だ服を引っ張られたままのジェシカは、椅子から立ち上がることもできずきつく唇を噛みしめる。これで自分がまたなにか言おうものなら、今度は脇腹でもつねられそうだ。

誰もが口を閉ざし、部屋に重苦しい空気が漂《ただよ》う。

それを振り払ったのは、ユーリーの明るい声だった。

「わたしとしては、三ヶ月後の王宮舞踏会に向けて、リジオンを護衛兼教師として伯爵家に滞在させ、ジェシカ嬢を立派な淑女に教育してもらうつもりです。亡き伯爵の意向に添い、二人が婚約するなら、お互いを知るためにもそばにいるのは悪くないと思いますしね」

「いや、ですが、やはり我々は、たかだか三ヶ月程度でその娘がどうにかなるとは思えません」

ラスビーゴ男爵がしつこく食い下がる。それに対し、ユーリーは「わかりますよ」という面持《おもも》ちで頷いて見せた。

「では、こういうのはどうでしょう。どのみち護衛は必要なので、リジオンが護衛兼教師としてジェシカ嬢の教育を担《にな》う——これは彼女の後見役としての決定事項です。弟が言った通り、今から一流の教師を探すのは難しいですし、外部の人間がこの邸に頻繁《ひんぱん》に出入りするのも、警備の関係から避けたいですしね」

物言いたそうな親族たちをぴしゃりと牽制《けんせい》し、ユーリーはきはきと続けた。

「その上で、もしジェシカ嬢があなた方の納得する成果を出せなかった場合は、弟との縁談を破棄し皆様が選出した方と結婚させる……ということでいかがでしょう？」

「いや、ですからわたしは結婚とか考えてない……痛い痛い痛い！」

たまらず声を上げたジェシカの脇腹を、リジオンは本当につねってきた。おまけに「おまえはちょっと黙っていろ」と低い声で脅され、ジェシカは為《な》す術《すべ》もなく口を閉じる。

親族たちは考えるようにうなり声を漏らしたが、やがてラスビーゴ男爵が低い声で問いかけてきた。

「リジオン卿、本気でその娘を教育なさるおつもりですか？」

「そういう男爵こそ、先ほどからわたしがこの家に入ることをずいぶん渋っておられる。もしや男爵は、伯爵家の婿としてわたしがふさわしくないとお考えなのですか？」

「いえ、決してそのようなことはっ！」

さすがに不興は買いたくないのだろう。男爵は慌てて否定した。

「ですが、伯爵家のこととなれば、我々も黙っているわけにはいかないのです。ヒューイ子爵がご提案された通り、こちらも急ぎその娘の婿候補を用意いたします。詳しい話はまたそのときに」

「わかりました」

リジオンは望むところだとばかりに微笑んだ。

だが、ジェシカとしてはまったくもって納得できない。これまでの話はすべて自分に関わること
なのに、本人の意思が綺麗に無視されている！

脇腹をつねられながらも、ジェシカは必死に隣のリジオンへ訴えかけた。

（無理！　無理です！　親族たちの言葉に従うのは腹立たしいけれど、自分が三ヶ月やそこらで立
派な淑女になれるとはとうてい思えない！）

ジェシカの声にならない声に気づいているだろうに、リジオンは涼しげな顔でそれを無視した。

「では、わたしと彼女は先に退席させていただきます。彼女も祖父を亡くしたばかりで気落ちして
いるでしょうから、このあとはそっとしておいてあげてください」

暗に『誰もこいつに近寄るな』と釘を刺したリジオンは、ジェシカの腕をぐいっと引っ張った。

突然のことに足をもつれさせながら、ジェシカは彼に腕を引かれるまま食堂を出る。

どんどん歩いて行くリジオンの背に、ジェシカはたまらず声を上げた。

「ちょ、ちょっと待って、離して」

だが、リジオンの足が止まることはなく、結局私室が連なる三階まで引っ張ってこられてしまう。

「よし。ここなら親族どもも追いかけてこないだろう」

人気《ひとけ》のない廊下に入り込んだところで、ようやく手が離される。慌てて身体を引いたジェシカは、
キッとリジオンを睨《にら》みつけた。

「もうっ、いきなり腕を掴《つか》まないでよ。痛いじゃない！　さっきだって、ひとの脇腹を思い切りつねって。痕《あと》になったらどうしてくれるのよっ」

「どれくらい力を入れれば痕《あと》になるかくらい心得ているさ。そもそもコルセットをしていないおまえが悪い。年頃なんだからきちんとした下着を身につけろ」

「ちゃ、ちゃんと胸当て付きのシュミーズを着ているわよ！　というか、あなたが婚約者ってどういうこと？　それに淑女教育とか……そもそも、わたしはこの家を継ぐ気なんてないわ。腹が立つけど、あのひとたちの言う通り、庶民育ちのわたしに伯爵家の跡継ぎなんて無理よ……！」

食堂で言えなかった言葉を、ジェシカはここぞとばかりに吐き出した。

ベリンダの言葉ではないが、ジェシカは庶民育ちだ。父は貴族だったかもしれないが、母はどこにでもいる町娘で薬師として働いていた。

だから祖父が不治の病に倒れたとき、その最期を看取ったら、自分は伯爵家を出て母のような薬師となり、どこかに店を構えて薬を売って暮らそうと考えていたのだ。

それが、数百年の歴史と広大な領地を持つ伯爵家の跡継ぎに指名されるなんて！

伯爵邸で過ごしたこの二年間で、ジェシカは祖父がどんな人物か少なからず理解している。重い病気を抱えてもなお賢く寛大で、領主にふさわしい広い視野を持ったひとだった。

だからこそ、庶民出の自分を跡継ぎに指名した祖父の考えがわからない。

だが困惑するジェシカの隣で、リジオンは「そんなに驚くことか？」と首を傾《かし》げた。

「貴族というのはたいてい長男に家を継がせるものだ。おまえの親父さんは駆け落ちで家を離れたとはいえ、伯爵家の嫡男。本来なら親父さんが継ぐはずだった爵位が、次の代に巡《めぐ》ってきただけの話だろう？」

「そんなこと言われても……！」

貴族のあいだでは常識でも、ジェシカにとっては簡単に領けるものではない。

戸惑って視線を彷徨《さまよ》わせていると、不意にリジオンの厳しい声音《こわね》が耳に入ってきた。

「じゃあ、おまえはこの先、この家がどうなってもいいと思うのか？」

「ど、どうなっても、って？」

急に態度を変えたリジオンに、ジェシカはびくりと肩を揺らした。

「おまえが跡継ぎの権利を放棄した場合、次にこの家を継ぐのは誰になると思う？」

「誰って、言われても……」

「おそらく、あのベリンダとかいううるさいおばさんになるだろうな。あのおばさん、おまえの親父さんの姉だろう？」

ジェシカはおずおずと頷く。

集まった親族のほとんどは初めて見る顔だったが、ベリンダは祖父が生きていた頃からよく屋敷を訪れていたため、顔を合わせる機会も多かった。

父に姉がいたとは知らなかったので、初めて伯母と名乗られたときは心が躍《おど》った。

しかし二言三言話しただけで、その喜びはあっけなく霧散《むさん》した。なにしろ初対面から嫌みのオンパレードで、すぐに『二度と会いたくない人物』として記憶したくらいだ。

「直系の親族であるおまえが相続を放棄すれば、その権利は一代さかのぼって、あのおばさんに行く可能性が高い。想像してみろ。あのおばさん、見た目からして相当の派手好きだろう？　葬儀に出向くにしては今日の恰好は豪華すぎる」

ジェシカはベリンダの装《よそお》いを思い出した。言われてみれば確かに、レースやら宝石やらがあちこちについていた気がする。

「そんな女が、この家の爵位と財産を手にしたらどうなる？　いくら庶民育ちといえど、簡単に想像はつくだろう？」

ジェシカは、今度は重々しく頷いた。

同時に、伯母がこの邸を訪れる目的が、たいていお金の無心《むしん》だったことを思い出す。

そのたびに祖父の命《めい》を受けた家令がきっぱり断っていた。だが祖父が亡くなった今、これまでと同じように対応することはできないだろう。

「他の親族も似たり寄ったりって感じだったな。おまえが伯爵家を相続すると聞いた途端、一様に顔色を変えていた。あいつらは隙あらばおまえに取って代わって、この家の財産を食い荒らそうと企《たくら》んでいるはずだ。条件のいいおれではなく、自分たちの用意した婿とおまえを結婚させようというのがいい証拠だ」

「え、どういうこと？」

「奴らの目的はこの家を乗っ取ることだ。遺言がある以上、お前がこの家の跡継ぎであることは絶対に覆《くつがえ》せない。それなら自分たちの息のかかった者を婿入りさせて、そいつを通してこの家を好きにするというのが最善策というわけだ」

「うわっ……」

ジェシカは思わず顔をしかめる。ラスビーゴ男爵がしつこくリジオンに反対していたのは、そういう理由からだったのか。

「そうなったら、この家はあっという間にあのハイエナどもに食い尽くされる。下手《へた》したらおまえにも危険が及ぶぞ」

「えっ！　どうして……!?」

「おまえはこの家の跡継ぎではあるが、実際に爵位を継ぐのは結婚相手だ。つまり結婚さえしてしまえば、もうおまえは用なし。無視されたり蔑《ないがし》ろにされるならまだしも、この家から追い出されたり、最悪、命だって……」

ジェシカはゾッと背筋を震わせた。ならず者どもに連れ去られそうになった恐怖がよみがえる。

――そんな未来は絶対に御免《ごめん》だ！

そこでジェシカはハッと目の前のリジオンを見上げた。

「もっ、もしかしてあなたも、同じようなことを考えていたりしないでしょうね？　わたしと結婚して爵位を継いだら、わたしを……！」

恐怖のあまり、思わずそんなことを口走ってしまう。

壁に背をつけ距離を取るジェシカに、リジオンはあからさまに大きなため息をついた。

「馬鹿。なんでそうなるんだ。すでにおれは金も地位も社会的評価も充分に持っている。逆に欲に目がくらんでおまえをどうにかしようものなら、まず間違いなくユーリーに殺されるだろうよ」

「そ、そうなの……」

あの穏やかなユーリーがそんなことをするとはとうてい思えないが、リジオンの表情はいたって真面目だった。

「とにかくおれは、この家の財産やらなにやらが、ああいう利己主義な奴らに食い尽くされるのは我慢ならない。きっと伯爵だって死んでも死にきれないはずだ。あのひとの公明正大な人柄は、おまえだってよく知っているだろう」

「ええ、それはもちろん」

祖父は気難しいところもあったが基本的に優しく、誰に対しても公平だった。領地で問題が起きれば病を押してても解決のために動いていたし、そのために私財を投じることも厭《いと》わない高潔な精神の持ち主だった。

不意に、祖父の笑顔や乾いた手の温かさを思い出して、ジェシカの瞳に涙が浮かぶ。

忘れかけていた悲しみがどっと胸に押し寄せ、再び家族を亡くしてしまった事実が、孤独とともに重くのしかかってきた。

「……っ、ご、ごめんなさい」

「謝ることじゃないさ。家族を亡くしたら、悲しいのは当たり前だ。……泣いておけ」

ぼろぼろと泣き出したジェシカを咎《とが》めることなく、リジオンは優しくそう言った。

葬儀のとき、こらえきれずにすすり泣いたジェシカを、親族たちは不快そうに顔を歪《ゆが》めて見ていた。そのせいでこれまで祖父のために泣くことができなかったのだ。

リジオンの厚意に甘えて、ジェシカは少しの時間、悲しみに浸《ひた》る。

「う、うぅっ、うー……」

リジオンは紳士らしく横を向いて、ジェシカの泣き顔を見ないでくれている。そうしながらも、じっと隣でジェシカが落ち着くのを待っている様子に、深い感謝の思いが湧いた。

同時に、彼もまた祖父の死を悼《いた》んでくれているのが伝わってきて、心の奥が温かくなる。

形ばかりの悲しみを見せて、葬儀から帰ってくるなり爵位や財産のことで憤《いきどお》る親族たちとは違う。

それだけで、ジェシカは救われた気持ちになった。

——どれくらいそうしていただろうか、リジオンがやがてゆっくり口を開く。

「伯爵がおまえを跡継ぎに指名したのは、直系だからという理由だけじゃなく、おまえならきっとこの家を護ってくれると期待したからだろう。突然のことで戸惑うのもわかる。だが、伯爵の遺言に沿うことが、おまえのできる最後の祖父孝行じゃないかと、おれは思う」

最後の祖父孝行……

そう言われると、相続を放棄してこの家を出ることが、とても無責任で身勝手な行動に思えてくる。祖父の願いならもちろん叶えたい。亡き両親のぶんもたくさん愛情を注《そそ》いでくれた祖父のために、自分ができることがあるなら頑張りたいと思うが……

「……でも実際、わたしがなんの教養もない庶民出の娘であることは変わらないわ。そんなわたしに、この家の跡継ぎが本当に務まるのかしら……？」

ベリンダの言った『育ちの卑《いや》しい』という言葉が思い出され、ジェシカはうつむいて唇を噛む。ずっと薬師になるつもりで専門的な勉強はしてきたが、それ以外となるとさっぱりである。まして伯爵家の跡継ぎなど、完全に未知の領域だ。

祖父に引き取られた二年間は伯爵邸で暮らしていたが、令嬢らしい華やかな生活をするよりも、病に苦しむ祖父のために薬作りばかりしてきた。

悔しいが、親族たちの言う通り、三ヶ月かそこらで自分が立派な淑女になれるとは思えない。

「そこでおれの出番というわけだ。言っただろう？　あいつらを納得させると。ちゃんと貴族のお嬢様らしくなれるように、一からみっちり教えてやる」

沈み込むジェシカに、リジオンが力強い声音《こわね》で言う。ちらりと目を向けると、彼はまっすぐにジェシカを見つめていた。

黒い前髪からのぞく藍色の瞳に射貫かれ、ジェシカは思わず息を呑む。面食いの自覚はなかったが、これほど秀麗な顔に見つめられるとさすがに落ち着かない。

恥ずかしさから慌てて目を逸《そ》らしたジェシカは、内心の動揺を隠して彼に突っかかった。

「ほ、本当にそんなことができるの？　親族たちは絶対無理って言ってたけど」

「舐《な》めるなよ。おれを誰だと思っている」

誰と言われても……

というのが正直な気持ちだったが、あまりに堂々と言い切られてしまい反論する気持ちが失せる。

一方で、なぜ彼がここまでジェシカに協力してくれるのかが気になった。

「そもそも……あなたは、本当にわたしと結婚するつもりなの？　よくわからないけど、あなたは侯爵家の次男で、名の知れた騎士様なんでしょ？　いくらお祖父《じい》様に頼まれたからって、そんな理由で結婚相手を決めちゃっていいの？　それに……」

祖父の顔を思い浮かべながら、ジェシカはじっと疑いのまなざしをリジオンに注《そそ》いだ。

「本当にお祖父《じい》様は、わたしとあなたを結婚させたがっていたの？　わたしは跡継ぎのことはもちろん、結婚についてだって一度も聞かされたことはなかったけれど」

「そうだな。いきなり現れた男に『婚約者だ』って言われたら驚くのも無理はない。――だが、おまえには婚約者の存在が必要だ。それもできるだけ名の知れた奴が」

「どういうこと？」

「伯爵の遺言が明らかになれば、婿の座を狙って、親族だけじゃなく大勢の男たちがおまえに近づこうとしてくるはずだ。もちろんおまえの相続する伯爵家の諸々《もろもろ》が目当てでな。だがすでに婚約者がいるとなれば、強引な誘いは断ることができる。逆に本気でおまえと一緒になりたいという奴は、たとえ婚約者がいても真面目に求婚してくるだろう」

前者はともかく、後者は果たしているのかなぁとジェシカは首を傾《かし》げる。だが説明するリジオンは真剣な面持《おもも》ちだった。

「どのみちおまえは、いずれ婿を取って結婚しないといけないんだ。それなら、おれをそばに置いておくのは悪いことじゃないだろう？」

「でも……財産目当てで寄ってくるひとを牽制《けんせい》するのが目的なら、親族が用意するひとでもいいんじゃないの？　そりゃ、そのひとにこの家を乗っ取られたり、殺されたりするのはいやだけど……」

「伯爵家を好きにしようとしている連中だぞ？　まともな人間を用意するはずがない。操《あやつ》られていることにも気づかない頭の悪い奴に決まっている。年も、おまえよりずっと上とかな」

「うっ。そ、それは……かなり、いやなんだけど」

ジェシカにだって年頃の娘らしく、結婚に対する夢はある。完璧な貴公子とまでは言わないが、せめて人並みの容姿で、年齢差も十歳以内であってほしいと思っていた。

「だろう？　だから身内が紹介する男は一番に除外しておけ。その点、おれはさほどおまえと年も離れていないし、侯爵家の出で王国騎士団に所属する腕利きだ。顔も悪くないと思うが？」

確かに、かすかに首を傾《かし》げて微笑む姿は、思わず見惚《みと》れてしまうくらい魅力的だった。

「でも……、あなたは本当にそれでいいの？　もし跡継ぎのわたしと結婚することになったら、あなたはこの家を護っていかなきゃならないんでしょう。それってものすごい重責を背負うことになると思うんだけど……」

言いながら、その責任は彼だけでなく自分も負うことになるのだと再確認して、戸惑いと不安が膨れ上がる。だが上目遣いでうかがうジェシカに、リジオンはしっかり頷いて見せた。

「いいに決まっている。だからここにきたんだよ。それにおまえは、あのグランティーヌ伯爵が跡継ぎに指名した娘だ。おまえを信じた伯爵の目を、おれは信じている」

揺るぎない声音《こわね》でそう断言され、ジェシカは思わず弱気な言葉を紡《つむ》ぎそうになる口を閉じる。

まっすぐ自分を見つめるリジオンの瞳を見ていると、「できない」、「無理」、といった言葉を吐き出すのは躊躇《ためら》われた。

かといって不安がなくなるわけではない。いくら彼が教育係を務めてくれるといっても、自分が本当に淑女になれるかどうかもわからないのだ。

だがここでジェシカが無理と言ってしまえば、親族たちの思うつぼになってしまう。

——そんなことにはしたくない。

祖父や、祖父が護ってきたもののために、ジェシカができることが跡継ぎになることだというのなら、自分は迷うことなく遺言を受け入れるべきだ。

大丈夫、リジオンが協力してくれる。ユーリーだって。自分はたった一人で残されたわけではないのだ。きっとなんとかなる——いや、してみせる！

（お祖父様《じい》のために、家のために、わたしはわたしができることをするだけよ……！）

そう決意したジェシカは、リジオンの藍色の瞳をまっすぐ見つめ返した。

「跡継ぎどころか、淑女らしくなれるかもさっぱりわからないけど、精一杯頑張るわ。だから、お力添えをお願いします」

リジオンに向かって、ジェシカはしっかりと頭を下げた。

「いい心意気だ。大丈夫、明日からみっちり教えてやるから、大船に乗ったつもりでいろ」

「はい！　よろしくお願いしますっ」

「こちらこそよろしく、婚約者殿」

リジオンの中では、ジェシカが淑女になることは確定しているらしい。

すっと彼の手が差し出されたのを見て、ジェシカは目をぱちくりさせた。

(ああ、よろしくって意味の握手ね)

得心がいった彼女は、なにも考えず彼の手を握る。

するとリジオンは、わずかに身を屈《かが》めてジェシカの手を自身の口元へ持っていった。そして、白く滑《なめ》らかな甲にちゅっと唇を落としてくる。

「……っ!?」

ジェシカはびっくりして、反射的に手を引っ込めた。

「なっ、ななな、なにをするのっ?」

「なにって、挨拶《あいさつ》だろ? 貴族のあいだじゃ、男が女にする挨拶《あいさつ》は手の甲へのキスが普通だ」

「そ、そうなの」

なんて心臓に悪い挨拶《あいさつ》だ。未だばくばくする心臓に手をやり、ジェシカは大きく息を吐き出した。

「手にキスをされたくらいでそんなに驚くとは。……これは、淑女教育の内容をちょっと考える必要があるな」

「へ?」

「外に出した瞬間、速攻で食べられそうで危なっかしい」

――食べられる?

意味がわからず首を傾《かし》げるジェシカに、リジオンはやれやれと首を振った。そうして、おもむろに距離を詰めてくる。

「え？　ちょ、ちょっと……」

「つまり、こういうことだ」

そう言うなり、ぐいっと腰を引き寄せられる。突然のことに文句を言おうとしたジェシカの口が、リジオンのそれに塞がれた。

「んっ⁉　んん、ンぅ――！」

混乱のあまり変な声が出る。だが、それはぴったり合わさった唇のせいで、くぐもったうめき声にしかならない。

若葉色の瞳を大きく見開いて、ジェシカはリジオンの藍色の瞳を見つめた。

男のひとなのに、信じられないほどびっしりと睫《まつげ》が生えている。さらさらの前髪のあいだからじっと見つめられると、否応《いやおう》なく心拍数が上がってなにも考えられなくなってきた。

（って、惚《ほう》けてる場合じゃない！　く、くちがっ、くちびるがっ、重なって――⁉）

温かくて柔らかな初めての感触に、ジェシカはどうしていいかわからずただただ混乱する。

あまりのことに硬直しているジェシカに構わず、リジオンは角度を変えて何度か唇を押しつけたあと、おもむろに深く侵入してきた。

悲鳴の形に開いたままだったジェシカの口内に、ぬるりと肉厚の舌が入り込んでくる。

（――ッ⁉）

他人の舌に歯列や頬の内側を舐《な》められる感触に、ジェシカは危うく卒倒しそうになった。

ジェシカにとっては永遠にも等しい時間、彼女の口腔《こうこう》内を堪能したリジオンは、顔を上げるなり

「うーん」と悩ましげな顔をする。

「……たったこれだけで、こんなふうになるんだからなぁ」

すっかり放心状態に陥《おちい》っていたジェシカは、その台詞《せりふ》にハッと我に返った。

「なっ、どっ、どういう、こと……、というか、今の、キッ、キキキ……」

「キスだけど？　いずれ結婚するんだから、したって問題ないだろう」

（大ありなんですけど――ッ⁉）

まだ正式に婚約が決まったわけでもないのに、いきなりなにをしてくれたのだ、この男は――！

（そ、それも、初めての……！　わたしにとってはファーストキスだったのにぃぃぃッ！）

密かに抱いていた乙女の夢ががらがらと音を立てて崩れていく。まさか初めてのキスが、こんな一方的に、おまけに舌まで入れられて奪われるなんて……！

だがジェシカはその思いを言葉にすることはできなかった。あまりの衝撃に口をぱくぱくさせるのが精一杯で、リジオンに支えられていなければその場にへたり込みそうになっていたからだ。

そんな彼女を見下ろし、リジオンはふっと笑う。

「どこの馬の骨とも知れない奴にこういうことをされないためにも、これからいろんな勉強をしていかないとな」

――いろんな勉強ってなに⁉　あなたがするのは淑女教育じゃなかったの⁉

ジェシカの心の声が聞こえているのか、リジオンはしごく楽しそうな面持《おもも》ちで宣言した。

「せいぜい覚悟しておけよ。明日からビシバシいく。表向きのことも、そうじゃないこともな」

「ひぃっ！」

耳元に顔を寄せ男らしい低い声でそう宣言されたジェシカは、情けなく悲鳴を上げる。

「まだ早いが、今日はこのまま休め。いろいろあって疲れただろう。食事は部屋に運ぶように家令に伝えておく」

まるでこの屋敷の主《あるじ》のような態度で言うと、ようやくリジオンはジェシカから身体を離した。

「じゃ、お休み」

片手をひらひら振ってリジオンは階段へ向かう。

その姿が完全に見えなくなっても、ジェシカはしばらくその場を動くことができなかった。

＊　＊　＊

翌日の朝。ジェシカは晴れやかな天気とは正反対のげっそりとした面持《おもも》ちで、食堂に下りていった。

燦々《さんさん》と日の入る広々とした食堂に、昨日のすさんだ空気は残っていない。長テーブルの一角では、ユーリーとリジオンが優雅にコーヒーを飲んでいた。

「おはよう、ジェシカ」

こちらに気づいた二人がにこやかに挨拶《あいさつ》してくる。ユーリーはともかく、リジオンが何事もなかったような笑みを浮かべているのは、なんとも腹立たしかった。

（こっちはあなたのおかげで寝不足だっていうのに……）

リジオンにきつい視線を送りながら、ジェシカは促《うなが》されるまま近くの席に腰かける。

給仕がすぐに動いて、三人の前にできたての朝食を並べた。

カリカリに焼いたベーコンに、黄身がとろりと零《こぼ》れる卵。新鮮な野菜を使ったサラダに、じっくり煮込んだスープ。籠《かご》にはパンが山盛りに盛られ、搾《しぼ》りたてのジュースまであった。

食欲をそそる匂いに、ジェシカのお腹がぐぅっと空腹を訴えてくる。

昨夜は、リジオンのキスと意味深な言葉を思い出し、赤くなったり青くなったりして一夜を過ごした。運ばれてきた夕食もほとんど食べられなかったので、今になってお腹が空いてきたのだ。

「冷めないうちにいただこうか。難しい話は美味《おい》しい食事には合わないからね」

赤くなったジェシカにくすりと笑って、ユーリーはそう声をかけてくる。

その言葉に深く頷き、いそいそとナプキンを広げたジェシカは、さっそく搾《しぼ》りたてのジュースに手を伸ばした。爽《さわ》やかな香りとともに、喉を通り過ぎる冷たさに寝不足の頭がシャキッとしてくる。

空腹も手伝い、ジェシカはあっという間に朝食を平らげた。

リジオンとユーリーもそれぞれ食べ終え、食後のお茶を待つ。そのあいだ、ナプキンで口元を拭《ぬぐ》ったユーリーがゆっくり口を開いた。

「――さて、あらかた食べ終わったところで今後の話をするよ。まず昨日の親族たちについてだが、彼らのほうで用意する君の婚約者候補は、二週間後にこちらに顔を出すそうだ。そのときに、君がリジオンにふさわしい淑女かどうかを試すための試験内容を告げるらしい」

試験内容。穏やかじゃない言葉に、ジェシカは淹《い》れ立ての紅茶に噎《む》せそうになった。

「まさかその場で試験を始める、なんてことはないよな？」

リジオンの言葉に、ユーリーはしっかり頷く。

「そこはちゃんと釘を刺しておいたよ。王宮舞踏会までは三ヶ月ある。となれば試験はその直前で構わないだろう、とね。それで悪いけれど、僕はこれから王宮に出向かないといけない。グランティーヌ伯爵の遺言について、陛下に報告する義務があるんだ」

そう言って、ユーリーはナプキンをテーブルの上に置いた。

「そうですか……。あの、よろしくお願いします」

ジェシカは居住まいを正し、ユーリーに深く頭を下げる。ユーリーは「気にしないで。これも後見人の仕事だから」と言いながら、ジェシカに好意的な視線を向けた。

「ただ、他にもいろいろな事務作業があって、約束の二週間後には戻ってこられないと思う。リジオンがいるから大丈夫だと思うけれど、もし無礼なことをされたり言われたりしたらすぐに連絡してね。その場合はどんなことをしても飛んで帰ってくるから」

「ありがとうございます」

ジェシカは再び頭を下げる。その横で、リジオンは少し厳しい顔つきでユーリーを見やった。

「道中、気をつけてくれ。できれば兄さんも王宮まで護衛をつけたほうがいい」

「大丈夫だよ。……と言いたいところだけど、ジェシカ嬢の誘拐未遂もあったことだしね。ここは君の言う通りにしようか」

神妙に答えるユーリーに、リジオンは頷いた。

「護衛にはおれの部下を使ってくれ。ついでだから、護衛たちを紹介しておくか」

リジオンが手を叩くと、奥に控えていた家令が姿を見せる。家令はリジオンの指示を受けると、足早に食堂を出て行った。

いつの間に護衛など呼び寄せたのか。ジェシカが驚いているあいだに、扉が開いて数人の男たちが食堂に入ってくる。彼らはいずれも、リジオンと同じ王国騎士団の騎士装束《しょうぞく》を身につけていた。

「おれの部下たちだ。この四人のほかにも控えが三人いて、交代で屋敷の警護に当たる。王宮舞踏会を無事に乗り切るまで、ここに世話になるからよろしく頼む」

「は、はいっ。こちらこそ、よろしくお願いします……！」

「よし。下がっていいぞ」

リジオンが指示すると、全員がピシッと敬礼して食堂を出て行く。統制の取れた動きに、ジェシカはぽかんと見入ってしまった。同時に当たり前のように命令を下すリジオンが、とても偉いひとに見えてくる。思わずまじまじとリジオンを見やると、彼は「どうした？」と首を傾《かし》げた。

「あ、ううん。なんでもないです」

「一応紹介はしたが、あいつらのことは特に気にしなくていい。普段の生活で姿を見ることはほとんどないだろうから」

「はぁ……」

そうは言われても……という心境だったが、言ったところでなにが変わるわけでもないので、ジェシカはおとなしく口をつぐんだ。

「さて、それでは僕は出発するよ。ジェシカ、三ヶ月で親族を納得させる淑女になるのは大変だと思うけど、頑張るんだよ。君自身のためにもね」

「は、はい！　ユーリーさんもお気をつけて」

「ありがとう。それじゃ、またね」

メイドが持ってきた上着に袖を通すと、ユーリーは片手を上げて食堂から出ていった。

「さて。腹も膨れたし、おれたちもさっそく始めるか」

食後のコーヒーを飲み干したリジオンが立ち上がる。

ジェシカも急いで紅茶を飲み、彼のあとに続いて食堂を出た。

彼が教室に選んだのは、屋敷の南向きの一室だった。私的な音楽会やお茶会を開いたりするために用いる部屋らしく、部屋の隅にはピアノやハープが置かれている。

部屋の中央には文机《ふづくえ》と椅子、何冊かの本が運び込まれており、ジェシカはひとまず椅子に座るよう促《うなが》された。

「まずは簡単な筆記問題をする。読み書きはできると聞いているが、羽ペンを使ったことは？」

「は、羽ペンなんて高価なもの、さわったこともないわ」

文机《ふづくえ》に用意されている何本もの羽ペンにジェシカは怖じ気《おけ》づく。

これまで薬の調合でメモを取るときなどは、石版にチョークか黒炭を使っていた。さらに言うなら紙になにかを書いた経験も少ない。

リジオンはあきれることもなく、事務的に頷いた。

「ものは試しだ。まずは使ってみろ。こういうのは毎日使って慣れていくしかない」

「ええっ。いきなりそんなこと言われても」

首を振るジェシカに、リジオンはずいっと顔を近づけてきた。

「ほーう、口答えする気か？　文句があるならまたキス――」

「やります、すぐにやります！」

ジェシカは慌てて羽ペンを取る。また昨日のようなキスをされてはたまらない。

慎重にインク壺にペン先を浸《ひた》すジェシカを見て、リジオンは「それでいいんだ」とばかりにニヤリと笑って見せた。


「……歴史問題は壊滅的だが、字は綺麗だし、文章や文法の捉《とら》え方は的確だ。計算も問題なし。これなら座学に関してはさほど苦労せずに進めそうだな」

慣れない羽ペンの扱いに四苦八苦しながら、ジェシカはなんとか筆記問題を終えた。

早々にぐったりする彼女の横で、採点を終えたリジオンは満足そうに笑う。全問正解とはいかなかったが、及第点には達したようだ。

「あと座学で必要なのは、言語学だな。隣国のシャーガとは、ここ百年近く友好的な関係が続いている。王侯貴族のあいだじゃシャーガから嫁をもらったり、嫁いだりすることが多いから、この国の言葉を話せるようになるのは必須だ」

「わたし、シャーガの言葉なら話せるわよ。簡単な読み書きも問題ないわ」

「本当か？」

驚いた顔でこちらを見たリジオンに、ジェシカも机に突っ伏していた顔を上げて頷いた。

「わたし、ここにくる前はシャーガと、その隣のドップス国に近い辺境に住んでいたの。薬師だった母の薬を求めて商人や旅人がよく立ち寄っていたから、彼らの言葉は自然と覚えたのよ」

「じゃあ試しにシャーガ語で話してみろ。今日の天気は？」

窓の外を見やり、ジェシカはにっこり微笑んだ。

『朝からとってもいいお天気よ。このあたりは一年を通して晴れの日が多いけれど、今日は格段と綺麗な青空ね』

「完璧だな」

藍色の瞳を瞠《みは》って、リジオンは感心した様子で頷いた。

「頭のできも悪くないし、思っていたより大丈夫そうだ。食事の姿勢も食べ方も、そこまで悪くなかったし。まあ、カトラリーの使い方はもう少しどうにかする必要がありそうだが」

「えっ。いつの間に食事の姿勢なんて見ていたの？」

「朝食の席から授業は始まっていたんだよ」

驚くジェシカに、リジオンはさらっと告げてきた。

「知識はともかく、無意識の立ち居振る舞いは育った環境がもろに出る。……おまえの両親は、おまえをどこに出しても恥ずかしくない娘に育てたんだな」

不意にそんなことを言われて、ジェシカは戸惑う。

すでに亡くなった両親を思いがけない形で褒《ほ》められ、胸がくすぐったかった。

「カトラリーの使い方は食事の時間に叩き込むとして……。座学は歴史と言葉遣い、それと王宮の人間関係を重点的にやっていくか。他にも本を用意するから、暇なときに読んでおくこと。それと羽ペンの使い方と詩学を兼ねて、毎日この本のここからここまでを書き取るように」

「はい!?」

リジオンが持った本の『ここからここまで』を見たジェシカは、思わず目を剥《む》いた。軽く五十ページはありそうだが……それを毎日書き取れと!?

「まっ、今日のところは勘弁してやるよ。これ以上インクで手を汚されるのも体裁が悪いからな。これから来客があるし」

「来客？　誰？」

「そろそろくる時間だが……お、ちょうどきたようだな」

リジオンが窓の外をのぞくのと、馬車が停まる音が聞こえたのはほぼ同時だった。

「今日、このあとの時間は、淑女らしい立ち居振る舞いを学んでもらう」

「淑女らしい立ち居振る舞い？」

ジェシカは首を傾《かし》げる。そこで部屋の扉がノックされ、外から家令が声をかけてきた。

「仕立て屋が到着いたしました。こちらにお通ししてもよろしいでしょうか？」

「え、仕立て屋？」

目をぱちくりさせるジェシカの横で、リジオンが「ああ」と返事をする。

「今のおまえにもっとも必要なものは、ドレスだ」

「ドレス？　どうして？」

きょとんとするジェシカに、リジオンはもっともらしく頷いた。

「マナーを学ぶにしても、ドレスを着てなきゃ意味がないからな」

彼の言葉にジェシカはますます首を傾《かし》げる。そうこうするうち、仕立て屋とお針子が入室してきた。彼らと一緒にたくさんの荷物も部屋に運び込まれる。

「お初にお目にかかります、お嬢様。ではさっそく採寸させていただきます」

リジオンが退室するなり、ジェシカはあっという間に下着姿にされ、わけもわからぬまま身体のあちこちの寸法を取られた。

それが終わるとすべての下着を剥《は》ぎ取られる。そして運び入れられた荷物から代わりのコルセットをあてがわれた。

ジェシカのこれまでの恰好は、下着は胸当て付きのシュミーズにドロワーズ、その上に動きやすいワンピースというものだった。

そのため初めて身に着けたコルセットの息苦しさに、早くも音《ね》を上げそうになる。

コルセットだけではない。ジェシカはあれよあれよという間に全身着替えさせられた。

驚くほどたっぷり襞《ひだ》を取った豪華なドレスは、想像以上に重たい上にかなりかさばる。

先の尖った華奢《きゃしゃ》なハイヒールは足が痛いし、宝石のついた髪飾りはとにかく重たかった。

「う、う、動けない……！」

「動くんだよ。貴族の娘はその恰好で歩いたり食事したり歌を歌ったりするんだ。ちなみに舞踏会ではこれよりもっと豪華で派手なドレスを着るし、宝石も今の倍はつけることになる」

いつの間にか戻ってきていたリジオンが、ジェシカの泣き言を切って捨てる。

「無理無理無理無理！　今でさえ動けないいくらい苦しいのに！」

「な？　ドレスが必要だって言った意味がわかっただろう？　おまえはこれからワンピースを着るのは禁止だ。レッスンは必ずドレスを着て受ける。いいな？」

「無理――ッ！」

ジェシカは涙目になって叫ぶが、リジオンは容赦なかった。

「無理じゃない。さっそく授業再開だ」

にっこりと綺麗な笑みを浮かべながら、有無《うむ》を言わせぬ気配を漂《ただよ》わせるリジオンに、ジェシカは声を詰まらせた。

彼の笑顔を恐ろしく感じるのは、果たして気のせいであろうか？

答えを知るのは、そのあとすぐのことだった。


――リジオンのレッスンは、いわゆるスパルタ式だった。

「そこ、また前屈《かが》みになってるぞ！　胸は少し反らして顎《あご》を軽く引く。何度言ったらわかるんだ！」

部屋の中に、張りのある厳しい声が響く。

「裾の持ち上げ方はそうじゃない！　足を引くタイミングが遅い！　お辞儀は腰から折ってするものだろうが！　首だけ動かして済まそうとするんじゃない！」

次から次へと、リジオンの注意は息を継ぐ間もなく飛んできた。

「あくびをするな、くしゃみもするな、あからさまにため息をつくな！　そういうときこそ手に持った扇を広げて顔を隠す……って扇を取り落とすんじゃない！」

こんな調子で、美しく調《ととの》えられたサロン中に、リジオンの怒声は絶え間なく響き続けた。

ドレスを着こなすどころか、完全に着られているジェシカは、裾を持って歩くだけでも一苦労だった。一歩一歩慎重に足を出せば姿勢が悪いと注意され、頑張って胸を反らせば躓《つまず》いて転びそうになる。お辞儀をすればこれでもかとダメ出しの嵐。

慣れないハイヒールを履いて立っているだけでも、かなりの苦行だというのに……！

必死にレッスンについていこうとしたジェシカだが、次第にイライラが抑えられなくなってくる。

気づけば彼女は負けじと大声で反論していた。

「こんなに踵《かかと》の高い靴を履いてたら誰だって前屈《かが》みにもなるわよ！　ハイヒールを履いたこともないくせに無茶ばっかり言わないで！」

一度不満が口を突いてしまうと、淑女らしくない言葉がポンポン飛び出てきた。

「腰を折れって簡単に言うけど、これだけコルセットをきつく締められたら不可能だっていうの！どれだけ苦しいかわかってて言ってるわけ⁉」

相手の言葉にまったく遠慮がないせいか、レッスンを受けるジェシカの言葉もどんどん喧嘩腰に

なっていく。

「休む間もなくガミガミ言われたらため息のひとつくらいつきたくなるってもんでしょ！　あなたの指導法にも問題があるんじゃないの――ッ!?」

おかげで日が暮れる頃にはいろんな意味でぐったりと疲れ切り、文字通り指一本動かせなくなってしまった。そのため少しの休憩を挟んだが、夕食ではカトラリーの使い方について再びガミガミ言われて、ちっとも食べた気にならなかった。

そうして一日を終え、自室に戻ったジェシカは心からほーっと安堵の息をつく。

「無理……。これが毎日続くとか、冗談抜きで死んじゃうかもしれない」

寝台に倒れ込んだジェシカは、薄い夜着姿だ。

ドレスと一緒にクローゼットに入れられた真新しい一着だが、さすがに締めつけは見当たらない。それどころか極上の絹仕立てで、うっとりするほど肌ざわりのいい品だ。

最高の夜着を纏《まと》って洗い立ての敷布の上を転がると、とても安らいだ気分になる。

前日の寝不足と今日の疲れもあって、早くもうとうとし始めたところに、部屋の扉がコンコンとノックされた。

「誰？　あとはもう寝るだけだから、休んでもらって大丈夫よ」

「あいにくこっちは用があるんでね。入るぞ」

てっきり身支度を手伝ってくれたメイドだと思っていたジェシカは、返ってきた答えに仰天した。止める間もなく扉が開いて、リジオンがずかずかと部屋に入ってくる。

「なっ、ななな！　なにしにきたのよ!?」

夜着一枚の身体を抱きしめ、ジェシカは顔を真っ赤にして叫ぶ。

リジオンはというと、悪びれた様子もなく肩をすくめた。

「マッサージ。一日中立ちっぱなしで、足がパンパンだろう？　明日のレッスンのためにも、今日のうちにきちんとほぐしておかないとな」

割とまともなことを言われ、ジェシカはつい頷いてしまいそうになる。

だがすでに遅い時間である上、自分が男性と話せる恰好でないこと、さらにここが寝室であることを思い出し、断固拒否の姿勢を取った。

「け、結構よ！　そんなの必要ないから出ていって！」

「今の言葉遣いじゃとてもその気にならないな。本当に追い出したいなら、もっと淑女らしく丁寧な言葉で言ってみろ」

「無茶言わないで――！　一日やそこらで淑女らしくなれるわけないじゃない!?」

ジェシカのもっともな主張もリジオンは聞く気がないらしい。脇に抱えていた盥《たらい》を長椅子のそばに置き、タオルを広げてさっさと支度を調《ととの》えてしまった。

「ほら、こっちにこいよ。やっておいたほうが絶対にいいから」

「い・や・です！」

手探りでガウンを引き寄せ、急いで夜着の上に羽織りながらジェシカはプイッとそっぽを向く。

その子供じみた仕草に、リジオンは小さく噴き出した。

「笑わないでよ！」

「こ、これが笑わずにいられるか。淑女どころか、まるで子供じゃないか」

確かにその通りであるだけに、ジェシカはたちまち真っ赤になった。

「早くこっちにこいよ。それともおれがそっちまで迎えに行くか、お嬢様？」

「……変なこと、しないでしょうね？」

昨日のキスを思い出し、ジェシカは警戒心を剥《む》き出しにして確認する。

リジオンは再び肩をすくめた。

「しないよ。本当にマッサージをしにきただけだ」

「前科があるだけに、信じられないんだけど」

「……昨日は、いきなりキスして悪かった。初心《うぶ》なおまえが可愛らしくて、ちょっとからかってやりたくなったんだ」

可愛らしいと言われて悪い気はしないが、からかわれたのだと思うと、やはり許すことができない。大事なファーストキスだっただけに、なおさらだ。

「どうせわたしは、田舎《いなか》育ちの垢抜《あかぬ》けない娘ですよ。侯爵家育ちの騎士様にとっては、乙女の純情を弄《もてあそ》んだところで、なんとも思わないんでしょうけどね？」

「……弄《もてあそ》ぶっていうのは聞き捨てならないな。おれは本当に、おまえのことを可愛いと思ったからキスしたんだぞ？」

不意に低い声音《こわね》で言われ、そっぽを向いていたジェシカは驚いた。ちらりと視線をやると、やけに真面目な顔をしたリジオンがこちらをじっと見つめている。

「それに、今日一日あれだけ容赦なく注意したのに、おまえはめげることなくしっかりついてきた。なんだかんだ言いつつ、覚えも早いし努力しようとしている。教えるほうとしては、初日からやりがいを感じていたところだ」

そんなことを言われたジェシカは、思わず目を白黒させる。一日中怒鳴られてばかりで、彼が自分を評価しているようにはとうてい思えなかっただけに、かなり意外だった。

「だからこそ、明日も万全の状態でレッスンができるように、こうしてマッサージをしにきたんだ。昨日のことは謝る。だからおまえも、こっちにきて座ってくれ」

目の前の長椅子をぽんぽん叩いて、リジオンは優しくジェシカを促《うなが》してきた。

……そういう態度を取られると、意地を張っている自分が本当に子供っぽく思えてしまう。

なにも言えなくなったジェシカは、唇を尖らせながらしぶしぶ寝台を下りた。素足のまま、ぺたぺたとリジオンに歩み寄る。

「いい子だ」

優しくそう言ってくるリジオンに、今さらながら恥ずかしくなった。

ジェシカが長椅子に座ると、リジオンは盥《たらい》に張られた湯の中にオイルを数滴振り入れる。すぐにふわりと花の香りが広がり、知らずほっと息が漏れた。

彼に言われるまま夜着の裾を少し引き上げ、両足を湯につける。指先が温まる感覚にうっとりしていると、手のひらにオイルを広げたリジオンがジェシカの片足をそっと持ち上げた。

足の裏から始まって、足の甲やふくらはぎを大きな手がゆっくり往復していく。男のひとに直接足をさわられるのは恥ずかしかったが、それ以上に気持ちがよくて、ジェシカはほーっと細くため息をついた。

「思ったより張ってないな。それでも今日は普段使わない筋肉を使ったから、入念にほぐしておかないとな」

「ん……。それはどーも」

「しかし、おまえの足――」

不意にジェシカの踵《かかと》を持ち上げたリジオンが真面目な顔になる。気持ちよさにうっとりしかけていたジェシカはにわかに緊張した。

「な、なに？　わたしの足って、なにか変なの？」

「いや、その逆だ。土踏まずがしっかりあって、形のいい健康的な足だなぁと」

なんだ……と脱力したジェシカだが、果たして『健康的』というのが褒《ほ》め言葉なのかどうなのかと考えてしまい、微妙な表情を浮かべてしまった。

「褒《ほ》めているんだよ。貴族の娘は、物心ついたときからハイヒールを履くのがめずらしくないからな。土踏まずがなかったり、左右で足の大きさが違ったりなんてのが普通なんだ。けれどおまえの足はそういう歪《ゆが》みがなくて、いい足だと思ったんだ」

本当に感心したように言われて、ジェシカはどぎまぎしてしまう。

足の形なんて、これまで意識したこともなかった。今日一日散々駄目出しされた身としては、こんなことでもいいと言ってもらえたのはなんだか嬉しい。

だがそれを素直に伝えるのは憚《はばか》られて、ジェシカは再びそっぽを向いた。

「そ、そんなところ褒《ほ》められても、別に嬉しくないし」

するとリジオンはくすりと笑い、マッサージを再開する。

しばらく無言でマッサージを受けるうち、その気持ちよさにとろりと瞼《まぶた》が落ちてきた。

今日の疲れも相まって、ほどなくジェシカは長椅子にもたれたまま船を漕《こ》ぎ始めてしまう。

「……まったく、そういうところが危ういんだよ」

「……んぁ、あ？　っ……？」

それまでとは違う感覚が足先に走り、ジェシカはパチパチと瞬《まばた》きする。

彼女の前に膝をついたリジオンが、ジェシカの片足を高く持ち上げていた。夜着がまくれ上がって、足首どころか膝まで露《あら》わになっている。

その光景にぎょっとしたのも束の間——

つま先にちゅっと口づけられ、ジェシカは声にならない声を上げた。

「ふぇっ!?　えええっ……!?」

さらにリジオンはなんの躊躇《ためら》いもなく、彼女の足の親指をパクリと口に咥《くわ》え込む。ぬるりとした感覚が親指を這《は》い、ジェシカは悲鳴を上げた。

「やっ、な、なっ！　なにして……!?」

「んー？　今日一日、お疲れ様のキス？」

絶対適当に言っている！　思わずそう叫びたくなるほど軽い調子で言われ、ジェシカはめまいを覚えた。

「ちょっ、やだ、離し……、あっ、ん！」

彼の舌先が親指と人差し指のあいだに入り込み、そこをねっとりと舐《な》め上げる。

お世辞にも綺麗とは言い難いところを舐《な》められ、恥ずかしくてたまらないのに……なぜか、ぞくっとした痺《しび》れが背中を走って、ジェシカは目を白黒させた。

「ひゃ、あ、なに……っ？」

「ん……、ここ、感じるのか？」

「やだっ……！」

指先を咥《くわ》えられたまま話され、ジェシカは大きく身震いする。彼の吐息が振動となって、身体中に伝わってくるようだ。

「あ……、や、やめて……っ、へ、変なことしないって、言ったじゃない……！」

「変なことをしているつもりはないぞ？　今日一日頑張った足を労《いたわ》ってるだけだ」

(これのどこがよ――ッ!!)

そう叫びたいのに……

「……ひぅ……っ、ん、んぁ、あ……っ」

指の股を舐《な》められ、指先で足の裏をつぅと撫《な》でられると、ジェシカは背を反らして震えてしまう。

中途半端に開いた唇から妙な声が漏れて、カーッと顔に熱が集まるのがわかった。

（うそ、嘘よ。こんなことをされて、気持ちよくなるとか……ありえない……！）

むしろあってはならないことだと思うだけに、ジェシカは若葉色の瞳を潤《うる》ませ、必死に首を振る。

「お、ねがい、リジオン……っ、もうやめて」

「まだ反対の足が終わってない」

「ひゃん……っ」

リジオンはそれまでふれていたジェシカの足を下ろし、湯に沈んでいたもう一方の足を持ち上げた。濡れたままの足に躊躇《ためら》いなく口づけたリジオンは、舌先を臑《すね》へと滑らせていく。

「あ、あ、あ……っ」

踵《かかと》を大きな手で撫《な》でながら、膝まで舐《な》め上げてくる。剥《む》き出しになった膝頭にちゅっと音を立ててキスをして、リジオンは静かにジェシカの足を下ろした。

「あ……、ふ……っ」

両足がお湯に浸《つ》けられても、初めて与えられた愛撫《あいぶ》の衝撃はなかなか消えてくれない。

身体に感じる痺《しび》れに戸惑っていると、静かに立ち上がったリジオンがそっとジェシカの頬にふれた。オイルを纏《まと》った彼の手からは、花のいい香りが漂《ただよ》ってくる。知らずうっとりと瞳を伏せると、唇に覚えのある感触が重なった。

「……ふ……」

（ああ、また……キス、されてる……）

変なことはしないって言ったのに……リジオンの嘘つき。ばかばかばかっ。

罵《のの》りの言葉が次々と頭に浮かんでくる。なのに、柔らかく唇を開かされ歯列の裏や口蓋《こうがい》を舐《な》められるうちに、なにも考えられなくなっていった。

「ん、ぁ……、ふぁ……」

「……鼻で息をしろ。舌、もっと伸ばして」

「ン、んぅ……」

ぼうっとしたまま、言われた通りに舌を伸ばす。リジオンの舌がすぐにふれてきて、ジェシカはびくっと震えた。しかしいつの間にか彼のたくましい腕に抱きしめられていて、それ以上身動きができない。

「……ふ、ぅ……、ンン……」

ぴちゃぴちゃと音を立てながら、お互いの舌を絡《から》める。上手《うま》く呼吸のできないジェシカは、浅い呼吸を繰り返しつつ必死に彼の動きについていった。

口内にあふれた唾液が唇の端から零《こぼ》れそうになる頃、ようやくリジオンは唇を離す。

いつの間にか彼のシャツを握りしめていたジェシカは、離れていくぬくもりに、なぜか寂しさを感じてしまった。

「そのまま少し座っていろ。拭いてやるから」

「あ……」

再び腰を屈《かが》めたリジオンは、湯から持ち上げたジェシカの足を手早く拭いていく。ジェシカはその様子をぼんやりしたまま見つめた。

水気を拭き取ったリジオンは、ジェシカの夜着の裾を綺麗に直して、おもむろに彼女を横向きに抱え上げる。

「うわっ……！」

「掴《つか》まっていろ」

ジェシカは慌ててリジオンの首にしがみついた。

ほどなく寝台に下ろされたジェシカは、再び額《ひたい》にキスを受ける。

「おやすみ。いい夢を」

小さく囁《ささや》いて、リジオンは何事もなかったように部屋を立ち去っていった。

ぱたん、と扉が閉まる音が聞こえて、呆然としていたジェシカはようやく我に返る。

途端に心臓がドキドキと鼓動を打ち始め、顔がまた熱くなった。

「いったい、なんのつもりよ……」

キスはもちろん、あんなふうに足にさわったりするなんて。

年頃の娘が異性の前で足を露《あら》わにするのは褒《ほ》められた行為ではない。それなのに足首どころか膝までばっちり見られて、おまけにキスまでされてしまった。

先ほどの濃厚な口づけを思い出し、ジェシカは顔を覆《おお》ってごろごろと寝台の上を転がった。とてもではないがじっとしていられない。

「あー、もう！　リジオンのばかばかばかっ！　こんなの絶対に淑女教育じゃないわよ！　ただのスケベ行為じゃない……！」

勢いよく身体を起こしたジェシカは、髪をぐしゃぐしゃに掻き回しながら、怒濤《どとう》の勢いでまくし立てた。

「あんなふうに足をさわるなんて信じられない。というより、普通、教師が教え子にキスなんてしたら、速攻で馘首《クビ》になるんじゃないかしら？　ああもう！」

思い出すだけで腹立たしいやら、いたたまれないやらという心境になる。

(なにもしないって言ったのに、さらっとキス以上のことをしてくるなんて！)

そんな男の手を借りるなんて、まっぴら御免《ごめん》だ！

……だが、実際に今のジェシカが、三ケ月で親族を納得させられる淑女になるには、リジオンの協力は必要不可欠だ。むしろ頭を下げて「教えてください」と頼む立場としては、彼を馘首《クビ》にするなどとうていできるはずがない。

(……でも、キ、キスとか、いやらしいことをされるのは、また別問題だと思うのよね……！)

が、それを主張したところで、リジオンがあの調子ではあまり聞き入れてもらえない気がする。

ええい、やめやめ、とジェシカは頬をぱしんと叩いた。

「余計なことは考えないで、今は淑女になることだけに集中！　どのみちリジオンに頼るしか道はないんだから」

今のジェシカに、気まぐれなキスや愛撫《あいぶ》に気を取られている時間はない。この家と領地のために、頑張って、一日も早く立派な淑女にならなければ。

そう自《みずか》らを戒《いまし》めたジェシカは、とにかく今は眠る！　と決める。

寝台に倒れ込み、勢いよく毛布をかぶったら、疲れた身体はあっという間に眠りの中へ落ちていったのであった。

＊　＊　＊

レッスンを開始して何日かすると、一日の流れができてきた。

朝起きて顔を洗う瞬間から、淑女教育はスタートする。

祖父が亡くなるまでの二年間、ジェシカの朝の支度は実に簡単だった。水差しから直接注《そそ》いだ水で適当に顔を洗い、一人でワンピースに着替える。そして軽くブラッシングした髪を、邪魔にならない程度に纏《まと》めて終わりというものだ。

それが今では、朝から気の抜けない時間を余儀なくされている。

まず、洗顔用の水は必ずぬるま湯で、肌を擦《こす》らずそっと洗う。次に、肌荒れ防止という化粧水や乳液をこれでもかと擦《す》り込まれた。ついでに細《こま》かい毛のついたブラシで丁寧に歯を磨かれる。それが終わると、侍女が数人がかりで髪を美しく結い上げるのだ。

着替えも大変だった。下着の段階から侍女の手を借りるのはもちろん、一人では絶対着られないドレスに着替えさせられる。着替えが終われば鏡の前に座らされ、念入りに化粧を施《ほどこ》された。

家にいるのにどうしてここまで着飾らなければならないのか、ジェシカにとっては理解不能だが、常に美しくしていることも貴婦人の嗜《たしな》みらしい。

「やり過ぎるのは問題だが、ある程度着飾っておくことは、その家の財力や経済状況を周囲に知らしめる意味を持つ。面倒かもしれないが、必ずドレスを着て、来客がない場合でも宝石をひとつは身につけておくこと。わかったな？」

そう言われては反論することもできず、ジェシカは渋々ながら毎朝の苦行を受け入れた。

そして身支度が調《ととの》ったら、遅めの朝食を取る。

初日こそみんなで一緒に朝食を取ったが、リジオンは朝が早い上に、部下たちとの打ち合わせや鍛錬《たんれん》があるため、朝食は別々にと言われていた。ジェシカとしては食事くらいガミガミ言われずゆっくり取りたいので、朝食はのんびりできる貴重な時間でもある。

朝食後サロンに移動したら、さっそく授業開始だ。午前中はたいてい歴史の勉強と詩作で、ジェシカは毎日何本もの羽ペンを駄目にしつつ、必死に書き取りに勤《いそ》しんだ。

カトラリーの使い方をガミガミ注意されながら簡単な昼食を取り、午後は立ち居振る舞いの授業。美しい裾捌《さば》きや歩き方、礼の仕方を叩き込まれ、果ては微笑み方にまで注文がついた。この実践授業が、レッスンの中でもかなり苦痛を感じる時間だった。

休憩のお茶の時間もガミガミ言われ、夕食の時間も当然のごとく厳しい注意が飛ぶ。

最初こそいちいち反発していたジェシカだったが、そのうち、「よくここまで注意するところを見つけられるものね」と感心するようになった。……単に感覚が麻痺しただけかもしれないが。

そんな中、現在ジェシカが今一番頭を抱えている時間がやってきた。

夕食後に行《おこな》われる『対人教育』だ。

内容は主に公《おおやけ》の場での会話術なのだが、その内容が……本当にこれは淑女教育なのかと思うようなきわどいもので……

その夜も、足のマッサージを終えたジェシカは、リジオンと向き合って対人教育のレッスンを受けていた。今宵のテーマは、『ダンスの最中に相手が迫ってきたときの対処法』。

ジェシカはリジオンに言われるまま、彼とダンスをする形を取る。

だが思いのほか近くにあるリジオンの顔に、危うく悲鳴を上げそうになった。

「この前も言ったが、思っていることや考えていることを馬鹿正直に表に出すのは、貴族社会においてはタブーだ。たとえダンスの最中にこんなことをされてもな」

そうしてむにゅっとお尻を掴《つか》まれたジェシカは、今度こそ悲鳴を上げた。

「おっと。『なにをするの！』と怒って、相手を突き飛ばしたり平手打ちするのは、淑女として言語道断の所行だぞ？」

「わっ、わわわわかったから離しなさいよ！　ちょっ、も、揉《も》まないで……っ」

掴《つか》むだけでは飽きたらず、まろやかな膨らみをさすったり揉《も》まれたりして、ジェシカはあわあわと慌てふためく。

ジェシカの危機感を育てるため――という名目で、『対人教育』のレッスンは夜着とガウンで行《おこな》われている。だから余計に、ジェシカは恥ずかしくて仕方がなかった。

「わざわざ、じ、実践する必要はないでしょう……!?」

なんとか逃れようと身を捩《よじ》るが、当然のごとくリジオンの身体はびくともしない。

「おまえの場合はあるんだなぁ、これが。初日から隙だらけで、そのあとだって何度も唇を奪われているようじゃ、社交界では致命的だ」

「奪われているって、あなたが勝手にキスしてくる――、むっ、ンんっ⁉」

言っているそばからキスされて、ジェシカはくぐもった声を漏らした。

「ほら、また簡単にキスされた。それじゃいつになっても男を軽くあしらう技は身につかないぞ」

顔を離したリジオンは、やれやれと言った様子でため息をつく。

その態度にも、いきなりふれられたことにも腹を立てるジェシカだが、貴族社会の慣習も社交界の事情についてもまったく知らないだけに、反論する言葉が見つからなかった。

とはいえ、この『対人教育』は、やっぱり行きすぎている気がする。

「そ、そもそも、ダンスの相手がこんなふうにお尻をさわってきたりしたら、平手打ちまで行かなくても、とっさに悲鳴を上げちゃうものじゃないのっ？」

密着してくるリジオンから離れようと、限界まで背を反らしつつ、ジェシカはもっともなことを尋ねた。しかしリジオンはしかつめらしい顔で首を横に振る。

「あのな、貴族令嬢というのは基本的におしとやかで、驚いたら暴れるよりも固まるのが普通なんだ。おまえみたいにキャンキャン吠えるほうが珍しい。この教育にはおまえのそんな気質を抑える目的もあるわけだ」

「うぐっ……」

自分が喧嘩っ早い……というより、やられたらやり返す、言われたら言い返してしまう性格であることは間違いなかった。自覚があるだけにジェシカはぐぅの音《ね》も出ない。

そしてのけ反ったジェシカを引き留めるごとく、リジオンがそっとその細腰を抱き寄せた。

「そう考えれば、このレッスンがおまえの危機感を育てると同時に、男慣れすることと、カッとなりやすい性格を矯正するために必要なレッスンだとわかるだろう？　反論はもう認めないぞ。おとなしく受け入れろ」

「だからって、ちょっ……んぁ、あ……！」

しっかり抱き寄せられ、再びお尻に手を這《は》わされたジェシカはきつく目をつむる。

おまけに耳まで舐《な》められて、ジェシカはたまらず涙目になった。

「や、ぁ……、ちょ、舌っ、……耳に入れないで……！」

「はい、そんな言い方じゃ駄目だ。もっと持って回った言い回しで、かつ、きっぱり断れ」

「無茶言わないでよ——ッ！」

本当にどうしろと言うのだ。もうわけがわからない。

「できないなら、このままだ」

耳孔に舌を入れられ、ちゅくちゅくと音を立てて舐《な》め回される。ジェシカは背筋を走るゾワゾワした痺《しび》れに腰が抜けそうになった。縋《すが》るように繋《つな》いだ手に力を入れるが、リジオンの愛撫《あいぶ》はさらに執拗《しつよう》さを増していく。

「あぁ、ん……っ」

「そんな色っぽい声出したら、相手の男はつけあがって、もっと攻めてくるだけだぞ？」

そう言って、まさにつけあがった男のごとく、大きな手がジェシカのお尻から脇腹のラインを撫《な》で上げてきた。

「……ン、んあ、あ……」

こんなことをされながら、上手《うま》い切り返しを考えろなど無理難題もいいところだ。

それでもジェシカは、必死に言葉を紡《つむ》ぎ出した。

「こ、んなこと……、紳士のなさることとは思えません……！　ン……っ、ど、どうか、お離しくださいっ。……は、離さない、と……！」

「離さないと？」

「……きゅっ、急所を、蹴り上げてやるわよッ！」

愉《たの》しげなリジオンの声音《こわね》にカチンときて、ジェシカはありったけの力を振り絞って叫んだ。

リジオンはきょとんと目を丸くしたあと、ぷっと噴き出す。そのまま肩を震わせた彼に、ジェシカは真っ赤になりながら噛みついた。

「ちょっと、笑わないでよ！」

「い、いや。なかなか斬新な断り方だと思って。……くくっ……！」

「あなたがこんな変なことしてくるからでしょ!?　もういいから、離してよ！」

「色気にも礼儀にも欠けるが、まぁ、許してやろう」

リジオンの手がパッと離れる。急いで後ずさったジェシカは、壁に張りついてぜいぜいと肩で呼吸をした。

「もう、信じらんない！　騎士ってこんなに手が早いものなのっ？　もっと女性に優しくて紳士的なものだと思っていたわ」

乙女の夢を壊さないでよ、と文句を言うジェシカに、リジオンは肩をすくめた。

「少なくともおれは、誰彼見境なく手を出すようなことはしないぞ？　おまえは婚約者だから、遠慮なく手を出しているが」

「遠慮してよ！　だいたい婚約者って言ったって、正式に決まったわけじゃないじゃないッ」

「うん？　じゃあ親族が連れてくる、頭が悪くて見た目も悪いであろう男と結婚するのか？」

「そ、それはお断りしたいけど……」

「ならおとなしく、おれが婚約者であることを認めるんだな」

上手《うま》く丸め込まれたような気がする……。そうは思っても、他に手がないジェシカは頷くしかない。それがまた悔しくて、つい唇を尖らせてしまうのだ。

「だからって、やっぱり未婚の乙女の胸やお尻をさわるのは行きすぎだと思うわ」

「そうでもないさ。この頃は自由恋愛をうたって、婚前交渉も当たり前になってきている。今くらいの接触なんて、握手や抱擁《ほうよう》みたいなものだぞ？」

「そ、そうなのっ？」

ジェシカはぎょっとして目を見開く。

自由恋愛はともかく、婚前交渉って！　およそ聞き慣れない言葉に、恋愛経験のないジェシカは狼狽《うろた》えてしまった。

「それだけ世が平和で、みんな退屈して刺激を求めているってことだ。なにしろ国民の模範たるべき国王が、目に映った娘を片《かた》っ端《ぱし》から寝所に招いているくらいだからな」

「嘘でしょ⁉」

辺境で両親と暮らしていたときから、国王陛下の悪い噂を聞いたことは一度もない。国境で争いが起きればすぐに兵を出してくれたし、壊れた建物や橋の修理にも領主を介して補助金を出してくれた。

亡くなった祖父も、陛下本人を悪く言うことは一度もなかったと記憶している。

——なのにその国王陛下が、実は節操なしの女好きだったなんて！

国のトップがそのような状態だったら、他の貴族たちが右に倣《なら》えで、貞操観念を緩《ゆる》めるのもわからなくはない。……わからなくはない、が。

純潔や血統にこだわる貴族たちが、当たり前のように婚前交渉をしていると聞いて驚いてしまう。いわゆる『お嬢様』と呼ばれる人々に対して抱いていた清廉なイメージが、ガラガラと音を立てて崩れていく思いだった。

「そういうわけで、貴族が貞操にこだわらないということがわかったな？」

「えっ。いや、だからって、それを納得したわけじゃ……っ」

「あの程度のことも上手《うま》くかわせないとあっては、ちょっと刺激的なお仕置きが必要だな」

——どうしてそうなる⁉

冷や汗をかくジェシカは、いつの間にかすぐ目の前にやってきたリジオンを見て「ひぃっ」と悲鳴を上げる。リジオンがにこにこと微笑んでいるのに否応《いやおう》なく危機感が煽《あお》られた。

「ちょっ、ちょっと待って！　離れて……っ」

「問答無用」

「ンン、ん――ッ！」

壁に張り付くジェシカの両脇にドンッと腕をついて、リジオンはすぐに唇を重ねてきた。

薄く開いた唇の隙間から当たり前のように肉厚の舌を入れられて、頭の芯がカッと熱くなる。

（な、なんで、お仕置きがキスなのっ――！）

口内を縦横無尽に舐《な》められながら、ジェシカは言葉にならない悪態を胸中で叫ぶ。

必死に身を捩《よじ》り拳《こぶし》でリジオンの胸をぽかぽか叩くけれど、鍛《きた》え抜かれた騎士の身体がその程度で揺らぐはずもない。

「……んン……、はっ……」

「ほら、また息を止めている。鼻で呼吸しろって」

「ふぅ……、……む、り……」

角度を変えて何度も口づけてくるリジオンは、その合間に低く囁《ささや》く。

対するジェシカは息をするだけで精一杯だ。余裕のあるリジオンの態度に悔しくなる。

だが一番悔しく思うのは……

（どうして……リジオンはこんなにキスが上手なのよぉ……っ！）

なんだかんだで、何度も彼とキスをしているジェシカだ。それなのに未だに唇を重ねられるだけでドキドキして、目も開けられないくらい翻弄《ほんろう》されてしまう。

そのうえリジオンは回を重ねるごとにジェシカの弱いところを探り当てて、容赦なくそこを刺激してくるのだ。

歯列の裏や口蓋《こうがい》、舌の付け根を舐《な》められると、ジェシカはたちまち力が抜けてくたりとなってしまう。それをわかっていて、リジオンはそこばかり攻めてくるのだ。

「んぅ、ぁ……、あぁん、んン……！」

舌の付け根をくすぐるように舐《な》められて、唾液が唇の端から零《こぼ》れそうになる。思わず喉を鳴らして呑み込むと、リジオンはジェシカをきつく抱きしめた。

「ふ、ぁ……っ」

指先で背中のくぼみをつぅとたどられ、ぞくぞくと腰が震えてしまう。

「……や、め……、もう、リジオン……、あ……っ」

ようやく唇が離れたかと思ったら、耳朶《じだ》をねっとりと舐《な》められる。

ジェシカが耐えきれずへたり込みそうになると、リジオンはすかさず彼女の膝裏に手をかけ、その身体を軽々と横抱きにした。

まっさらな敷布が張られた寝台に下ろされ、ほっと息をついたのも束の間、再び唇を重ねられる。

「んっ……、待っ、て……っ」

「そんな声で言われたらよけいに待てない」

「ふぁ……！」

低く甘い声で囁《ささや》かれ、ジェシカはびくんと背をしならせる。声まで色っぽいなんて反則だ。

「あむ……、ん、ん……っ」

口腔《こうこう》を深く舌で探られながら、思わせぶりに二の腕を撫《な》でられる。リジオンがほんの少し身じろぎするだけで、ジェシカの身体は為《な》す術《すべ》もなく震えた。

――リジオンはどうしてわたしにキスをするのかしら……？

（……わたしに危機感を持たせて男慣れさせるレッスンと言うけど、キスもその一環なの……？）

そうだとしてもわざわざ『お仕置き』と称して唇を重ねる彼の意図がわからない。

お仕置きと聞けば痛いことを思い浮かべるジェシカだが、リジオンのキスは気持ちいいばかりだ。

それだけに、彼がどういうつもりで自分にキスしてくるのかがわからなかった。

（最初のときみたいに、初心《うぶ》なわたしをからかっているの？　だとしたらタチが悪すぎるけど……）

それにしては、ジェシカを見つめてくる彼の瞳はまっすぐで、熱を孕《はら》んでいる気がするのだ。情熱的なまなざしを注《そそ》がれれば、ジェシカの身体も知らず熱くなってしまう。

（あ、もう……本当に、無理……）

頭の中まで熱くて、なにも考えられない。疲れ切った身体は限界を訴え、意識も朦朧《もうろう》としてきた。

「……ん……ふぁ……」

「ジェシカ？」

唇を離したリジオンがなにか言っている気がするが、返事をする気力もない。

すぅと深く息を吸ったジェシカは、そのままぱたりと意識を手放した。

＊　＊　＊

ピチ、ピチチチ……と小鳥のさえずりの声が聞こえる。

ずいぶん早い時間に目覚めてしまったジェシカは、毛布にくるまったままぼうっと窓の外を眺めた。淑女教育を始めて早十日。毎日の流れにもだいぶ慣れてきた。

（そういえば、薬草園、どうなってるかな……）

祖父が生きていた頃には、毎日欠かさず足を運んで世話をしていた薬草のことが思い出される。

（手入れしに行きたいなぁ……）

薬草特有のツンとしたあの香りが懐《なつ》かしい。それにこれだけ暖かくなってきていたら、きっと庭の花も咲き始めているだろう。

生まれ故郷を思わせる草花にあふれた庭園を歩くのは、日々の楽しみだった。なのに淑女教育に追われて、それからも遠ざかっていたのだと思うと、急激に胸に湧き上がるものがある。

（……ちょっと一休みしたいかも）

ずっと慣れない淑女教育を頑張ってきたのだ。一日と言わず、ほんの半日……三時間……いや、一時間でもいいから、ちょっとだけ息抜きがしたい！

（ずっと誰かに張りつかれている生活って緊張するのよね。たまには一人で過ごしたいし、薬草園の手入れもしたいし、久しぶりに薬も作りたい……！）

一度そう考えてしまうと、気持ちが完全に休みたい方向に傾いてしまう。

だが正直に休みたいとリジオンに言ったところで、十中八九「そんな暇はない」と一刀両断されるに違いない。

そういえば……今日は警備に就く騎士を新しいひとと入れ替えるから、授業の開始をちょっと遅らせるとリジオンが言っていた。

——これはまたとないチャンス！　素早く頭を働かせたジェシカは、ひとまず部屋に籠城《ろうじょう》することに決めた。

いつもと同じ時間に、洗面の支度をして侍女たちがやってくる。彼女たちは寝室の扉に鍵がかかっていることに気づき、不思議そうに声をかけてきた。

「お嬢様、いかがなさいました？　どこかお加減でも……？」

「ん……少し怠《だる》くて。でも大丈夫。ちょっと疲れが出ただけだと思うわ。寝ていれば治るから」

心配する侍女たちに申し訳なく思いながらも、ジェシカは「一人でゆっくり眠らせて」と彼女たちを下がらせた。

そして少し間を置いてから、ジェシカはそっと寝台を下りる。そしてこのところ自分ではまったく開けることのなくなった衣装棚に飛びついた。

そこにはまだ、ジェシカが普段着にしていたワンピースが下がっている。

衣装棚から適当なワンピースとエプロンを引っ掴《つか》んだジェシカは、大急ぎで着替えて、邪魔にならないように髪をひとくくりにした。

それから窓を開いて、近くに誰もいないことを入念に確認する。

「よいしょ、と」

スカートをからげて窓枠を乗り越えた彼女は、建物のすぐ脇に生えている大木に手を伸ばした。枝を掴《つか》んで強度を確認し、おもむろにそこに飛びつく。

木の葉ががさがさと音を立てるが、飛び移った枝はジェシカの身体をしっかり支えてくれた。猫のような俊敏な動きで枝を伝ったジェシカは、木の瘤《こぶ》を使ってするすると地面まで降りていく。

「木登りなんて子供のとき以来だけど、意外と覚えているものね」

しっかりと草の上に降り立った彼女は、得意げにふふんと鼻を鳴らした。

久々に履くぺたんこの革靴が気持ちいい。いっそ裸足《はだし》で歩きたいくらいだわと思いながら、ジェシカは屋敷の裏手にある薬草園へと足を運ぶ。

そして目的の場所にくるなり、ジェシカはパッと笑顔になった。

「よかった！　どれも枯れていないわ。きっと庭師のおじいさんが世話してくれていたのね」

広い庭の一角に作られた薬草園はそう大きなものではない。ジェシカ一人でも充分に世話ができる程度のものだ。植えられた薬草の多くは、病になった祖父の病状を診《み》つつ、ジェシカ自身があちこちから取り寄せたものである。

ぐるりと張り巡《めぐ》らされた背の低い柵を越えて、青々と茂った薬草の前にしゃがみ込んだ。

風に乗って漂《ただよ》ってくる薬草の匂いが懐《なつ》かしい。

胸一杯にその香りを吸い込んだジェシカは、これ以上はないほどの解放感に包まれた。ガチガチに固まった身体が軽くなった気さえしてくる。

さっそくエプロンを広げて、摘《つ》み取った薬草を集めていく。葉をプチッと摘《つ》み取るたびに、強くなるスーッとした香りに心が躍《おど》った。

(これは鎮痛《ちんつう》作用のある薬草だから、じっくり煮込んでペースト状にして湿布《しっぷ》を作ろう。筋肉痛で動けなくなったときに役立つはずだわ)

鼻歌を歌いながら様々な薬草を摘《つ》み取ったジェシカは、それらを薬にするべく厨房《ちゅうぼう》へ向かおうとする。薬草を煮るときはいつもそこを使わせてもらっているのだ。

リジオンや警備の騎士に見つからないよう、慎重に薬草園を出たジェシカだったが――

突然、傍《かたわ》らの茂みががさがさと揺れて、彼女は飛び上がらんばかりに驚いた。

「きゃあっ！　な、なに？」

「しーっ。ジェシカ、僕だよ」

「えっ、まさか――？」

聞き覚えのある声に、ジェシカは大きく目を瞠《みは》る。慌てて茂みに近づくと、そこからひょっこりと一人の青年が顔を出した。

「やっぱり、エリックじゃないの！　いったいどうしたの、そんなところから顔を出すなんて」

突如現れた青年は、顔をのぞき込むジェシカに気弱そうな微笑みを見せる。彼はジェシカの父方の従兄《いとこ》、エリックだった。

「久しぶり、ジェシカ。お祖父《じい》様の葬儀以来だね」

「ええ、そうね。……エリックったら、いったいどこを通ってきたの。頭が葉っぱだらけよ」

ジェシカはつま先立ちになって、従兄《いとこ》の赤毛にくっついた葉をぱっぱと払ってやった。

「裏の垣根に、一箇所だけ小さな穴が空いているところがあってね。そこを通ってきたんだ。どうしても君に会いたくて」

「わたしに？」

エリックは神妙に頷いた。

「ずっと機会をうかがっていたんだけど、君はあの日以来まったく外に出てこないから、どうしようかと思っていたんだ。……その、葬儀の日は母が失礼なことを言ってごめんね」

エリックが申し訳なさそうに頭を下げる。

彼が言う母とはベリンダのことだ。伯爵家に引き取られた直後から、ベリンダには何度も嫌みを言われてきたが、その息子であるエリックはなにかとジェシカを気遣ってくれた。祖父以外の味方がいなかったジェシカは、たびたびエリックの存在に慰《なぐさ》められていた。

「あなたが謝ることじゃないわよ、エリック。ベリンダ伯母様のあれは今に始まったことじゃないし。でもそれを言うためだけに、わざわざ忍び込んできてくれたの？」

するとエリックはかすかに目を泳がせた。

「その、君が落ち込んでいるんじゃないかと……。この二年、ずっとお祖父《じい》様をそばで支えてきたのは君だろう？　もし一人で悲しみに沈んでいるようなら、慰《なぐさ》めたいと思って……」

なんだか最後のほうは、声が小さくて聞き取れなかった。

（相変わらずあがり症なのね……）

赤くなってうつむくエリックを見て、ジェシカはつい苦笑する。けれど彼が自分を気遣ってくれているのはちゃんと伝わってきた。

「ありがとう、エリック。確かにお祖父《じい》様が亡くなったことは悲しいけれど、きちんと心構えをする時間があったからかしら……そこまでひどく落ち込むことはなかったわ」

もちろん、今もふとしたときに悲しみが襲ってきて、心が塞がれることもある。

だけど祖父の葬儀の日、リジオンの前で心ゆくまで泣いたからか、絶望するほど悲観的な気持ちになることはなかった。

「それに……幸か不幸か毎日ものすごく忙しくて、泣いている暇もないのが本当のところかも」

日々のスパルタ教育を思って乾いた笑みを漏らすと、エリックは心配そうに眉尻を下げた。

「大変そうだね……。三ヶ月で教養を身に付けるなんて、事情が事情とはいえ、リジオン卿もひどいことをするな。でも今日はお休みなの？」

「え？　あー、まぁ……、うん、そう、ね」

まさか黙って抜け出してきたとも言えず、ジェシカは曖昧《あいまい》に答えを濁《にご》した。

すると、エリックがめずらしく身を乗り出してくる。

「そ、それなら、僕と一緒に観劇でも行かない？」

「観劇？」

「劇じゃなくても、音楽会でも、町歩きでもいいよ。き、君が元気になれることをしてあげたいんだ！　だ、駄目、かな……？」

「――あいにくと、彼女は淑女教育の真っ最中だ。勝手なことはやめてもらおうか」

そのとき、いきなり不機嫌そのものの声が二人のあいだに割り込んできた。

ジェシカは頭から冷水を浴びせかけられた気分で跳び上がる。おそるおそる振り返ると、額《ひたい》に青筋を立てたリジオンが仁王立《におうだ》ちしてこちらを見つめていた。

彼から放たれる無言の圧力に、エリックが青くなって後ずさる。

「こっ、これはリジオン卿……！」

「挨拶《あいさつ》は結構。悪いが外野はさっさとお引き取り願おうか。勉強の途中に、甘い言葉で彼女を誘惑されるのは困るのでね」

あまりな言いように、ジェシカはカチンときた。

「な、なによその言い方、失礼じゃない。エリックはわたしを心配して訪ねてきてくれたのよ？」

「ほう、正面玄関からじゃなく、裏庭からコソコソか？」

ジェシカは若葉色の目をぱちくりさせた。

「……言われてみればそうね。エリック、どうして表じゃなくて裏庭から入ってきたの？」

「ご、ごめん。正面にはなんだか強そうな騎士が二人もいたから怖くなっちゃって……。それに君がいるなら、薬草園がある裏庭だろうと思ったんだ。だから直接裏からきたほうが早いかと……」

「どんな理由であれ、不法侵入だ。今回は見逃してやるからさっさと帰れ」

「ちょっとリジオン！　不法侵入だなんて……！」

ジェシカはとっさにエリックをかばう。その途端、リジオンが冷え冷えとした視線を向けてきた。

その冷たさに、ジェシカは思わず息を呑む。

リジオンからこんなに冷たいまなざしを向けられたのは初めてだ。どんなに厳しいレッスンの最中だって、目を吊り上げられることはあっても、こんな視線を向けられたことは一度もない。

これは本気で怒っている。遅まきながらそれに気づいたジェシカは、全身をぶるっと震わせた。

「リ、リジオン……あの……」

「おまえ、自分の立場をわかっているよな？　初日に話したことをもう忘れたか？」

彼の指すことが、命を狙われる危険があるということだと思い当たり、ジェシカは反射的に否定の言葉を口にする。

「エリックは違うわ……！」

「どうしてそう言いきれる」

「彼はわたしの従兄《いとこ》なのよ？　初めて会ったときからずっとわたしを支えてきてくれたわ」

だがリジオンが視線だけでなく表情まで冷たくするのを見て、ジェシカは慌てて口をつぐんだ。

不穏な空気を察してだろう。それまでおろおろと成り行きを見守っていたエリックが、唐突に声を張り上げる。

「ご、ご、ごめんジェシカ！　リジオン卿の言う通りだよ。こそこそ入ってきた僕が悪かったんだ。……きょ、今日のところは帰るね。落ち着いた頃にまた連絡するよ。今度はちゃんと先触れを出してから訪問するから！」

「あ！　ちょっと、エリック……！」

言うだけ言って、あっという間に茂みの奥に消えたエリックに、リジオンがチッと舌打ちする。

「なるほど。あのあたりに抜け道があるのか。早急に塞いでおかないとな」

「……あ、あの、リジオン……」

これ以上ないほど低い声で呟《つぶや》いたリジオンに、ジェシカはびくびくと声をかける。

振り返ったリジオンは、なにも言わずジェシカの腕を掴《つか》んだ。

「ちょ、ちょっと……！　痛いわ、離して！」

「離したらまた一人でどこかに行くだろう」

冷ややかに返され、ジェシカは言葉に詰まる。だが強く引っ張られた拍子《ひょうし》にエプロンに包んでいた薬草が地面に零《こぼ》れ落ちてしまい、さすがに声を上げずにはいられなかった。

「お願い、ちょっとだけ待って！　落ちた薬草を拾いたいの、お願いだから！」

リジオンが怪訝《けげん》そうに振り返る。腕を掴《つか》む力が緩《ゆる》んだ隙に彼の手を振り払ったジェシカは、その場に屈《かが》んで薬草を拾い集めた。丁寧に泥を払い、広げたエプロンに包み込む。

「……薬草を摘《つ》んでいたのか」

リジオンがぽつりと呟《つぶや》く。少しは怒りが収まったのだろうか、と顔を上げたジェシカは、再び縮こまった。リジオンの額《ひたい》には相変わらず青筋が浮かんでいる。

「早くついてこい」

さすがに今のリジオンに逆らうほど馬鹿ではない。

摘《つ》んだ薬草を厨房《ちゅうぼう》に置いてくることだけは許されたが、その後は問答無用で部屋に連行される。

怒れるリジオンのうしろを歩くジェシカは、ほとんど引き立てられる囚人の心境だった。


足早に居間を通り抜け寝室に入ると、リジオンは有無《うむ》を言わさず、鍵をかけた扉にジェシカの背を押しつけた。

「あ、あの、リジオン――」

「言い訳は聞かない」

ジェシカが不安な顔を上げると同時に、荒々しく唇を重ねられた。

「んぅ……っ！」

押しのけようにも強い力で肩を押さえられ、まるで身動きできない。抗議の言葉は無遠慮に押し入ってきた舌に阻《はば》まれ、くぐもった声にしかならなかった。

最初こそ強引に押しつけられた唇だったが、すぐに、いつもと同じ官能を誘う濃厚な口づけへと変化していく――

「んんっ、……は……」

感じやすいところを舌でなぞられ、ジェシカはたちまちがくりと腰を抜かしてしまった。

その場にへたり込みそうになったジェシカを、リジオンのたくましい腕がすかさず支える。

「は、ぁ……。……リジオン、なんでキス……？」

しかしリジオンはそれに答えることなく、無言でジェシカを横抱きにする。寝台に運ばれるのかときょっとしたが、彼がジェシカを下ろしたのは長椅子の上だった。

ジェシカを座らせる手つきは優しいながらも、彼がまだ怒っているのは明白だ。すぐ近くから発せられる怒りの気配に、ジェシカは身を縮こませた。

「他の男と楽しげに笑っているところを見せられて、寛大でいられるはずがないだろう」

長椅子の背を掴《つか》み、ジェシカを間近から見下ろしながら、リジオンが不機嫌に言い捨てた。

「おれは特に心が狭いんだ。おまえはおれの妻になるんだから、おれだけ見ていればいい。他の男に目移りするな」

「め、目移り？」

まるでジェシカが浮気性だと言わんばかりの言葉だ。

だがそれ以上に、リジオンが自分に対してそこまでの独占欲を持っていたという事実に驚く。ジェシカは動揺から、つい視線をあちこちに泳がせてしまった。

「その、エリックとは本当に兄弟みたいなもので……。だ、だいたい、あなたと本当に結婚するかだって、まだ決まってないじゃないっ」

「するさ。おれが言うんだから間違いない。いい加減、認めろ」

そんな滅茶苦茶な……

「とにかく、どんな関係だろうと、今後は年頃の男と二人きりになるなよ。もっと自分の立場をよく考えるんだ」

「そんなこと言われても――」

「ジェシカ」

ジェシカの身体を囲むように腕の位置を移動させ、リジオンがさらに顔を近づけてくる。お互いの額《ひたい》がくっつきそうな距離に、ジェシカは思わずたじろいだ。

「な、なに――」

もしかして、またキスされるのかと思って身構えてしまう。

だがゆっくり身体を倒したリジオンは、そのままジェシカの肩口に額《ひたい》を埋《うず》めた。

ずっしりと肩にかかる重みと、頬や首筋をくすぐる彼の髪にびっくりする。次の瞬間、リジオンが長いため息を吐き出した。

「リ、リジオン……？」

「……あまり心配をかけるな。今のおまえの立場は、おまえが思っている以上に危ういんだ」

ほんの少し疲れが滲《にじ》む低い声で諭すように語りかけられ、ジェシカは息を呑んだ。

「おまえが部屋にいないと知って、本気で焦ったぞ。もしかしたら遺産狙いの誰かに誘拐でもされたんじゃないかってな。侍女たちも真っ青になっていた」

「あ……」

ジェシカはようやく、リジオンがあれほど怒っていた理由に思い至る。

彼はジェシカが勝手に部屋を抜け出し、エリックと話していたことだけに怒っていたわけでないのだ。ジェシカはひどく申し訳なくなって、彼の肩に腕を回しぎゅっと抱きしめた。

「ご、ごめんなさい。わたし、ちょっと息抜きをするだけのつもりで……。怒られるのは覚悟していたけど、そんなに心配させるつもりはなかったの。本当にごめんなさい……」

声を震わせるジェシカに、リジオンはかすかに頷いた。

「……わかってる。そろそろ休憩したいと言い出す頃合いだろうと思っていた。体力自慢の兵士だって、一週間以上ぶっ通しで訓練をさせられれば音《ね》を上げる。おまえにも、自由に過ごせる休日を作ろうと考えていたんだ」

「え、本当に？」

てっきりそんな暇はないと却下されると思っていたジェシカは目を瞠《みは》る。

すると少し顔を上げたリジオンが、心外だという目つきでこちらを睨《にら》んできた。

「おれのことを、血も涙もない冷血漢だとでも思っているのか？」

「そ、そこまでは思っていないけど……スパルタの鬼教官くらいには」

「……」

リジオンはなんとも言えない顔をしたあと、ため息をついて再びジェシカの首筋に顔を埋《うず》めた。

「ちょ、ちょっと……」

「勝手に抜け出して心配させた挙げ句、鬼教官呼ばわりとはな……。さすがに傷つく」

「え⁉　あの、ごめんなさい？」

「許さない。許してほしければおまえからキスしろ」

「なんでそうなるの……」

心底わけがわからなくて尋ね返すも、顔を上げたリジオンに「ん」と唇を向けられる。

そんなふうにねだられても困ってしまう。しかも目と鼻の先まで近づけられていては逃げようもない。そもそもこういうことは恋人同士がするものであって……と思うが、すでに何度も唇を奪われてしまっている身としては、説得力は皆無《かいむ》だ。

ジェシカは『もー……』と思いながら、リジオンの唇にちゅっと口づけた。

「これでいい？」

「もっと深く」

「ええっ？」

「えーじゃない。もっと謝意と誠意を込めろ」

「なによ、誠意って」

キスってそういう気持ちからするものなの？　わけがわからない。

だが、こちらを見つめるリジオンの瞳は真剣だ。

からかいではなく、彼が本気でジェシカの唇を望んでいるような気がしてきて、断るのが難しくなる。まっすぐ見つめられることにどぎまぎしつつ、ジェシカは意を決して彼に向き直った。

「……い、言っておくけど、今回だけだからね」

一応そう念押しして、ジェシカはリジオンの唇に唇を重ねた。

「んっ、んー……」

薄く開いた唇の隙間からそっと舌を入れ、探り当てたリジオンの舌をちろりと舐《な》める。

自分からこんなことをするなんて……

にわかに恥ずかしくなって、ジェシカは彼から身を離そうとした。

だがリジオンの腕がしっかり背に回ってきて逃げられなくなる。唇を重ねたまま、気づけば彼女は長椅子の上に押し倒されていた。

「ぷはっ！　ちょ、ちょっとリジオン!?」

「まだまだ拙《つたな》いキスだな。上手《うま》くできなかったことも上乗せして、たっぷりお仕置きといこうか」

「ひぃっ！」

リジオンの藍色の瞳がきらりと光り、ジェシカは思わず悲鳴を上げた。

とっさに身を捩《よじ》るが、逃げるより先にワンピースを脱がされる。あっという間にエプロンごと剥《は》ぎ取られ、ジェシカは再度悲鳴を上げた。

「いやー！　なんで脱がせるの!?」

「なんでって、こんな脱がせやすいものを着ているおまえが悪いんだろう。言ったはずだぞ、もうワンピースは着るなと。ドレスなら紐《ひも》やらボタンやらがあるから、こうは簡単に脱がせられない。今のおまえは自《みず》ら武装を解いて敵の前に出てきたようなものだ」

「そ、そんなの、知らないわよ――っ！」

このままでは下着まで取られる！　本能的に危険を察知したジェシカは、両手両足を振り回して暴れた。だが鍛《きた》え抜かれたリジオンの身体は、その程度では微動だにしない。

それどころか、静かにしろとばかりに深く口づけられる。当然のように舌を絡《から》め取られると、たちまち身体から力が抜けていった。

「あ……、だめっ、脱がさないでってば……！」

いつの間にか袖が抜かれ、今やワンピースは腰に引っかかっただけの状態だ。

おかげでシュミーズを纏《まと》った上半身が露《あら》わになっている。これ以上脱がされてはたまらないと、ジェシカはスカートをしっかり押さえて抵抗した。

「ふーん。まあいいか。今日はそれで許してやる。だが――」

「え？　きゃあ！」

リジオンの手がいきなりスカートの中に入ってきた。身を強張《こわば》らせるジェシカに、彼はニヤリとあくどい笑みを浮かべる。

「代わりに、こっちを脱げよ」

大きな手が腰のあたりをまさぐってくる。すぐさま、はらりとなにかが取り去られる気配がした。

「な、ま、まさか……！」

真っ青になって狼狽《うろた》えるジェシカの前に、リジオンはぴらりと白い布を掲《かか》げて見せる。

見覚えのあるそれは、紛《まぎ》れもなくジェシカのドロワーズだった。

「きゃあああッ！　な、なななにするのよ！　この変態ッ！」

「脱がせたくらいで変態呼ばわりするなよ。この続きができなくなるだろう？」

「続き!?」

ひっくり返った声で聞き返すあいだも、リジオンの手は止まらなかった。

脱がせた下着を床に落とすと、シュミーズに手をかけ、一気に引き下ろしてしまう。

「あっ……！」

露《あら》わになった乳房がふるりと揺れて、ジェシカは瞬時に赤くなった。

「や、やだ。どうしてこんなこと……。リジオン、もうやだ。やめて……！」

「どうして」

「どうしてって……、こ、こんなこと、夫婦でもないのにおかしいじゃない！」

ジェシカは正論を叫ぶが、リジオンはどこ吹く風といった態度だ。

「おかしくはないだろう。何度も言ってるが、おれたちはいずれ結婚する仲だ。いい加減おれを婚約者だと認めろ。少なくともおれは、夫婦になるつもりでおまえを教育している」

「っ……、だからって……」

そこでふと、先日聞かされた、貴族のあいだで婚前交渉が増えているという話を思い出す。

まさか？　という思いを込めて見上げると、ニヤリと微笑むリジオンと目が合った。

彼は一瞬の隙をついて、ジェシカの手首を頭の横に縫い留める。そのせいで裸の胸がリジオンの眼前に晒《さら》されてしまった。

「い、いやっ、見ないで……っ」

「隠すな。綺麗なんだからよく見せろ」

「やっ……」

ジェシカは、リジオンの目が自分の胸元に向けられているのに気づいて息を呑む。

彼女の膨らみは羞恥《しゅうち》と戸惑いで小刻みに上下している。その様《さま》を、リジオンの熱を帯びた藍色の瞳でじっと見つめられ、ジェシカは恥ずかしさにぎゅっと目をつむった。

「見ていなくていいのか？　おれがこれからなにをするのか」

「えっ？　あ、……きゃ、あっ……！」

　鎖骨のあたりをさらりとなにかが撫《な》でる感触があり、慌てて目を開けると、いつの間にかリジオンがそこに顔を伏せていた。

びっくりすると同時に、右胸の頂《いただき》を熱いなにかがぬるりと這《は》う。

「ひぁっ！　や……、あ、あぁ、だめぇぇ……！」

見れば、舌を伸ばしたリジオンが、ジェシカの右の乳首を舐《な》め転がしている！

「や、いや……、きゃあ！　あ、あぁっ……！」

さらに左の乳首も指先できゅっと摘《つ》ままれ、痛みとかすかな疼《うず》きに知らず高い声が漏れてしまう。

「だ、だめぇ……、もうやめて……」

「駄目だ。他の男に目移りできないように、おれの女だって自覚をしっかり持ってもらうからな」

「なにそれ……。ひゃんっ、ん、ンんぅ……！」

口答えは許さないとばかりに、リジオンは右の乳首をぱくりと口に含んだ。

「いや、ぁ、ああ……！」

唾液を纏《まと》った熱い舌に乳首をころころと舐《な》め回される。さらに舌で弾かれたり、強く吸い上げられたり……感じたことのない刺激に、為《な》す術《すべ》もなく翻弄《ほんろう》された。

「あ、あ、……だ、だめぇ……っ」

拒絶する声は情けなくなるほど弱々しい。そんなジェシカに、リジオンは口角を引き上げる。

「いいな、その声。もっと聞かせろ」

「ひぃ……ん……っ」

今度は左の乳首を口に含まれた。右と同じように舐《な》めしゃぶられ、ジンジンする甘い疼《うず》きにジェシカの身体が小刻みに震える。

さんざんいじられたふたつの乳首は、唾液を纏《まと》ってぷっくりと赤く色づいている。そのいやらしい眺めに、ジェシカはとっさに顔を背けた。

そのあいだもリジオンは両手で乳房を包み、柔らかな感触を楽しんでいる。膨らみを中央に寄せ、硬く勃ち上がった乳首を舌先で交互に攻められたとき、ジェシカの口から甘い声が漏れた。

「ひぁっ、いやぁぁ……！　あ、あぁ……っ、うぅ……っ」

「気持ちいいなら、素直にそう言っていいんだぞ？　恥じらうおまえも最高にそそるけどな」

「んっ……な、なにを言って……、んっ、あぅ、やだ——……」

ちゅうっと音を立てて乳首を吸われ、お腹の奥がきゅんと疼《うず》く。下着を取り去られた下肢がじわじわ熱を帯びている。かすかに身を捩《よじ》ると、くちゅ……と水音が聞こえた気がして、ジェシカはハッと首筋まで赤く染めた。

「そろそろ濡れてきたか？」

「やっ……！」

リジオンが下肢に手を伸ばしてくる。はだけたスカートをたくし上げられ、太腿から腰までをゆったり撫《な》でられた。それだけでジェシカはびくびくと震えてしまう。

「あ、あう、うぅ……っ」

「感度がいいな。ただ撫《な》でられるだけで疼《うず》くのか？」

「……もう、やめてぇ……！」

恥ずかしさのあまり涙目になりながら、ジェシカは懇願した。

リジオンの大きな手は、いつの間にか腰を伝ってジェシカのお腹を撫《な》でている。その指先がお臍《へそ》のくぼみを撫《な》でた瞬間、身を捩《よじ》りたくなるほどの疼《うず》きが襲ってきた。

「きゃうぅぅ……っ！」

腰を反らした拍子《ひょうし》に、ヒクつく割れ目からとろりとなにかが零《こぼ》れ出る。それに気づいたジェシカは、羞恥《しゅうち》のあまり泣き出した。

「も、う……いやぁ……」

恥ずかしくていたたまれなくて、涙がぽろぽろ零《こぼ》れてくる。

身体を起こしたリジオンは、ジェシカの涙を唇で丁寧に吸い取った。

「泣くな。別に、おまえを辱《はずかし》めたいわけじゃないんだ」

「ひっく……。う、うそぉ……」

「嘘じゃない。ほら、キスしてやるから泣き止め」

「……んぅ」

キスで泣き止めというのも滅茶苦茶な理屈だ。それなのにジェシカは彼の唇を受け入れてしまう。

（ううぅ。淑女教育は受け入れたけど、こんなことまで教えられるなんて聞いてない……！）

いくら婚約者だと言われても、やはり嫁入り前にこういうことするのは、抵抗がある。

それなのにこうしてふれられると、快感で甘い声を漏らしてしまうのだ。

もしかしたら自分はとんでもない淫乱だったのかと、不安になってくる。

「ん、んぅ、……ふ……リジオン……っ」

「またそんな声を出して。……はぁ……、滅茶苦茶にしてやりたい」

「ひっ……」

不穏な言葉に怯《おび》えてやだやだと首を振ると、苦笑したリジオンに優しく髪を撫《な》でられた。

「安心しろ。最後まではしないから。ただ、このままじゃおまえも辛いだろう？」

「ん、う……、つ、つらくない……っ」

「嘘つけ」

そうはっきり断定するリジオンは、ジェシカ本人より今の状態をわかっているようだ。

リジオンが再びジェシカの下肢に手を伸ばしてくる。躊躇《ためら》いなく秘所にふれられ、ジェシカは息を詰めた。

「や、やだ……！　う……っ」

「ん……いい具合に濡れているな」

「言わないでぇ……！」

リジオンの指先は蜜をあふれさせるジェシカの割れ目をくすぐり始める。肉びらを掻き分け、その奥に潜《ひそ》む蜜口をくちゅくちゅと擦《こす》られると、ジェシカの震えはいっそう大きくなった。

「やだ、そんなところ……さわらないで……っ」

「さわられるのがいやなら、舐《な》めてやろうか？」

「はっ……!?」

予想外の言葉を言われて、ジェシカは絶句する。

リジオンはさっさと身体をずらして、ジェシカの秘所に顔を寄せた。

ジェシカは慌てて足を閉じようとするが、内腿をしっかり掴《つか》まれ、これまで以上に大きく開かされてしまう。

「きゃっ、やめ……っ」

止める間もなく片方の足を長椅子の背もたれに引っかけられ、もう一方を床に落とされた。その結果、下着をつけていないジェシカの秘所はリジオンの眼前にさらけ出されてしまう。

「……っ！」

あり得ない状況に、冗談抜きで気絶しそうになった。

「や、やだっ、やだやだ……っ」

「本当に？　ここはぷるぷる震えているぞ？」

「ひぅ！」

内腿を温かな手のひらで撫《な》でられて、ジェシカはびくんとのけ反った。死にそうなほど恥ずかしいのに、そこから新たな蜜がとろりと零《こぼ》れるのがわかって、目の前が真っ赤になる。

「ふ、ぅ……リジオン、こんなのやだぁ……っ」

ぐずぐず泣きながら訴える。だがリジオンの手に内腿を撫《な》でられると、勝手に甘い声が漏れそうになって、慌てて口元を手で覆《おお》った。

「んぅ……、んっ、んふ……っ」

「気持ちいいか？　……だけど、物足りない。もっと強くふれてほしい。違うか？」

「うぅ……っ」

ジェシカはぎゅっと目を閉じて首を横に振る。ここではっきり違う、と言えたらどんなにいいか。実際はリジオンの言う通り、じわじわと愉悦が溜まって苦しくなる一方だった。

と、リジオンの手が不意に動きを変えた。内腿から足の付け根へと手を滑らせ、いきなりぬかるみにふれてきたのだ。

「きゃっ！　んぅ……っ」

「これだけ濡れていれば、指を挿《い》れても大丈夫そうだな」

「えっ……？　んあっ、あ、いや……っ」

リジオンはそう言うなり、指を一本、ジェシカの蜜口に侵入させる。ゆっくりとその指を動かされて、ジェシカはどうしようもない異物感にぐっと息を詰めた。

「やだ……っ。う、動かさないで」

「まだ辛いか？　それなら——」

「え……？　……ッ！　だ、だめ、やめてッ」

リジオンがいきなり秘所に顔を伏せてきたので、ジェシカはぎょっとする。とっさに彼の頭を掴《つか》み押しのけようとするが、それより先に、リジオンの舌先が秘所を舐《な》め上げた。

「ひああぁっ⁉」

濡れそぼる割れ目より少し上に舌先でちょんとふれられた瞬間、ビリッとした強い愉悦を感じて腰が跳ねる。

「ふ、あぁ……っ？」

「ここ、感じるだろ？　乳首より断然強く」

「あ、あぁ、やだっ……！」

身体を駆け抜けた愉悦よりも、リジオンのにんまりした笑顔のほうが怖くて、ジェシカはぷるぷると首を振る。

言外にもうしないでと訴えるが、もちろんそれでリジオンが止まるはずもない。含み笑いのまま再び顔を伏せたリジオンは、ジェシカのそこを再び舌で突《つつ》いてきた。

「ひゃ！　……あっ！　だめぇ……きゃうぅ……！」

蜜口に指を挿《い》れたまま、ざらついた舌で何度も弱いところを舐《な》められる。

リジオンの舌によって薄い包皮からほんの少し顔を出した粒は、与えられる刺激にぷっくりと膨らみ始めた。

「い、いやぁ、も……しないでぇ……、おかしくなっちゃう……！」

初めて感じる愉悦のあまりの大きさに動揺し、ジェシカは身を捩《よじ》って逃れようとする。

だが片足が長椅子の背に引っかかっている上、リジオンの両手が内腿をしっかり押さえているため身動きすることもできない。ジェシカは与えられるまま執拗《しつよう》な愛撫《あいぶ》を受け入れることになった。

「……んぁぁ……っ、あ、あぁ、……ふ、ぅう……ッ」

敏感な粒を舌の表面でぬるぬると撫《な》でられたり、舌先でツンツンと突《つつ》かれたりすると、腰の奥から蕩《とろ》けそうな愉悦が生まれた。

身体中がびくびくと震えるのを止められなくなり、ジェシカははぁはぁと激しく胸を喘《あえ》がせた。それに合わせて、先の尖った乳房が上下する。

快感に身悶《みもだ》え、朦朧《もうろう》とするジェシカは、そんな自分をリジオンが上目遣いに見つめていることにも気がつかない。

「も、もぅ……だめ……っ。……リジオン、リジオン……！」

「……はぁ、そんな声で呼ぶなよ」

我慢が利かなくなるだろう？　と囁《ささや》かれ、ジェシカは「あぁ！」と大きく身体をのけ反らせた。敏感になった身体には、彼の吐息がふれるのさえ強い刺激となる。

「ふぅ、んっ、んあ……、やぁ……！　ゆび、動かしちゃ……」

いつの間にか秘所に埋《うず》められた指をゆっくり抜き差しされている。蜜が絡《から》むぬちゅぬちゅという音が耳について、ジェシカはいやいやと首を振った。

相変わらず妙な異物感はあるが、繰り返し抜き差しされるうちに甘やかな快感が湧いてくる。

肉粒に与えられる悦楽と相まって、ジェシカはどうしようもなくすすり泣いた。

「リジオン……リジオ、ン……ぅ……っ」

「ジェシカ……気持ちいいか？」

ジェシカは、考えるより先にこくこく頷いた。

「……きもち、いぃ……。あ、いい……、の、リジオン……っ」

彼がふれているところが燃え上がりそうなほど熱い。腰の奥が疼《うず》き、頭の中までぼうっとしてくる。彼の舌や指が動くたびに、胸の奥が掻き乱された。

これまで感じたことのない刺激が怖くて辛いのに、それ以上に気持ちいい。もっとしてほしくて、ジェシカは相反する気持ちにただ喘《あえ》ぎ声を上げた。

「はっ……あぁ、も……、あん、んっ、ン……！」

「……そろそろか」

「……なに、が……？　あっ……」

身を起こしたリジオンが、再び胸元へ顔を伏せる。左手で膨らみを中央に寄せ、音を立てて乳首を吸った。下への愛撫《あいぶ》と同時にされると、ただ胸をいじられていたとき以上に感じて、ジェシカはたまらず甘やかな声を上げた。

「ひぁっ、あぁ、あ……！　だ、だめ、一緒には……あああぁっ！」

ぐちゅ、と音がして、膣内に埋《うず》められる指の数が増えたのがわかった。指の付け根まで深く沈めたリジオンは、手のひら全体で秘所を覆《おお》うと、マッサージでもするようにやわやわと動かしてくる。ちょうど彼の手のひらの付け根が膨らんだ肉粒を押しつぶし、ジェシカは激しく喘《あえ》いだ。

「ああっ、リジオン……！　いぅ、う……っ！」

強すぎる快感から逃れたくて、彼の頭を引き剥《は》がそうとする。しかしいざ彼の髪にふれると、なぜか胸の奥がきゅんとして、そのまま抱え込みたくなった。

そんなジェシカに、リジオンは「いいぞ」とかすれた声で囁《ささや》いてくる。

「抱きついても、背中に爪を立てても、おまえの好きにしていい」

「はっ、あぁ、んっ……！　リジ、オン……、はぁ、あうっ」

ジェシカは彼の言葉に促《うなが》され、そっと頭を抱え込む。

リジオンが満足げに微笑み、再びジェシカの胸を吸い始めた。

彼の頭を掻き抱き、はぁはぁと喘《あえ》ぎながら、ジェシカはうわごとのように彼の名前を呼ぶ。

徐々にリジオンが舌と指の動きを速めていった。ぐちゅぐちゅと音を立てて指が抜き差しされる。

そのたびにあふれる蜜が、彼の手を伝って臀部《でんぶ》にまで滴《したた》り落ちた。

「ひぁっ、あぁ、あ……！　あんっ、ぅう……！」

「っ……、ジェシカ」

「んあっ……！」

切ない声音《こわね》で名前を呼ばれ、ジェシカの中に渦巻いていた愉悦が一気に高まり、熱く爆《は》ぜた。

「ひぁっ、あっ、あああぁぁ……ッ!!」

腰が浮き上がり、びくびくと激しく震えた。膣壁がきゅうっとうねって、リジオンの指を強く締めつける。

初めての絶頂に、ジェシカは息を止め、声もなく身を強張《こわば》らせた。

やがて糸が切れたようにぐったりと長椅子に沈み込んでしまう。

「はっ、はぁ、はぁ……、ん……」

指を引き抜いたリジオンが、身体を伸ばして唇に口づけてきた。

優しく舌を絡《から》めてくる彼の首に、ジェシカは自然と腕を伸ばす。リジオンはジェシカの腰を引き寄せ、ぴたりと密着した状態でキスを深めていった。

やがて、リジオンがゆっくり身体を起こして呟《つぶや》いた。

「……おまえをお仕置きするつもりが、結局、苦しくなったのはおれのほうか」

「え……？」

どういうことか意味がわからず、ジェシカはぼんやりとしながら首を傾《かし》げる。

リジオンは意味ありげな笑みを浮かべて、不意にぐっと腰を押しつけてきた。

「う……っ⁉」

剥《む》き出しの太腿に、ひどく熱い塊《かたまり》が当たっている。布越しとはいえ、はっきりとわかるそれの硬さに、ジェシカの顔がぼんっと赤くなった。

「あ、あっ……！　それ、って……⁉」

「今日は勘弁しておいてやる。だが、次はその限りじゃないからな」

「……ッ⁉」

言葉も出せず固まったジェシカに、リジオンは噴き出した。

ひとしきり笑った彼は、ジェシカの上から身を起こす。

片足を長椅子に引っかけたままだったジェシカは、慌てて足を下ろし、腰に引っかかっていたワンピースで胸元を隠した。

「今さら隠したところで、全部見たぞ？」

「言わないで、そういうことを！」

真っ赤になって抗議するジェシカに、リジオンはまた笑う。

こんな恥ずかしい行為をしておきながら笑うなんて不謹慎だと思う一方で、ジェシカはドキドキと高鳴る胸に戸惑っていた。

――自分と結婚すると明言したリジオンを、いつの間にか異性として意識している。

さらにはそのことにも気づかされ、ジェシカは驚くと同時にこそばゆくなった。

もし彼が、真摯《しんし》な気持ちでジェシカに向き合っているなら、自分もまた同じ気持ちを彼に返せるようになりたい……

そんなふうに考えたとき、衣服を整えたリジオンに声をかけられてドキッとした。

「そのままじゃ気持ち悪いだろう？　湯を用意させるから、ちょっと待っていろ」

「あ……」

部屋を出て行こうとするリジオンに、ジェシカはとっさに声を上げる。なんだ？　というふうに振り返ったリジオンに、ジェシカはどぎまぎしながら口を開いた。

「いいえ、あの……勝手に部屋を出てごめんなさい。もう、心配かけるようなことはしないわ」

リジオンは驚いた様子で藍色の瞳を見開く。だがすぐに、にっこり破顔した。

「今日は一日ゆっくり過ごせ。せっかく摘《つ》んだ薬草も、あのまま放置じゃ気の毒だからな」

「うん……。ありがとう」

ジェシカは心から礼を言って、小さく微笑む。リジオンも笑みを返し、静かに部屋を出て行った。

彼の気配が遠ざかると、ジェシカは無意識に詰めていた息をほーっと吐き出す。心なし、甘さを含んだため息だった。

(リジオン……)

怒った彼は本当に怖かったけれど、それだけジェシカを心配してくれた証拠だと思うと、つい口元が緩《ゆる》んでしまう。

これまで、彼が仕掛けてくるキスや愛撫《あいぶ》をからかいだと思っていたけれど……

今は自然とそう思う気持ちは小さくなっていた。

逆に、自分のことを考えてくれているリジオンのためにも、勝手な行動を慎《つつし》み、淑女教育に今まで以上に打ち込もうという気持ちになる。

(これまでは自分のため、伯爵家のためだけに頑張ろうと思っていたけれど)

リジオンのためにも頑張りたい。

その思いが胸の奥から自然に湧いて、ジェシカはそんな自分をくすぐったく思ったのだった。

第二章　育っていく思い

リジオンがジェシカのことを、ジェシカが考える以上に思ってくれている。

その思いに応《こた》えたいという気持ちがリジオンにも伝わったのだろうか。

あの日以来、二人の距離はぐっと近くなったように思われた。

リジオンは昼は相変わらずのスパルタぶりだったが、不意に肩を抱いたりキスをしたりということが日常になりつつある。

ジェシカはジェシカで、戸惑いながらも彼のすることを拒絶することはなくなった。むしろこれは彼なりのスキンシップなのだろうと考えて素直に受け入れている。

そんなふうに、淑女教育を順調に進めていたある日。

「そういえば明日だな。親族どもが指定した婚約者候補との顔合わせの日」

昼食を終え、さて立ち居振る舞いの授業を始めようというときにリジオンに指摘され、ジェシカはハッと目を瞬《またた》いた。

「本当だわ。日付を確認する暇もなかったから、すっかり忘れてた」

それはつまり、淑女教育を始めてから二週間が経過したことを示していた。

「どんな奴がやってくるか見物《みもの》だな。ひとまず明日は、親族どもに突っ込まれないよう笑顔でしとやかに、だ。よし、さっそく試してみるか」

「うっ……よろしくお願いします」

にっこりと微笑むリジオンの目が笑っていないのに気づき、思わず口元を引き攣《つ》らせた。こういうときのリジオンはたいていスパルタ教師に変貌すると、この二週間でたっぷり学んだジェシカは、つい逃げ腰になる。

そして思った通り、その後は容赦なくビシバシしごかれることになったのだった。

――翌日。最初の山場となる日がやってきた。

ラスビーゴ男爵を始めとした親族たちが続々と伯爵邸を訪れる。

ジェシカにふさわしい婿候補を連れて……

「初めまして、ジェシカ嬢！　レジナルド・オーエンと申します。お会いできて光栄ですよ」

玄関ホールでさっそく件《くだん》の候補者を紹介されたジェシカは、笑顔が崩れそうになるのをなんとかこらえた。

甲高い声で大仰な挨拶《あいさつ》をしてきたのは、たっぷりついたお腹のお肉を揺らす中年男だ。

体型はもちろん、お世辞にもお顔が整っているとは言い難い。おまけに、ジェシカを眺め回す小さな濁《にご》った目が滅茶苦茶気持ち悪かった。

（……まさか本当に、リジオンが言っていた通りの男性を連れてくるなんて！）

引き攣《つ》った笑顔の裏で、この男と添い遂《と》げる未来をなんとかして回避しなければ、とジェシカは即座に決心した。

「ジェシカ・フォン・グランティーヌと申します。お会いできて嬉しいですわ、レジナルド卿」

リジオンに教わった通り、控えめな笑みを貼りつけそっと右手を差し出す。

レジナルドはでっぷりとした手でその手を取り、ぶちゅうっと執拗《しつよう》なほど強く唇を押しつけてきた。手袋越しでなかったら盛大に悲鳴を上げていたかもしれない。

どうにか嫌悪を顔に出さずにこらえた自分を、ジェシカは褒《ほ》め称えたい気持ちになった。

「レジナルド卿は我が一族の者で、王都でも顔の広さで知られています。今後中央と繫《つな》がりを深めていくことを考えれば、婿として彼以上に最適な人間はいないかと」

ラスビーゴ男爵が堂々と言ってくる。それに全力で突っ込みたい気持ちを、ジェシカはかろうじて抑えた。口元にはなんとか笑みを浮かべているが、レジナルド卿の無遠慮な視線を感じるたびに、ぞわぞわと鳥肌が立って仕方がない。

リジオンはというと、爽《さわ》やかな笑顔で「なるほど」と頷いている。

「確かに、彼は王都でも大変有名な人物ですね。わたしも過去に王都の警備隊に付き合って、繁華街を巡回したことがありますが、そのときに何度かお目にかかった記憶があります。まぁ、そのときの彼はしらふではなかったので覚えていないと思いますが」

繁華街って。思わず遠い目をするジェシカに対し、親族たちは「なぜ知っている!?」と言わんばかりに目を瞠《みは》っている。どうやらレジナルド卿が普段から素行のよろしくない人物であることは、間違いないらしい。

彼らは、リジオンが騎士として王都を離れることが多いのを逆手《さかて》に取り、王都で暮らすレジナルドの評判を知らないだろうと高をくくっていたようだ。

もっとも当のレジナルド卿は、突然顔を青くした親族たちを見て不思議そうに首を傾《かし》げている。

……なるほど、外見だけでなく頭のほうもあまりよろしくないというわけか。

（いや――！　こんな脂《あぶら》ぎった中年男と婚約も結婚も絶対したくないッ!!）

ジェシカは年頃の乙女らしく胸中で叫ぶ。

その隣で、リジオンがニコニコしながら親族たちを見回し、口を開いた。

「それで？　彼女が伯爵家の跡継ぎにふさわしい淑女と認められなかった場合は、わたしとの婚約の話を破棄して、こちらのレジナルド卿とジェシカ嬢を結婚させるということでしたが、その方針は今も変わりませんか？」

「も、もちろんです」

リジオンの笑顔にひるみながら、男爵たちはこくこくと頷く。

「わかりました。では、彼女が立派な淑女になれたかどうかを判断していただく内容と日取りを、お考えくださいましたか？」

「はい。その方法は――ジェシカ嬢に、伯爵家主催のパーティーを開いていただきたい。期日は王宮舞踏会の二週間前、場所は王都の伯爵邸で。その頃には社交期も始まりますし、わたしたちも王都に移動していると思いますので」

「伯爵家主催のパーティー、ですか」

「そうです。ここ数年は伯爵のご容体が優れなかったので開催しておりませんでしたが、以前は盛大なパーティーを開いておりました。ジェシカ嬢にも同じようにしていただきたい。パーティーの成功、そして、彼女が女主人としてきちんと振る舞うことができたなら……彼女を、伯爵家の跡取り、ならびにリジオン卿にふさわしい淑女と認め、お二人の結婚を祝福いたします」

そんなっ！　舞踏会にも出たことがないのに、いきなりパーティーを主催しろなど無理難題もいいところだ。

ジェシカは言葉もなく青くなる。だがリジオンはどことなく嬉しそうに頷いた。

「それはよい案ですね。わたしのジェシカ嬢がどれほど美しく素晴らしい女性か、たくさんの方々に示すよい機会です」

リジオンはジェシカの腰を引き寄せ、額《ひたい》に唇を寄せながらにこやかに言い放つ。突然の親密な仕草に、ジェシカは焦って赤くなった。

そしてそれを目《ま》の当たりにした親族たちは、一様に口元をヒクつかせている。

とにもかくにも、二ケ月後にパーティーを開くことで話はまとまり、親族たちはぞろぞろと帰って行った。

最後に残ったラスビーゴ男爵とレジナルド卿をにこやかに送り出し、馬車が完全に見えなくなったところで、ジェシカは盛大な不満を爆発させる。

「あんな中年醜男《ぶおとこ》と結婚なんていや――ッ!!」

「おれもあんなクソ野郎におまえをどうこうさせるのは絶対に御免《ごめん》だ」

親族たちの去っていった方向を睨《にら》みつけ、腕組みをしたリジオンも同意を示した。

「だが、身内だけのパーティーか……。ふん、上等だ。それまでにおまえを最高の淑女にしてやるからな。楽しみにしていろよ、ジェシカ」

そう言って、ジェシカの顎《あご》に指をかけたリジオンは不敵に宣言する。

これもスパルタ教育の前触れだ。ジェシカは「ひーっ」と心の中で悲鳴を上げた。

「しかし、まさかあれほど素行の悪い男を連れてくるとは思わなかった。自分で予想しておいてなんだが、もうちょっとまともな奴を選んでくるかと思っていたんだが……考えが甘かったな」

「そ、そんなに素行が悪いの、レジナルド卿って？」

「おれが知る限り、収容所一歩手前のところまで五、六回は引っ立てられている。その都度、迎えの者が金で解決していくから、いい加減捕まえるのがあほくさくなってきたって、知り合いの警備兵が愚痴《ぐち》っていたからな」

「うへ～……」

なんでもレジナルド卿の父親は貴族議員で、要職に就いている有名人らしい。だがその父親は晩年に産まれた一人息子を溺愛しすぎたため、レジナルド卿は奔放《ほんぽう》かつ快楽主義という、立派な放蕩《ほうとう》息子になってしまったということだった。

そんな男と結婚などしたくないと、ジェシカはますます危機感を強める。

それに……レジナルド卿の背後にいる親族たちに、祖父が残した家や領地を好き勝手されるわけにはいかないのだ！

「リジオン……わたし、頑張るわ。お祖父《じい》様が護ってきたものをわたしも護っていきたいもの」

「その意気だぞ、ジェシカ。じゃあ、今日中にハイヒールでの歩き方をマスターするか」

「へっ？」

新たな決意を呟《つぶや》いたジェシカに、リジオンはキラッと歯を見せて笑った。

「頭の上に本を三冊くらいのせて、それを落とさないように、客間を軽～く百往復もすれば身につくだろう。よし、さっそく始めるか」

「百往復？　百往復って言った？　それ全然軽くないからっ、無理だからっ！」

冗談にしてもたちが悪いが、リジオンはきっと本気で言っている。彼の鬼教官ぶりにジェシカは真っ青になった。

だが彼がいつものサロンへ足を向ければ、ついて行かないわけにはいかない。

待ち受けているであろうスパルタ教育にげんなりしながらも、ジェシカはすぐにリジオンのあとを追いかけたのだった。


百往復とは言わないが、それなりの距離と時間を歩かされ、ようやく日常の所作に合格点が出たと思ったら、休む間もなくダンスの練習に突入する。

並行して座学も行《おこな》い、ジェシカは与えられる課題をこなすだけで精一杯だった。だが、周りから見るとずいぶんと印象が変わってきたらしい。

「失礼します、リジオン卿。ご実家の侯爵家から使いの方がいらしています」

「わかった、すぐに行く。――キリもいいし、少し休憩にするか。おまえはここで休んでいろ」

「はい……」

立て続けにワルツを三曲踊って、足が攣《つ》りそうになっていたジェシカは長椅子に沈み込んだ。

ぐったりとクッションにもたれるジェシカを見て、ダンスの伴奏を担当していた二人の侍女がくすくす笑う。ジェシカは慌てて居住まいを正した。

「ごめんなさい、みっともないところを見せたわね」

「いいえ。ご休憩中なのですから、どうぞくつろいでくださいませ。すぐにお茶を淹《い》れますね」

「ありがとう……」

侍女たちは楽器をテキパキと片付けると、長椅子の前に小さな机を運んで温かいお茶を用意してくれた。机に並べられた軽食とお菓子にジェシカは目を輝かせる。

「はー、美味《おい》しい」

クリームをたっぷりつけたスコーンを頬張ったジェシカに、侍女たちがまた小さく笑みを漏らした。ジェシカは再びハッとして背筋を伸ばす。

「あ、申し訳ありません、笑ってしまって。最近はリジオン卿のご指導のもと、すっかりご令嬢らしくおなりになったお嬢様ですが、お菓子を頬張るお顔は以前と少しも変わっていなくて、可愛らしいなぁと思ったもので」

「だ、だって、お菓子が美味《おい》しいから、つい……。リジオンがいたらきっと駄目出しされるわね」

美味《おい》しいお菓子を澄まして食べなければならないなんて、貴族って本当に面倒だわ、と思いつつ、そういう社会に入るからには気をつけないといけない。

優雅な仕草で長椅子に座り直したジェシカに、侍女たちが感嘆の声を上げた。

「本当に……お嬢様は、すっかり淑女らしくおなりです」

「そ、そうかしら？」

「そうですわ。以前は伯爵様がどんなにドレスを薦められても『動きにくいし裾が邪魔』と仰《おっしゃ》って、ワンピースで薬草まみれになっていたあのお嬢様が、こんなに立派に……。感慨深いばかりです」

そういうふうに言われてしまうと、かつての自分がいかに田舎《いなか》者丸出しのお転婆《てんば》であったかを思い知らされ、なんとも複雑な気分になった。

「その者たちの言う通りですよ、ジェシカ様。今やあなた様の所作は、生まれつきの貴族令嬢となんら変わりありません。このままリジオン卿のもとで学び続ければ、この家の跡継ぎにふさわしい立派な淑女になられることでございましょう」

それまで部屋の隅に控えていた家令も、侍女たちの言葉に賛同する。

ジェシカは驚きながら、つい身を乗り出して家令を見つめた。

「ほ、本当にそう思う？」

「もちろんでございます。それに我々は、ジェシカ様が淑女になれると信じております」

いつも優しく接してくれる家令の瞳に切実な色を感じ取り、ジェシカは首を傾《かし》げた。

「亡き旦那様は、野心も露《あら》わなご親族方にこの家をいいようにされることをなにより恐れていらっしゃいました。ですがジェシカ様であれば、この家を護ってくれるだろうと仰《おっしゃ》っておりました」

「お祖父《じい》様が……？」

初めて伝え聞く祖父の言葉に、ジェシカは大きく目を見開いた。

家令は慈《いつく》しみを込めた笑顔で頷く。

「今のジェシカ様をご覧になられたら、きっと誇らしく思われることでしょう。……侍女たちの言葉ではありませんが、本当に、感慨深く思います」

家令と侍女たちの温かな笑顔とまなざしに、ジェシカは胸が熱くなるのを感じた。

彼らがこれほどまでにジェシカを見守り、そして成長を喜んでくれているとは思いもしなかった。

そして祖父がジェシカを信じてこの家の跡取りに指名したのだと知って、込み上げる思いで胸がいっぱいになる。

(お祖父《じい》様……！　わたし、精一杯頑張ります！　この家の使用人たちだけじゃなく、親族も、他の貴族たちにも、『伯爵家の跡取りにふさわしい』と認めてもらえるように、頑張るから！)

ぐっと拳《こぶし》を握って、誓いを新たにするジェシカだったが……

「リジオン卿とも本当にお似合いで。お二人がご結婚して、この家を守り立ててくださる日が今から待ち遠しいですわ！」

侍女の一人にそんなことを言われて、ジェシカはつい「へあっ⁉」と妙な声を上げてしまった。

「おっ、おおお、お似合いって……！」

途端に動揺するジェシカに、侍女たちは興奮気味に頷いた。

「淑女教育の際は、かなり厳しく接しているリジオン卿ですけど……」

「さりげなくお嬢様をお助けしたり、それとなく抱き寄せたりされる姿から、本当にお嬢様を大切に思われていると伝わってきて、照れくさくなると言いますか……」

「お嬢様も、リジオン卿のことを好いておられますものね？」

「すっ⁉　えっ、好きって、……えええええ――ッ⁉」

驚きのあまりのけ反るジェシカを見て、侍女たちは目をぱちくりさせた。

「あらっ、もしかして無自覚でしたの？」

「ゆくゆくはご結婚なさるのですもの、リジオン卿に恋をなさるのはいいことだと思いますわ」

「こっ……⁉」

喉を絞められた鶏《にわとり》のような声を出したジェシカは、口をぱくぱくするだけで、なにも言えなくなってしまう。

見かねた家令が、やんわり侍女たちを窘《たしな》めた。

「おまえたち、そのへんにしなさい。いくらお嬢様がお優しいとはいえ、主人のプライベートに口出ししないように」

「はい、失礼いたしました」

そろって頭を下げながらも、侍女たちは変わらずにこにこしている。家令も注意こそしたものの、彼女たちの言葉を訂正する気はないようだ。

（恋……⁉）

改めて言葉にされて、ジェシカは首筋まで真っ赤になってしまう。

確かにリジオンは結婚を考えている相手である。だが先に婚約者候補という関係があったため、本来先にあるはずの恋について考えたこともなかった。

リジオン相手に、恋？

考えた途端、夜の濃密なふれ合いを思い出してしまい顔が赤くなる。

自分と夫婦になるつもりだと言ったリジオン。彼は、自分のことをどう思っているのだろう……

改めてそれを考えたジェシカは、急に息苦しくなった。

「ジェシカ、今報せが届いたんだが――」

そのとき、いきなり扉が開いてリジオンが顔をのぞかせた。

「きゃあああッ！」

「……ひとの顔を見ていきなり悲鳴を上げるとはいい度胸だな。夕食の時間までぶっ通しでワルツを踊らせてやろうか？　ん？」

「ひぃっ！　そ、それはご勘弁を！」

口元をヒクつかせながら近寄ってくるリジオンに、ジェシカは両手を上げて懇願する。

やっぱり鬼教官だと思う一方で、恋という単語が頭から離れずリジオンをまっすぐ見られない。

（ああもう！　こんなふうに動揺している場合じゃないのに！）

「そ、それで、報せってなに？」

「ああ。ユーリーが近々こっちにくるそうだ」

「ユーリーさんが？」

国王陛下に報告してくると言ってここを出た、優しげな面立ちが思い出される。

ずいぶん前のことに思えるが、彼がここを出て二週間しか経っていないと思うと、それだけ濃厚な毎日を過ごしてきたのだとジェシカはしみじみ思った。

「王都での仕事が一段落したから、伯爵家の今後について報告したいとのことだ。明日か明後日《あさって》にはこっちに着くだろう。いい機会だから、今から客人を迎えるときの作法を教えるぞ」

「は、はいっ。お願いします」

客人を迎えるのにも作法があるのか。そう思いながらリジオンについて部屋を出る。

客室の準備や使用人たちへの指示を教わりながら、ジェシカは先ほど言われた『彼に恋をする』ということを意識から追い出すのだった。


「久しぶりだね、ジェシカ、リジオン。二人とも元気そうでなによりだよ」

連絡を受けてから二日後に、ユーリーが伯爵邸を訪れた。

この家の女主人としてユーリーを出迎えたジェシカは、彼をサロンへ案内した。

いつもレッスンを受けているサロンとは別の、気心の知れた者同士がお喋《しゃべ》りを楽しむこぢんまりとした部屋だ。ジェシカたちは日当たりのいい窓際に用意した席にゆったりと腰かけた。

「国王陛下へ正式にグランティーヌ伯爵の遺言を伝えてきたよ。陛下から、君が社交界に出てくるのを楽しみにしているとお言葉を賜《たまわ》った。後日、王宮舞踏会への招待状が届けられると思うよ」

国中の貴族が一堂に会する王宮舞踏会で、陛下がジェシカを認めることによって、正式に伯爵家の跡継ぎとして社交界入りができるのだという。

「それにしても、まだ一ヶ月にも満たないのにずいぶん垢抜《あかぬ》けたね。ドレスもよく似合っているし、立ち居振る舞いも洗練されている。頑張っているんだね」

ユーリーからの褒《ほ》め言葉に、ジェシカは微笑む。もしかしたら半分くらいは社交辞令かもしれないが、こうして淑女教育の成果が現れてきているとわかると自信に繋《つな》がった。

「さすがは我が弟と言うべきかな。剣と乗馬ばかりやってきた君が、これほど立派に淑女教育ができるとは驚きだったけれど」

「ほっとけ」

リジオンは軽く肩をすくめてそう返す。彼も兄が相手だと、いつもよりずっと気安い雰囲気になるようだった。

「さて。今日は報告以外にも、個人的なお誘いがあるんだ」

そう言って、ユーリーは懐《ふところ》から取り出した手紙をジェシカに渡す。可愛らしい封筒は、きちんと蜜蝋《みつろう》で封をされていた。

メイドを呼んでペーパーナイフを持ってきてもらい、ジェシカは丁寧に開封する。

「これは……招待状ですか？」

透《す》かしの入った便箋《びんせん》を開き、ざっと目を通したジェシカは、ちらりとユーリーに目を向ける。

「そう。僕の奥さんが誕生日を迎えるから、我が家でそのお祝いのパーティーをするんだ」

僕の奥さん、と言ったユーリーの表情がとても幸せそうで、ジェシカは軽く目を瞠《みは》った。

「昼間に行《おこな》うガーデンパーティーだから、肩慣らしにちょうどいいかと思ってね」

ジェシカはちらりとリジオンを見やる。彼が無理だと判断すれば、参加は難しいが……

リジオンは、「悪くないな」と呟《つぶや》いた。

「これまでの淑女教育の成果を見極めるにはいい機会だろう。ジェシカ、出席するぞ」

「えっ、いいの？」

てっきり「おまえにはまだ早い」と言われるだろうと思っていたジェシカはびっくりする。挨拶《あいさつ》もダンスも一通り覚えたとはいえ、本当に人前に出て通用するのか自分ではわからないだけに、リジオンの返答は意外だった。

「兄さんのところで開かれるパーティーなら警備も万全だろうし、招待客も厳選されている。最初に出かけていくにはこれ以上ない場所だ」

「それは、そうなんだろうけど」

いまいち自信が持てないジェシカに、リジオンは「心配するな」ときっぱり言う。

「今のおまえなら大丈夫だと思うから参加するんだ。無理なら『出席する』とは答えない」

大丈夫……リジオンの力強い言葉に、ジェシカは自分でも驚くほど力が湧いてくるのを感じた。

「そう……ね。いずれ経験しなくちゃいけないことだし、ここでひるんだら前に進めないものね」

「その意気だ」

拳《こぶし》を握るジェシカにリジオンは満足げに頷く。ユーリーも「じゃあ、決定だね」と微笑んだ。

「うんとおめかししておいで。僕も妻も、当日を楽しみに待っているね」

「はい。ありがとうございます」

緊張に少しドキドキしつつも、ジェシカはユーリーに笑顔を返した。

＊　＊　＊

子爵位を持つユーリーだが、領地は持たず、現在は生まれ育ったアルジェード侯爵邸で家族とともに暮らしているという。

と言っても法務省に勤める彼は普段は王都で生活しており、侯爵領にはあまり戻れないのだそうだ。そのぶん家族の誕生日や記念日には必ず休暇を取って、領地でお祝いをするらしい。

ジェシカたちが二日かけてアルジェード侯爵邸に到着したとき、そこにはすでに多くの招待客が集まっていた。

「ふわー……。すごく大きなお屋敷ねぇ」

アルジェード侯爵邸を見上げたジェシカは感嘆のため息を漏らす。朝からずっと馬車に揺られて疲れていたが、伯爵邸よりさらに立派な建物を前にして、たちまち気分が高揚してきた。

「大きいだけだ。古いし不便なところだぞ」

「まぁ、そう言ってくれるなよ。これでも過ごしやすくなるようちょくちょく改装しているんだから。特に僕たちが暮らす離れは最新の設備がそろっているよ」

二人を出迎えたユーリーが弟の言葉に苦笑する。リジオンが肩をすくめると、ユーリーの隣に控えていた貴婦人がくすくす笑った。

「紹介するよジェシカ。僕の奥さんのエリーゼだ」

「初めまして、エリーゼと申します。あなたがグランティーヌ伯爵家のお嬢様なのね。ユーリーから話を聞いて以来、お会いしたくてうずうずしていたの。今日はどうぞよろしくね」

「こちらこそ初めまして。ジェシカと申します。本日はお招きいただきありがとうございます」

明るい挨拶《あいさつ》とともに手を差し出され、ジェシカは慌ててその手を握る。どうやらエリーゼはとても気さくな人物のようだ。

「お祖父《じい》様のことはお気の毒でしたわ。残念ながらグランティーヌ伯爵とは面識がないのだけど、ユーリーやリジオンからいろいろとお話を聞いていたから、他人事《ひとごと》とは思えなくて。まだ悲しみも癒《い》えていないでしょうから、どうぞ無理はなさらないでね」

そう優しく微笑まれて、ジェシカは不覚にも涙が出そうになった。

内々とはいえ、初めて参加する公《おおやけ》の場だ。どうしても不安を消すことができなかった。でもユーリーとエリーゼの優しい笑みを見ていたら、なんとかなると思えてくる。

挨拶《あいさつ》を済ませたところで、二人は侯爵邸の庭へと案内された。

大きく開けた露台と、そこから続く庭にはいくつものテーブルと椅子が並べられている。そこには手軽に摘《つ》まめるようなケーキやスコーン、サンドウィッチなどが並べられていた。飲み物をサーブする使用人があちこちに控えており、細部まで目が行き届いている。

身内だけのパーティーと聞いていたのに、会場の装飾から食べ物に至るまで非常に豪勢な支度ぶりだ。これが貴族社会の催《もよお》しなのだと思うと、規格の違いに圧倒されてしまう。

当然、招待客もそんな雰囲気に見劣りしないひとばかりだ。いずれもきらびやかな装《よそお》いに身を包み楽しげに談笑している。

なにもかもがキラキラ輝いて見える中、ジェシカはにわかに自分の恰好が気になってきた。

今日の装《よそお》いは柔らかなピンク色の襟の高いドレスだ。どちらかというと慎《つつ》ましいデザインで、流行の花模様がアクセントになっている。薄茶色の長い髪は一部を結って、あとは緩《ゆる》く巻いて自然に垂らす形にしていた。髪飾りには生花を使い、耳と首を小粒真珠のアクセサリーで飾っている。

ここへくる前は派手ではないかと思っていたが、いざ周りの女性たちと比べると、ジェシカはつい不安になってしまった。

（もしかして、わたしの恰好ってかなり地味なんじゃ……？）

するとそれに気づいたリジオンが、エスコートしながら「大丈夫だ」と請け負った。

「この場で派手に着飾っているのはだいたい人妻で、そうでなければ社交界デビューを済ませた令嬢だ。おまえはそのどちらでもないから今日くらいの装《よそお》いでちょうどいいんだよ」

「そうなの。それなら安心だわ」

ほっとしたジェシカは、ユーリーの挨拶《あいさつ》に耳を傾ける。

そうして挨拶《あいさつ》が終わると、招待客たちは好きに移動してあちこちで歓談を始めた。

どうしていいかわからずリジオンの横で立ち尽くすジェシカに、エリーゼが手招きしてくる。

「ジェシカさん、こっちでお喋《しゃべ》りしましょうよ。伯爵のお話を聞かせてくださると嬉しいわ」

ちらりとリジオンを見ると、行ってこいと笑顔で頷かれた。ジェシカは「はい」と笑みを浮かべて、少し緊張しながらエリーゼのもとへ向かった。

エリーゼに案内されたのはテーブルが用意された一画だ。そこでは二人の品のよい貴婦人がお喋《しゃべ》りをしていて、近づいてくるジェシカたちに気づくとそろって顔を向けてきた。

「ジェシカさん、紹介するわね。こちらはバージル公爵夫人と、ルディオル侯爵夫人よ。お二人はお義母様《かあ》のご友人で、わたしも親しくさせていただいているの」

紹介された貴婦人たちは、いずれも老齢になろうかという年頃だった。

実はこの二人は社交界の重鎮、またはご意見番と言われる方々で、社交界デビューするならまず彼女たちに挨拶《あいさつ》をするというのが鉄則である。

今日彼女たちがここに招待されているのは、後見人であるユーリーとリジオンが根回しした結果なのだが、ジェシカはそんなことを知るよしもない。

「お初にお目にかかります、ジェシカ・フォン・グランティーヌと申します」

ジェシカは緊張しながらも、二人の貴婦人に深々と頭を下げた。

「こんにちは。まぁ、可愛らしいお嬢さんだこと」

「あのグランティーヌ伯爵にこんなに可愛いお孫さんがいらしたなんてねぇ。元気な頃に紹介してほしかったわ。このたびはお気の毒でした」

祖父と同世代らしい二人の貴婦人は、そう言ってジェシカのことを快《こころよ》く迎え入れてくれた。亡き祖父へのお悔やみの言葉に、ジェシカはさらに深く頭を下げる。

それからしばらくは祖父の思い出話に花が咲いた。ジェシカの知らない祖父の話をたくさん聞かせてもらって、ジェシカの緊張も徐々にほぐれていく。そんな中、エリーゼがユーリーに呼ばれて中座したのを見計らったように、「そういえば」とバージル公爵夫人が話題を変えてきた。

「今はヒューイ子爵が、ジェシカさんの後見人になっているんでしたわね？」

「はい。ユーリー様と、弟のリジオン卿には大変お世話になっております」

「そうそう、リジオンから王宮の事情などを学んでいるのでしょう？　騎士としての評判は素晴らしいけど、あの子に教師役が務まるのかしら？　まさか兵士を鍛《きた》えるようにしごかれているのではなくって？」

ええ、それはもう。

内心で頷きながら、ジェシカは賢明にも「いいえ、そんなことはありません」と微笑んだ。

「確かに厳しく感じることもありますが、根気よく教えていただけるのでとても助かっております。今日も心配してここまでエスコートしてくださいましたし」

「そう。あの悪戯《いたずら》坊主も変わるものねぇ。昔はお屋敷の屋根に上って怒られていたというのに」

庭園に生える木を見やりながらおっとり笑う公爵夫人に、ジェシカは思わず目を丸くした。

「え、屋根に上ったんですか？　木登りではなく？」

「もちろん木登りもしていましたよ。でもあの子はそれだけでは物足りなくて、木から屋根に飛び移って、猿のように飛び回っていたのよ」

目を白黒させるジェシカに、貴婦人たちは懐《なつ》かしそうに過去のリジオンの所行を暴露し始めた。

曰《いわ》く、屋根に上るなどまだ可愛いもので、噴水に立つ像によじ登って水が出てくる部分を壊したり、母親の宝石箱に蛙《かえる》を入れて驚かせたり、剣を振り回して父親の侯爵が大事にしていた壺を割ったり……枚挙《まいきょ》に遑《いとま》がないらしい。

「それにね、あの子はちょっと気になる女の子がいると、必ずといっていいほど悪戯《いたずら》をしかけてね。ドレスの背中に木の実を入れたり、スカートをめくったり。あなたは大丈夫？」

「もっ、もちろんです。おほほほ……」

扇で口元を隠して笑って誤魔化すが、すでにいろいろ手を出されている身としてはなんと答えていいやらわからない。

（でも今の話を聞く限り、あれってリジオンなりの好意の表し方だったのかしら……）

そのとき、近くで華やかな笑い声が上がった。

振り返って見ると、複数の令嬢に囲まれたリジオンが楽しげに談笑しているところだった。

（リ、リジオン……いつの間にあんなにたくさんの女の子たちに囲まれていたの？）

社交界デビューを済ませた令嬢たちなのだろう。いずれも華やかなドレスを身に纏《まと》い、リジオンをうっとりしたまなざしで見上げている。リジオンは紳士的な微笑みを浮かべて、顔見知りらしき令嬢の手に挨拶《あいさつ》のキスをした。

嬉しそうに頬を染める令嬢の姿を見たジェシカは、なぜだかものすごくもやっとした。

（な、なによ。わたしがエリックと二人で話していただけで、烈火のごとく怒ったくせに。自分は女の子たちと仲良くしちゃって——！）

無意識に眉を寄せて、令嬢に囲まれているリジオンを睨《にら》んでしまう。

そんなジェシカを見て、老齢の貴婦人たちはころころ笑った。

「うふふっ。リジオン卿は大変おもてになるみたい。ジェシカさんもうかうかしていられないわね」

「え？　あ……っ」

ジェシカはかぁっと頬が熱くなるのを感じた。女の子たちに嫉妬してしまったことも、それを貴婦人たちにばっちり目撃されたことも恥ずかしくて仕方がない。

「わ、わたし、ちょっと飲み物を取ってきます……！」

「ええ、行ってらっしゃい」

いたたまれなくて席を立つジェシカを、貴婦人たちはにこやかに見送ってくれた。

頬に熱が上ったせいか本当に喉が渇いてしまって、通りかかった給仕にジュースをもらう。爽《さわ》やかな桃のジュースを飲み干すと幾分か気持ちが落ち着いてきた。ふとジェシカの目に、可愛いクッキーがずらりと並ぶお皿が飛び込んでくる。

（……せっかくだし、ちょっと摘《つ》まんでも構わないわよね？）

ジェシカは給仕に小皿をもらい、目についたお菓子を少しずつサーブした。

一応人目を気にして木陰に置かれた長椅子に移動し、クッキーを口に入れる。これがびっくりするほど美味《おい》しくて、ジェシカはしばらくお菓子を楽しむことにした。

「ご機嫌よう、レディ。お一人ですか？」

お菓子に夢中になっていたジェシカは、いきなり声をかけられて跳び上がりそうになる。

顔を上げると、見知らぬ青年がニコニコしながらこちらを見ていた。

口の中のクッキーをゴクンと呑み込んで、ジェシカは申し訳程度に微笑み返す。

「いいえ、連れがおりますの。今は他の方にご挨拶《あいさつ》しておりますが、そろそろ戻ってくると思いますわ」

あらかじめリジオンに教わっていた通りに返答する。慣れないお嬢様言葉で、見知らぬ異性と話すことに緊張するが、レッスンの成果かそれなりに様《さま》になっていた。

青年は「そうですか」と頷きつつも、さっと周囲に目を走らせジェシカの耳元にこそっと囁《ささや》く。

「お連れの方が戻るまで、少しお話ししませんか？　あまりこういった場に慣れていないので、気の利いたお誘いができずに申し訳ないのですが」

慣れていないと言う割に、ジェシカに身体を寄せる動きはなめらかだった気がする。

ジェシカは頬を引き攣《つ》らせないように気をつけながら、何度も練習した答えを返した。

「まぁ、お誘いは嬉しいのですけど、ごめんなさい。まだ正式に社交界デビューをしていないので、他の方を誘っていただけますか」

礼儀をわきまえている人間なら、こう言えばたいてい引き下がるか、「ではお連れ様のところへ案内してください」と頼んでくると、リジオンは言っていた。

初対面の人間とは、エスコートしてきた人間や付添人、家族や親しい友人を介して知り合うのが、一種のマナーなのだそうだ。

相手もそれは心得ていたのだろう。「そうですか……」と残念そうな顔をしつつ、頭を下げて立ち去っていった。教わった通りにできて、ジェシカはほっと安堵の息をつく。

ちょうど皿も空になったので、席に戻ろうと立ち上がった。

そのとき、青年が立ち去ったのと別方向から「ごきげんよう」と声をかけられる。

「初めまして。ちょっとお話ししてもよろしくて？」

見れば、つい先ほどまでリジオンと談笑していた令嬢たちが集まっていた。

声をかけてきたのはそのリーダー格と思《おぼ》しき華やかな令嬢だ。ジェシカはすぐに、彼女がリジオンのキスを受けていた子だと気がついた。

「……ごきげんよう。わたしでよければ喜んで」

笑顔が強張《こわば》りそうになるのを必死にこらえて、ジェシカは令嬢たちに向き直る。

リーダー格の令嬢は、ジェシカの髪やドレスを素早くチェックしていく。値踏みされるような視線にジェシカはたじろぐが、令嬢は何事もなかった様子でにっこり微笑んだ。

「実は、つい先ほどリジオン様とお話しさせていただいたのですが、『今日はエスコートする女性がいるので長くお相手はできない』と言われましたの。これまでこうした場でリジオン様が女性をエスコートすることなどなかったので、お相手はどんな方なのかと気になってしまいまして」

令嬢がちらりと見つめるほうにはリジオンの姿がある。彼はいつの間にかユーリーとともにいて、顔見知りと思《おぼ》しき紳士たちと談笑していた。

「よろしければぜひお名前を聞かせていただけないかしら」

友好的な質問に聞こえるが、令嬢の目は笑っていない。ジェシカは緊張しつつ、リジオンに叩き込まれた控えめな笑顔でそれに答えた。

「ジェシカ・フォン・グランティーヌです。本日の主催であるユーリー様に後見人を務めていただいておりますの」

「ああ、ではリジオン様はヒューイ子爵に頼まれて、あなたのエスコート役をしているということですのね？」

「そんなところです……」

令嬢の言い方がどうにも気に障って、ジェシカの声は自然と低くなる。

そのため、ジェシカが場慣れしていないことが相手にも伝わったのだろう。令嬢は扇の陰でちょっと口元を歪《ゆが》めて笑った。

「それを聞いて少し安心いたしましたわ。リジオン様といえば名門侯爵家のご子息でありながら、騎士としても名高い素晴らしい方ですもの。その方がご自身でエスコートすると決めた女性は、やはり彼に釣り合う立派な淑女でなければ、とうてい納得できませんもの」

ジェシカは思わず表情をなくす。

令嬢の言葉の意味は明白だ。リジオンを持ち上げる一方で、ジェシカのことを『彼には釣り合わない』と、断言している。

先ほどの青年相手に上手《うま》く対応できたとほっとしたばかりなだけに、令嬢の嫌みはジェシカの自信を打ち砕いた。

上手《うま》い返しも思いつかずとっさにうつむく。

「ジェシカ嬢、一人にしてしまって申し訳ない」

突然聞こえてきた声に、ジェシカはハッと顔を上げた。

そこにはいつの間にか、ジェシカに手を差し伸べるリジオンがいた。

令嬢たちの手前、少し気まずく思いながらも、ジェシカはその腕に手を添える。

ジェシカが寄り添うのを待って、リジオンは令嬢たちににっこり微笑みかけた。

「ご歓談中にお邪魔して申し訳ない。そろそろ音楽家たちの演奏が始まるそうですので、皆様もよろしければ移動なさってください」

「は、はい……」

リーダー格の令嬢は少し動揺を見せたが、すぐに笑顔を取り繕《つくろ》ってその場を離れる。ほかの令嬢たちもそそくさとそれに続いた。

「浮かない顔をしてどうした？　なにか言われたのか？」

ゆったり移動しつつ、リジオンがジェシカにだけ聞こえる小さな声で尋ねてきた。

ジェシカの胸に様々な感情が湧き上がる。

令嬢たちに愛想よく微笑むリジオンを見て妬いてしまったこと。青年の誘いを上手《うま》くかわしてほっとしたこと。それも束の間、令嬢に嫌みを言われてかなり落ち込んでいること……

だがそのいずれも言葉にするのは躊躇《ためら》われて、ジェシカは、なんでもないと答えてしまった。

リジオンが怪訝《けげん》な顔をしてくる。だがこれ以上追及されたら弱音を吐いてしまいそうで、ジェシカはわざとツンと澄ました態度を取った。

「わたしが初めて見る顔だからって、挨拶《あいさつ》にきてくれただけ。特別なことはなにも話していないわ。あなたに教わった通りちゃんと対応していたところよ」

そこで止めておけばいいのに、淑女になりきれないジェシカはついつい言葉を続けてしまう。

「今日は教わった淑女教育がちゃんと公《おおやけ》の場で通じるか、試したかったんでしょう？　それならわたしが誰と話していても、ボロを出さなければ問題ないはずよ。それなのにあなたが会話を中断させたんだわ」

我ながらなんて可愛くない言い方だと頭を抱えたくなってくる。

一方のリジオンは片方の眉をちょっとつり上げた。

「中断させたとは心外だな。おれの目には、おまえがあのご令嬢たちにいじめられて、答えに窮《きゅう》しているように見えたが？」

「うっ」

まるで最初から見ていたようなリジオンの言葉に、ジェシカは言葉を詰まらせる。

(元はといえば、リジオンがわたしのエスコートを理由にあの子たちとの会話を切り上げたせいじゃない！)

そう考えると、ジェシカはつい喧嘩腰で反論してしまった。

「だ、だとしても大きなお世話よっ。自分は可愛い女の子たちに囲まれて鼻の下を伸ばしていたくせにっ！　わたしのことなんか構わず、あの子たちと一緒にいればよかったじゃないっ」

すると、リジオンはなぜかぽかんとした顔つきになった。

だが次の瞬間、パッと表情を明るくして耳元で囁《ささや》いてくる。

「つまりおまえは、あの令嬢たちに嫉妬していたということか？」

「ばっ……！」

馬鹿なこと言わないで！　と言い返そうとしたのに、リジオンが嬉しそうにこちらを見ているので、言葉を呑み込んでしまう。

「いい傾向だな。この調子でどんどん嫉妬してくれ」

「はぁ？　なに馬鹿なこと言って……」

「おまえに嫉妬されるのは思った以上に気分がいい」

「なに……？　それってどういう意味よ」

「わからないか？」

意味深に尋ねられ、ジェシカは思わず眉を寄せた。

「わからないから聞いてるのよ。もうっ」

ジェシカはぷいっとそっぽを向く。ちょうど顔を向けた先に先ほどの令嬢たちが集まっていた。

彼女たちはこちらを見つめて、扇の陰でこそこそ話している。しかしジェシカと目が合うと慌てて視線を逸《そ》らした。

きっとジェシカのことを悪く言っていたに違いない。そう思うと気分が塞ぐが、彼女たちが嫌みを言いたくなるジェシカにも問題があるのだ。

「……ユーリーさんもそうだし、侍女や家令に褒《ほ》められて、多少は淑女らしくなれたと思っていたけど、実際はわたしってまだまだなのね」

「いきなり殊勝なことを言い出したな……。やっぱりあの女たちになにか言われたんだろう？」

「たとえそうだとしても、心配は無用よ。次に顔を合わせたときは、嫌みも言えないくらい完璧に挨拶《あいさつ》してやるから」

ジェシカの言葉に、リジオンは目を丸くする。ジェシカは決意のこもったまなざしを向けた。

「ここへきてよかったわ、リジオン。自分がどの程度成長しているかが、よくわかったもの。明日からまた勉強を頑張るわ。そして……」

二度と、リジオンに釣り合わないなんて言わせないようにしてみせる！

……と思ったけれど、いざリジオンの顔を見ると、そう宣言するのはなんだか恥ずかしくなった。

「……そして、伯爵家の跡継ぎにふさわしいご令嬢だって、たくさんのひとに認めてもらうの」

なのでそんな言葉で最後を締めるが、リジオンは思いがけず感心したらしい。

「その心意気だけでも充分立派さ。少なくとも、おれが惚れ直すぐらいにはな」

「んっ」

唐突に頬にキスされて、ジェシカはさっと頬を赤らめた。

「ちょ、ちょっと、たくさんのひとがいるのに……」

「いいじゃないか。それより、ほら、演奏が始まったぞ」

二人から少し離れたところで、控えていた楽団が華やかな曲を奏《かな》で始める。

その音楽に乗って、ユーリーがエリーゼを伴って舞踏会のように踊り始めた。周りもそれに呼応して、くるくると軽快に踊り始める。

「よし、おれたちも踊るぞ」

「えっ⁉」

着飾った男女が踊る姿にぽうっと見惚《みと》れていたジェシカは、いきなり手を引かれて仰天する。

あれよあれよという間にダンスの形を取らされ、気づけばステップを踏んでいた。

「ちょっと、リジオン！」

「ほら、さっきの決意はどうした？　これも教育の一環だぞ。きちんと相手の顔を見て踊る」

「うっ。……だ、だからって、いきなり難しいこと振らないでよ」

頑張るといった手前、ジェシカも後には引けない。とはいえ、相手は毎日向かい合っているリジオンだ。最初こそ戸惑ったものの、慣れたリードにすぐに身体が動き出す。

軽やかな音楽に身を任せながら、日差しが燦々《さんさん》と降り注《そそ》ぐ庭で踊るのは開放的で楽しかった。

「上手《うま》いじゃないか。その調子だ」

「うん……！」

リジオンのリードに合わせて、ジェシカはスカートの裾を翻《ひるがえ》してターンする。

リジオンが満足げに微笑むのを見て、ジェシカはそれまで感じていた嫉妬や悔しさがふっと消えていくのを感じた。

「おれが見る限り、ホストへの挨拶《あいさつ》も、ご婦人方との会話も、初めてにしてはよくできていたぞ。ダンスもこれなら文句のつけようがない。よく頑張ってるよ、ジェシカ」

滅多にないリジオンの褒《ほ》め言葉に、ジェシカは思わず目を見開いた。

「……ありがとう、リジオン」

ジェシカが落ち込んでいると見て、励ましてくれたのだろうか。それでも、彼の言葉が嬉しくて、ジェシカは笑みを浮かべた。

すると、リジオンがちゅっと唇を重ねてくる。

「ンんッ!?　リ、リジオンっ！」

「可愛いな、おまえ」

そんなふうに笑顔で言われては反論することもできない。

むーっと唇を尖らせながら、ジェシカはリジオンと踊り続けるのだった。

＊　＊　＊

ガーデンパーティーから四日後。

どこからかパーティーの話を聞きつけた伯母のベリンダが、久しぶりに伯爵邸に乗り込んできた。

応接間のソファーに我が物顔で腰を落ち着けたベリンダは、メイドが淹《い》れたお茶を一口飲むと、さっそく嫌みを切り出してくる。

「ヒューイ子爵のところのパーティーに参加したそうね。リジオン卿と大変仲睦まじい様子だったと、わたくしのところまで噂が聞こえてきたわよ」

ジェシカは、はぁ、と曖昧《あいまい》に答える。それ以外どう答えるべきかわからなかった。

しかしベリンダは、その返答を聞いた途端、これ見よがしに大きなため息をついた。

「近頃の若い者はこれだから……。社交界デビューもまだの身でありながら、公《おおやけ》の場で噂になるなんて、とうてい看過《かんか》できる事態ではないわ。我が伯爵家の人間がそんな節操なしだなんて思われたら、一族全体の恥もいいところよ……！」

その後も云々《うんぬん》かんぬんと、延々と嫌みが続いていく。

（このおばさん、これを言うためだけにわざわざ乗り込んできたのかしら？　暇ね……）

神妙な態度を取りつつ、途中から聞き流していたジェシカはついそんなことを考えてしまう。

すると、ベリンダが目ざとく、「聞いているの!?」と扇を突きつけてきた。

「え、あ、すみません」

「嘆かわしい！　そんなことで、王宮舞踏会でボロを出さずにいられるのかしら！　ああ、その前に王都の屋敷でパーティーを開くのだったわね。おまえにホスト役など本当に務まるのかしら。まったく、時間の無駄にならなければいいけれど！」

一方的に断言したベリンダは、すぐにふふんと鼻を鳴らした。

「まっ、それならそれで、一族の用意した人間と結婚するだけね」

あからさまに見下されて、さすがのジェシカもムッとした。

だがここで怒りのまま相手のペースに乗せられては、これまでの淑女教育の意味がない。リジオンに叩き込まれたお嬢様言葉を意識して、扇を広げたジェシカは上品に笑って見せた。

「ご心配いただいて恐縮ですわ。けれど、どうぞご安心なさってください。リジオン卿のご指導のもと、決して皆様を失望させることはありませんから」

「ん、なっ……！」

にこやかに断言したジェシカの言葉に、一瞬絶句したベリンダは首筋まで真っ赤にした。

「な、な、なんて言いぐさでしょう！　ふんっ、せいぜいそうやって強がっていればいいわ。庶民出のおまえが三ヶ月足らずで貴婦人になることなど、とうていできやしないんですからね！」

よほど頭にきたのか、ジェシカより庶民的な口調で、ベリンダは一気にまくし立てた。

「そのじゃじゃ馬ぶりはレジナルド卿にしっかり躾《しつ》けてもらいましょう。あの方は女の扱いにも長《た》けていらっしゃるとのことですからね！」

（うわぁ……それってつまり、女遊びも激しいってこと？）

レジナルド卿への印象は最初から最悪だったが、ベリンダの言葉でさらに地の底に落ちた。あんなひととは絶対に結婚しない。何度目になるかわからないが、誓いを新たにするジェシカだった。

そんな彼女にベリンダはまだ吠え続ける。

「リジオン卿はもちろん、ヒューイ子爵も見る目がないわね。いくら後見人を頼まれたとはいえ、こんな無礼な小娘を伯爵家の跡継ぎにしようだなんて――」

「は、母上！　いったいなにをなさっておいでですかっ！」

そのとき、応接間の扉から、慌てた様子でエリックが入ってきた。今日は彼も正面からきちんと訪ねてきたようだ。

彼はジェシカへの挨拶《あいさつ》もそこそこに、急いでベリンダのもとへ歩み寄る。

「まぁ、なにを言うのエリック。もとはといえば、おまえがもたもたしているから、わたしが代わりにこの娘と話をしにきたんじゃないの——」

「そのお話でしたら、またあとで……。ああ、ジェシカ、いきなり母が押しかけてごめんね。母は君が社交界ですごい噂になっているから、心配で様子を見にきただけなんだよ」

「すごい噂？」

ぱちくりと目を瞬《またた》くジェシカに、エリックは「知らないの？」と首を傾《かし》げる。

「亡くなったグランティーヌ伯爵の跡を継ぐのが、まだ十代の若い令嬢だと、あちこちで騒がれているよ。それだけでも話題性充分なのに、その結婚相手にリジオン卿が名乗り出たって話が加わって、もうあちこちで大騒ぎさ」

「そ、そうなの？」

先日初めて公《おおやけ》の場に出たばかりのジェシカには、同年代の友人はおろか知人もなく、そうした噂が耳に入ってくる機会がほとんどなかった。

そういえば、貴族は常に社交界で様々な情報を収集しているって学んだっけ。

(噂が広がるのは早いと言うけれど、これほどなの……！)

まさかたった一度パーティーに出席したくらいで、そんなふうに噂になっているなんて。

「それに君とお近づきになりたいひとたちが、招待状や手紙を送っているって聞いているよ」

「えっ？」

ちょっと待って……招待状？　手紙？

（そんなもの、一通ももらった覚えがないんだけど……）

混乱するジェシカに、ベリンダがまた鼻を鳴らして立ち上がった。

「どんな内容であれ、この娘の噂なんて不快なだけよ！　エリック！　帰りますよ。このあと友人のお宅でお茶会があるのです。おまえも一緒にきなさい」

「は、はい、母上。――じゃあジェシカ、またね」

相変わらず母親には逆らえないのか、エリックは慌ただしく挨拶《あいさつ》すると、ベリンダと一緒に部屋を出ていってしまった。

いきなり訪ねてきて言うだけ言って帰るとは。相変わらずのベリンダにあきれてしまう。

同時にジェシカは、エリックの言っていた手紙のことが気に掛かった。たとえば事故や、親戚からの妨害で手元に届いていない、という可能性はないだろうか……

どうにもそのまま捨て置くことができず、ジェシカは家令に声をかけた。

「あの、わたし宛に手紙とかって届いているのかしら？」

すると家令は、不思議そうに目を瞬《またた》かせながら頷いた。

「はい、毎日何通か届いておりますが」

「え？　届いているの？」

「はい。リジオン卿が、お嬢様宛の手紙はすべて自分に渡すようにと仰《おっしゃ》いましたので、その通りにしておりました」

――ということは、リジオンがジェシカ宛の手紙を止めていた？　どうして？

（わたしじゃまだ手紙の扱いは無理って判断されたのかしら？）

だとしても、本人に一言の断りもなく処理されるのはおもしろくない。リジオンだって、ジェシカがこの家の跡継ぎになるべく、努力しているのは知っているはずなのに。

いても立ってもいられなくなったジェシカは、リジオンを探して足早にその場をあとにしたのだった。

くしくも今日は淑女教育は休みの日だった。

一度、レッスンをさぼって部屋を脱走した日以降、リジオンは一週間に一度、授業を行《おこな》わない日を設《もう》けてくれた。

その日はジェシカも自由に薬草園の手入れや薬作りを楽しみ、気分転換を図っている。

だが今日は特に入り用の薬もなかったので、いつも通りドレスを着て、音楽室でピアノの自主練習をしようと考えていた。そこへベリンダが撃来してきて、今に至るわけだが。

ジェシカはリジオンを探して屋敷内を歩き回る。

今日は部下たちに稽古をつけると言っていたから、庭にいるかと思ったが、リジオンの姿はなかった。彼の部下たちの話では、とうに稽古を終えて部屋に戻ったらしい。

ならばと普段彼が使っている客間をのぞくが、そこにもリジオンの姿はない。

いったいリジオンはどこへ行ったのだろう。彼はジェシカの護衛でもあるから、休みの日でも黙ってそばを離れることはまずあり得ないのに……

足早に図書室や裏庭を回って、最後にいつも授業で使っている南向きのサロンを訪れた。

「あ……っ！」

つい大声を出しそうになって、ジェシカは慌てて口を両手で塞ぐ。

休憩用の長椅子に、リジオンが横になって眠っていた。

彼にしてはめずらしく、すっかり寝入っているらしい。ジェシカは静かに扉を閉めて、長椅子に近寄った。

（うわぁ、リジオンの寝顔……初めて見た……）

目を伏せていると、睫毛《まつげ》の長さがよくわかる。秀麗な顔立ちは起きているときと同じだが、眠っていると少し幼い感じがして、ジェシカは不覚にもきゅんとときめいてしまった。

（こんなところで眠っているなんて……疲れていたのかしら？）

きっとそうだろう。リジオンだって淑女教育をするなど初めてだろうに、毎日朝から晩までジェシカに付き合ってくれているのだから。

「……いつもありがとう」

自然とジェシカは、心から感謝の言葉を呟《つぶや》いていた。そして労《いたわ》るように彼の髪を撫《な》でる。

よほど疲れているのか、ふれてもリジオンに起きる気配はない。ジェシカの目が、薄く開かれた彼の唇に自然と引き寄せられる。

規則正しく寝息を漏らす唇に、気づけばそっと自分の唇を重ねていた。

温かくふっくらした感触が唇から伝わってきて、胸がいっぱいになる。直後、ハッと我に返ったジェシカは、にわかに慌てた。

(わっ、わわわ、わたしったら！　いったいなにをしているのよ⁉)

眠っている人間にキスするなんて！

(はしたないにもほどがあるわ――！)

恥ずかしさのあまり、ジェシカは慌ててその場から立ち去ろうとする。

しかし大きな手に後頭部を捕らえられ、無理やり引き寄せられた。

しっかりこちらを見つめる藍色の瞳と視線が合い、ジェシカは大きく息を呑む。

「んっ⁉　んぅ、うっ、うーっ」

逃げる間もなくキスをされ、唇に喰らいつかれた。

口腔《こうこう》をさんざん舐《な》め回され、身体からくたりと力が抜けてしまう。

ようやく唇が離され、真っ赤になったジェシカは涙目でふるふると震えた。

「お、お、起きてたの……⁉」

「いや、おまえのキスで目が覚めた。普通、キスで目を覚ますのはお姫様のほうなのにな」

冗談めかした口調なのに、リジオンの藍色の瞳はちっとも笑っていない。むしろ射貫くような強さでジェシカを見つめている。

はしたないことをして怒らせたのかと心配になるが、そうでないことは密着した下肢の状態ですぐにわかった。

ジェシカのお腹に押しつけられたリジオンの中心は、熱を持って硬く勃ち上がっている。

それに気づいたジェシカは、慌ててリジオンの腕から逃れようと身を捩《よじ》った。

「あ、その、眠っているところを起こしてしまってごめんなさい……っ」

「別に謝ることじゃない。むしろ謝るのはおれのほうだな。おまえの護衛だっていうのに眠りこけるなんて、ここが軍なら鞭打ちものだ」

「そ、そんなことする必要はないわよ。あなたもきっと疲れが出たんでしょうから、今日はゆっくり休んで。だからその……手を離してくれない？」

「いやだ」

リジオンは強くジェシカを抱え込む。彼女の肩口に額《ひたい》を押しつけ大きく息を吐き出した。熱い吐息が鎖骨をくすぐり、ジェシカは緊張と戸惑いに身を強張《こわば》らせる。そこでリジオンがなにかに気づいたように顔を上げた。

「今日はドレスを着ているのか？　休みの日なのにめずらしいな」

休みの日だけはジェシカはいつもワンピースを着ているから、不思議に思ったらしい。

「今日は薬を作る予定じゃなかったから。それに、実はさっきまでベリンダ伯母様がきていて……」

「なんだと？」

リジオンの声が一気に低くなり、ジェシカは思わずびくっとした。

「なにか言われたのか？　というか、あのおばさんがきた時点でおれを呼べよ。また面倒なこと言われたんじゃないか？」

「あ、えーと、確かにいろいろ言われたけど、大丈夫よ」

ジェシカの反応から問題ないことを察したリジオンは、ほっとした顔つきになる。

それに胸がきゅんとするが、同時に彼を探していた本来の目的を思い出した。

「それよりリジオン、わたし宛の手紙を止めているって本当？」

彼の腕からそれとなく抜け出し、彼の隣に腰かけたジェシカはまっすぐリジオンに尋ねる。

すると、リジオンはあからさまに表情を硬くした。

「……どうして手紙のことを知ったんだ？」

「伯母様と一緒にエリックがきたの。彼から、わたしが社交界で噂になってるって聞いて……」

「またあのお坊ちゃんか。一度追い返したのに懲《こ》りない奴だな」

「そんなことより、どうして？　わたしが手紙を読んだらなにか不都合なことでもあるの？」

「……おまえにきた手紙のほとんどは、茶会やらパーティーやらの招待状だ。だが、おまえはまだ勉強中の身で、内輪の集まりならともかく、明らかに興味本位とわかる集まりに出て行ける状態じゃない。だから見せなかった。それだけだ」

「それだけ、って……」

「それに、手紙の中には親族連中の横槍というか、妨害みたいなものも交じっていたからな。下手《へた》におまえに見せて、わずらわせることもないと思ったんだ」

「それじゃあ……」

（わたしに手紙を見せなかったのは、わたしを信用していないわけじゃなく――）

「心配してくれたの？　わたしが、そういう手紙を読んで傷つくんじゃないかって」

リジオンはばつの悪そうな顔で、ガシガシと黒髪を掻き回す。図星なのだとわかったジェシカは、先ほどまでの不安がゆっくりと溶けていくのを感じた。

「そんなこと気にしなくていいのに。今さら嫌がらせくらいで傷ついたりしないわよ。さっきだって、ベリンダ伯母様の嫌みに嫌みで返したくらいだし」

「それはそうだろうが……、って、言い返したのか。相変わらず喧嘩っ早いな」

「それより！　わたし宛のお誘いの手紙についてよ」

ジェシカはばんっと長椅子の背を叩いて話を戻した。

「そもそも、そういう手紙をもらって、わたしが勝手に返信すると思う？　そりゃあ、あなたから見ればわたしはまだ勉強不足で、立派な淑女にはほど遠いかもしれないわ。でも、そういうお誘いがあったり、困ったことが起きれば、きちんと相談しようと思うくらいの頭はあるのよ？」

リジオンは困った様子で口をつぐむ。ジェシカはさらに言い募《つの》った。

「リジオン、たとえどんなことでも、わたしに関することをあなた一人で決めてしまわないで。なにかあるなら、わたしにも一緒に考えさせてほしいの。だってわたしは、この家の跡継ぎなんでしょ。そ、それに……」

こくりと唾を呑み込んだジェシカは、意を決してリジオンに伝えた。

「わたしたち、この先もずっと一緒にいるんでしょう？　それならどんなことも、一緒に考えて乗り越えていきたいわ」

するとリジオンは藍色の瞳を大きく見開いた。

ジェシカは恥ずかしさと緊張から自分の頬が赤くなっていくのがわかる。

ジェシカのほうから彼を受け入れるような発言をするのは、おそらく初めてのことだ。

（うぅ、恥ずかしい……）

ちらりとリジオンに目をやると、彼もじっとジェシカのことを見つめている。

しばらくして、リジオンがふーっと息を吐き出し、右手で目元を覆《おお》った。

「リジオン？」

「……悪い。ちょっと自分が恥ずかしくなった」

「え？」

リジオンは指の隙間からちらりとジェシカを見て、すぐに視線を逸《そ》らしてしまう。

いつにない彼の様子に戸惑っていると、ぼそっとした呟《つぶや》きが聞こえた。

「……おれが手紙を見せない理由が、おまえが他の男に目移りするのが心配だからだって言っても、さっきと同じ言葉を言ってくれるか？」

「えっ……？」

よく聞こえなくてリジオンを凝視する。彼は相変わらず微妙に視線を外したまま口を開いた。

「ユーリーのところのパーティーでも、やたらと人目を引いていたしな。噂がなかったとしても、今後たくさんの男たちがおまえに声をかけてくるはずだ」

「そんな大げさな……」

「大げさなものか。おれがずっと張りついていられればいいが、どうしても断れない挨拶《あいさつ》やら付き合いもある。そのあいだに、おまえがどこの馬の骨とも知れない男に連れて行かれました、なんて洒落《しゃれ》にもならない」

「もしかして……リジオン、あなた妬いているの？」

するど、リジオンはあからさまにむすっとした面持《おもも》ちになった。

勘違いしてしまったと焦ったジェシカは、とっさに謝罪を口にする。

「あ、あの、ごめんなさい。違うわよね？」

リジオンは無言のまま、ジェシカの頭を引き寄せ唇に吸いついてきた。

ちゅっちゅっと音を立てながら軽いキスをしたあと、深く唇を重ねる。感じやすい舌の根をくすぐられながらそれとなく体重をかけられ、気づけば長椅子の座面に押し倒されていた。

「リ、リジオン……、ちょっと、なにを……」

戸惑うあいだにも、ドレスの背中を締める紐《ひも》をしゅっと解かれる。焦ったジェシカは、のしかかってくる彼の胸に腕を突っ張った。

「駄目か？」

「だ、駄目かって……あのっ」

「おれは、今すぐおまえを抱きたい」

それを裏付けるように、押しつけられたリジオンのものは先ほど感じた以上に硬く昂《たかぶ》っていた。

「そ、そんな……」

恥ずかしくて戸惑っているうちに、紐《ひも》が解かれドレスが肩から落とされた。剥《む》き出しになった肩に唇を当てられきつく吸われる。ちりっとした痛みにジェシカは身を震わせた。

「あっ……」

「――妬いているかだって？　ああ、そうだ。大いに妬いている。おまえに近づくであろう男どもを想像しただけで、嫉妬でおかしくなりそうだ。だからおれは……ギリギリまでおまえをここに留めて、独り占めしたかったんだよ」

まっすぐ向けられる熱を孕《はら》んだリジオンの瞳に、ジェシカはこれ以上ないくらい胸がドキドキして苦しくなった。

「う、そ……っ」

何事においても余裕を感じさせる彼が、こんなことを言うなんて……

「やっぱり、あきれるか？　偉そうなことを言いながら、こんな理由で手紙を止めていたなんて」

「そ、そんなことは……っ」

ジェシカは慌てて首を振る。

(嫉妬するってことは、リジオンはわたしのことを――？)

リジオンの本心が知りたくて、ついじっと彼の顔を見つめてしまう。

そんなジェシカの視線をしっかり受け止めて、リジオンは再び強く唇に吸いついてきた。

「んっ、ぅ……――」

「ジェシカ、抱きたい。さっきの言葉、一緒に考えて乗り越えていきたいというのは、おれのことを伴侶だと認めたということだろう？　違うか？」

「そ、それは、そのっ……ええと……！」

　それは確かにそうなのだが。面と向かって確認されると恥ずかしすぎて、ジェシカは素直に頷くことができない。顔が熱くて、心臓が今にも破裂してしまいそうなくらい高鳴っている。そうこうしているうちにコルセットの紐《ひも》が解かれそうになって、ジェシカは慌ててその手を止めた。

「なんだ。この期《ご》に及んでお預けか？」

「そ、そういうわけじゃ……」

「結婚前だから抵抗があるとか、そういう理由ならやめない」

　リジオンの決然とした声に、ジェシカはごくりと唾を呑み込んだ。

　わざわざ『結婚前』という言葉を持ち出すくらいだ。リジオンはきっと、これまでの行為のさらに先へ進もうとしている。

　ジェシカが答えあぐねていると、リジオンは一度コルセットから手を引いて、ジェシカの頬やこめかみに軽いキスを降らせた。

「ジェシカ……」

　かすれた声で名を呼ばれて、返事を促《うなが》される。そんなふうにされては、彼への気持ちを認めないわけにはいかなかった。

「……ここでは、いや。せめて部屋で」

　ジェシカが言い終わる前に、リジオンはその身体を軽々と横抱きにして立ち上がった。

大股で進むリジオンの腕の中で縮こまりながら、ジェシカは急いでドレスを引き上げ肌を隠す。

自室へたどり着くなり、リジオンは出迎えた二人の侍女に素っ気なく告げた。

「呼ぶまで入るな。しばらく二人にしてくれ」

侍女たちはすっかり心得た様子で、一礼するとすぐに退室していく。

リジオンはジェシカを抱いたまま寝室に入っていった。

使い慣れた寝台がいつもと違って見えて、ジェシカの胸の鼓動がさらに高まる。リジオンがずっと無言でいることも緊張に拍車をかけた。

壊れ物を扱うように優しく寝台に下ろされて、ジェシカはこくりと唾を呑み込む。

「そんなに硬くなるな」

ようやく口を開いたリジオンが、ふっと軽く微笑む。それにほっとしたジェシカは、いつの間にか固く胸元で握りしめていた手から力を抜いた。

なんだか夢見心地で、リジオンが靴を脱がせてくれるのを眺める。彼はそのまま、彼女の絹靴下の留め具を外して、するすると脱がせていった。

「ジェシカ」

そうして顔を上げたリジオンは、どこか恭《うやうや》しささえ感じる仕草でジェシカの唇にキスをする。

羽がふれるような口づけに、ジェシカの胸は甘く震えた。

だが、いざ彼との行為を進めると思うと、このまま身を任せたい気持ちと、本当に抱かれてもいいのかと戸惑う気持ちで揺れてしまう。

「リジオン……、リジオン……」

なにか言わなければと思うのに言葉が出てこない。ジェシカは繰り返し彼の名前を呼んだ。

ジェシカの躊躇《ためら》いに気づいたリジオンは、なだめるように優しいキスを繰り返す。

「ジェシカ、おまえを誰にも渡したくない」

ジェシカの耳元でリジオンが熱のこもった声音《こわね》で囁《ささや》く。

まるで熱烈に愛し合う恋人同士みたいな言葉に胸が震えた。

いや……『みたいな』じゃなく、実際にそういう関係になりたい。

(リジオンと一緒にいろんなことを考えて、乗り越えていきたい。リジオンと一緒にいたい、本物の恋人同士になりたい……!)

不安も戸惑いも大きいけど、彼のまなざしや吐息を感じるだけで、身体の芯に火が灯《とも》る。

彼も同じようにジェシカのことを好いていてくれるのだろうか……

そう考えたとき、リジオンがジェシカの頬を両手で包み、先ほどより強く口づけてきた。

「んむっ……!」

「おれにこうやってさわられるのはいやか?」

ジェシカはゆっくり首を横に振った。だったら、とリジオンが鼻先にちゅっとキスしてくる。

「抱かせてくれ、ジェシカ。おまえがおれのものだって実感させてほしい」

ジェシカは上目遣いにリジオンを見つめた。その藍色の瞳の奥にある気持ちを知りたくて、震える声で尋ねる。

「……わたしは、リジオンのものなの？」

「結婚するならそうなるだろう？」

「……じゃあ、リジオンはわたしのもの？」

リジオンは軽く目を瞠《みは》って、それからゆっくり口角を引き上げた。

「当たり前だろうが」

再びキスをされ、ジェシカは潤《うる》んだ目を瞬《また》かせる。そんな彼女の髪を、リジオンが優しく撫《な》でた。

「……ちゃんとお嫁さんにしてくれるの？　遊びとかじゃないわよね？」

「それこそ、当たり前だろう。でなければこんなことはしない」

——彼は、軽い気持ちで自分を抱こうとしているわけではない。

それがわかって、ジェシカの身体の強張《こわば》りが緩《ゆる》んだ。

「……あの、優しくしてほしい……のです、が」

「善処する。というより、おれがこれまでのレッスンで優しくなかったことがあるか？」

「……いやらしいことは多かったと思うけど」

「……」

リジオンはそれきり口を閉ざすと、ドレスを脱がせることに集中しだした。すでにドレスの紐《ひも》は解かれていたので、袖を抜いただけで完全に脱げてしまう。あっという間にコルセットも外されて、シュミーズとドロワーズ姿になったジェシカは、恥ずかしさにそっと胸元を隠した。

「今さらだろう？　ほら、腕を外せ」

「だ、だって、明るいし恥ずかしいじゃない……っ。そ、そもそもなんでわたしだけ裸にならなきゃならないのよっ」

恥ずかしさを誤魔化すため、ジェシカは強い口調で訴えた。

「ああ。言われてみれば、その通りだな」

そう言うなり、リジオンは自分の衣服に手をかけ、勢いよく脱ぎ始める。

なんの躊躇《ためら》いもなく王国騎士団の上着とシャツを脱ぎ捨て、ベルトに手をかけた。そのまま脚衣を脱ごうとした彼に、ジェシカはたまらず声を上げる。

「そ、そこまでは脱がなくていいから！　お願いだから見せないで……！」

「なんでだよ。ここが一番肝心なところじゃないか？」

リジオンはからかうような声を上げながらも、脚衣から手を離す。

ほっとしたジェシカだが、目の前に迫る鍛《きた》え抜かれた裸の上半身に真っ赤になる。それでいて、そこから目を逸《そ》らすことができずに、じっと見入ってしまった。

（なんて、綺麗な身体……）

実のところ、ジェシカは異性の裸を見るのが初めてではない。

両親と暮らしていた町が国境近くの辺境だったこともあり、国境で争いが起きると怪我を負った者たちが薬師である母のもとへ運ばれてきたのだ。

ジェシカも母を手伝って、彼らの手当てをすることがあったので、男性の裸も見慣れているはずだったのに……

（どうしてこう、相手がリジオンだとドキドキしちゃうのかしら）

彼の全部が素敵に見える。そんなふうに思ってしまう自分が恥ずかしすぎた。「わあああっ」と大声を上げて手足をばたばたさせたい。

いつの間に自分は、こんなにもリジオンのことが好きになっていたのだろう。

真っ赤になって震えるジェシカに、くすりと笑ったリジオンが唇を重ねてきた。

舌先で促《うなが》されて、ジェシカはおずおずと唇を開く。そこからすぐに舌が挿入された。

シュミーズ越しに乳房を包まれ、膨らみをやんわりと捏《こ》ねられる。

「んぁ……っ、リジオン……」

「少し身体を浮かせられるか？」

ジェシカが躊躇《ためら》いつつ言われた通りにすると、シュミーズを身体から抜き取られた。

そのままドロワーズに手をかけられる。シュッと紐《ひも》が解ける音が聞こえて、息をするのが苦しくなった。腰元を覆《おお》っていた布を落とされ、軽く結わえていた髪も解かれて、ジェシカは生まれたままの姿にされる。

「綺麗だな……」

わずかに顔を上げたリジオンがかすれた声で呟《つぶや》いた。こちらを見つめる藍色の瞳に感嘆の色があるのに気づき、ジェシカは恥ずかしさに目を逸《そ》らす。

「ジェシカ……」

リジオンはジェシカにキスすると、彼女の胸元に顔を埋《うず》めた。

温かな吐息が胸元をくすぐり、それだけで胸の頂《いただき》がツンと尖ってくるのがわかる。ただでさえうるさかった胸の鼓動がさらに激しさを増し、今にも破裂してしまいそうだ。

「力を抜いてろ。優しくするから」

ジェシカの白く滑《なめ》らかな脇腹を撫《な》で上げながら、リジオンが低い声で囁《ささや》く。その艶《つや》のある声にぶるっと腰を震わせた瞬間、胸の頂《いただき》を優しく食《は》まれて、ジェシカは甘やかな声を漏らすのだった。


くちゅくちゅと恥ずかしい水音が絶えず下肢から聞こえてくる。

「いや、ぁ……っ。リジオン、も、そこ……そこばっかり……ぁ……っ」

腰をびくびくと震わせながら、ジェシカは腕を伸ばしてリジオンの頭を押しやろうとする。だが蜜口を指で擦《こす》られながら感じやすい秘玉を舐《な》められると、身体から抵抗する力が抜け落ちていく。気づくとジェシカは、彼の髪を掴《つか》んで喘《あえ》ぐことしかできなくなっていた。

ジェシカの足のあいだに顔を埋《うず》めるリジオンは、胸元まで真っ赤に染めて喘《あえ》ぎ声を上げる彼女を上目遣いで見つめてくる。

彼の熱い視線を感じるだけで、ジェシカは腰の奥が蕩《とろ》けそうに疼《うず》くのを感じた。

「も……イく、イっちゃうからぁ……っ、許して……！」

「いいぞ、イっても。何度だって」

「ひぅぅっ！」

ぷっくり勃ち上がった花芯をきつく吸い上げられ、ジェシカはたまらず腰を反らせた。大きく開かされた太腿がビクンビクンと引き攣《つ》って、ジェシカの唇から声にならない声が漏れる。苦しいくらいの絶頂に、ジェシカの目尻に涙が滲《にじ》んだ。

「……っ、はっ、はぁ……、はぁ……っ」

「そろそろいいか」

「あ、やだ……」

すっかりほころび、とろとろと蜜を零《こぼ》す膣内から指を引き抜かれ、ジェシカは襲ってきた喪失感にたまらず声を上げた。

執拗《しつよう》な愛撫《あいぶ》をされると、大きすぎる快感にすぐにやめてほしいと思う。なのにいざ彼の手や唇が離れると、切なくて胸がきゅうっと締めつけられるのだ。そんな矛盾した自分にあきれながらも、ジェシカは潤《うる》んだ瞳でじっとリジオンを見つめる。彼は足のあいだから顔を上げると、上体を伸ばしてジェシカの乳房に吸いついた。そして柔らかな膨らみのあちこちに赤い痕《あと》を残していく。

最後にツンと尖ったジェシカの両乳首を軽く吸い上げてから、彼は自身の脚衣に手を伸ばした。ついついジェシカは、その様子をじっと見つめてしまう。

ほどなく飛び出してきた彼自身に、思わず声を詰まらせてしまった。

(……大きい……)

布越しにふれたことはあったが、いざ直接目にするとその存在感に圧倒されそうになる。

「……むり。絶対に無理！」

想像以上の大きさにすっかり怖《お》じ気《け》づき、ジェシカは思わずそう呟《つぶや》いた。

「しっかりほぐしたから、ちゃんと挿入《はい》るさ。だからほら、楽にしていろ」

「無理無理、無理だからっ。そんな大きいの挿入《はい》らないから……っ」

とっさに敷布の上をお尻でずり上がって逃げようとする。だが、すかさず身を重ねてきたリジオンが、強く乳首に吸いついた。

ビリッとした快感が背筋を貫き、ジェシカの抵抗が緩《ゆる》む。その一瞬を突かれて、リジオンに腰をしっかり引き寄せられた。

「ここまできて往生際《おうじょうぎわ》が悪いぞ。あきらめろ」

「うぅ、だって、……きゃあ、あっ、……んぅぅ……っ」

問答無用とばかりに胸を乳輪ごと口腔《こうこう》に含まれ、ピンと勃ち上がった乳首の根元を舌先でくすぐられる。反対の乳首も同じように刺激されて、何度も絶頂に押しやられた身体はあえなく陥落した。

「あぁ……！」

「そのまま、気持ちいいことに集中していろ」

「んっ、んぅう……、……ッ！　あっ、……だめっ……！」

大きく足を開かされ、ぬかるんだ秘裂に熱い塊《かたまり》が挿入《はい》ってくる。ぬぷぬぷと水音を立てながら先端が埋まって、ジェシカは思わず身体を強張《こわば》らせた。

その途端、繋《つな》がった部分からこれまで感じたことのない痛みが伝わってくる。

「いっ……！」

「――力を抜け、ジェシカ。ゆっくり息を吐くんだ」

「だ、から、無理ぃ……っ」

ジェシカはほとんど泣き声のような、情けない声を上げた。

それまでが気持ちよかったぶん、奈落《ならく》の底に落とされた気分だ。すすり泣きながら、なんとか言われた通り息を吐くと、リジオンが少しずつ腰を進めてくる。メリメリと引き裂かれるような痛みに、ジェシカはぎゅっと眉を寄せた。

「はぁ……やっぱり狭いな。痛むか？」

ジェシカは涙目でリジオンを睨《にら》む。

「痛いに、決まってるでしょーが……ッ。だから無理って言ったのに……！」

「悪かった。だが、挿入《はい》っただろ？」

「そういう問題じゃないー！」

やけくそになってジェシカは叫ぶ。しかし、それが功を奏したのか、身体からよけいな力が抜けて少し楽になった。はぁと息を整えながら、ジェシカは重なったリジオンの肌の熱さを感じる。

彼はジェシカに体重をかけないよう、両脇に腕をついて身体を支えていた。その額《ひたい》にはじっとりと汗の玉が浮かび、苦しげに眉根を寄せている。

「……リジオンも痛いの？」

思わずそう尋ねてしまったのは、彼の表情があまりに辛そうに見えたからだ。

だがジェシカの考えに反して、リジオンはニヤリと微笑んでこちらを見下ろしてくる。

「おれは滅茶苦茶気持ちがいい。今すぐ動いて、おまえの中にたっぷり射精《だ》したいくらいだ」

「そ、そういうことは言わないでいいから……！」

冗談ならまだしも本気で言っているのがわかるから、ジェシカは大いに狼狽《うろた》えてしまう。

リジオンは「悪い」と苦笑しながら、ジェシカの鼻先や額《ひたい》にキスを繰り返していく。くすぐったさに首をすくめると、今度は唇に深く口づけられた。

ぴたりと重なったまま動かずにいる下肢と違い、舌は激しく絡《から》みついてくる。ジェシカは痛みを紛《まぎ》らわせたい一心で、彼の舌におずおずと舌を絡《から》めた。

唇を離したあと、はあっ、と息を吐いたリジオンが、ジェシカの腰をしっかり抱えてくる。

「動くぞ。もう我慢できない」

「えっ。ちょっ、待って……、いっ、あああぁぁ！　だめっ、やあああぁぁ……！」

制止したにもかかわらず、リジオンは腰を動かし始める。最奥《さいおう》まで埋め込まれていた肉棒が膣壁を擦《こす》りつつ抜け出ていく感覚に、ジェシカはたまらずいやいやと首を振った。

ギリギリまで抜かれた彼の剛直が、再びずぶりと奥まで差し入れられる。息が詰まるほどの圧迫感にジェシカは首を反らした。

「や、ぁ……、お、おかしく、なっちゃう……っ」

「なればいい。なっていいんだ、ジェシカ……」

「うぅ、うっ……、んぁ、あ、あ、……やぁぁ……っ」

ぽろぽろと涙を零《こぼ》しながら、ジェシカは必死にリジオンの肩にしがみつく。

「んぅ、ん、んあ！　あ……っ、ひぁ、あ……っ」

開かれたばかりの処女壁はツキツキと痛むのに、前戯でたっぷり濡らされたからか、抽送《ちゅうそう》は滑《なめ》らかだ。突き入れられるごとに結合部からぐちゅりと水音が響いて、その音のあまりの卑猥《ひわい》さにジェシカはめまいを覚えた。

ぴたりと身体を重ねたことで、ぷっくりと膨らんだ乳首や花芯が彼の肌に擦《こす》れて、痛みとは違った愉悦をジェシカにもたらす。

繰り返し身体を貫いてくる熱い塊《かたまり》に何度も腰を跳ね上げさせながら、ジェシカは初めての行為に溺《おぼ》れていった。

「あっ、あぁう、う……、ん、んぅ、うーっ……」

「いやらしい声で喘《あえ》いで……。可愛いな、ジェシカは」

「ひぁっ、あっ……あぁぁ……っ！」

痛いのに、苦しいのに……繰り返し膣壁を擦《こす》られ、時折深くキスをされるうちに、だんだん気持ちよくなってくる。強張《こわば》っていた身体が、不意に襲ってくる甘い疼《うず》きにぶるっと震えた。それを敏感に感じ取ったリジオンは、さらに快感を煽《あお》るように攻め立ててくる。

「あ、あぁ、ん……、んぅ、ああ、あぁぁああ……ッ」

涙に濡れた瞳を閉じて、ジェシカはじわじわと押し寄せる悦楽の波に身を任せる。

それに気づいたリジオンが少しずつ律動を速めてきた。

「ひぅ……っ！　あ、あぁ、あうっ……、リジ、オン……んっ、ンンぅ……！」

「……っ、ジェシカ……」

苦しげな声音《こわね》で名前を呼ばれて、ジェシカの胸がとくんと高鳴る。それと連動するように、リジオンを咥《くわ》え込んだ膣壁がきゅうっと収斂《しゅうれん》した。

荒波のように襲いくる悦楽に翻弄《ほんろう》されながら、ジェシカは大きく背をのけ反らせる。

「あっ、あぁ、あ……！　あぁぁああ――ッ……!!」

湧き上がる快感のまま嬌声《きょうせい》を上げた。内腿がびくびくと震えて、足のあいだにあるリジオンの胴をぎゅっと締めつける。同時に中もきゅうきゅう締まって、彼のものをきつく咥《くわ》え込んだ。

「ぐっ……」

リジオンが低くうめいて、二度、三度と大きく腰を打ちつけた。

直後、最奥《さいおう》にどっと熱い奔流《ほんりゅう》が吐き出される。

どくどくと注《そそ》がれるリジオンの欲望の証《あかし》に、ジェシカは息が止まるほど深く感じてしまった。

「あ、あぁ……、ふっ……」

（すごい。熱いのが……まだ止まらない……）

リジオンの身体がかすかに震えている。ぎゅっと抱きついてくる彼がたまらなく愛おしくて、ジェシカはリジオンの背を優しく撫《な》でた。

しばらくして顔を上げたリジオンが、汗で張りつく前髪の隙間からこちらを熱く見下ろす。

ジェシカが恥ずかしくなって目を逸《そ》らすと、よそ見をするなとばかりに深く口づけられた。

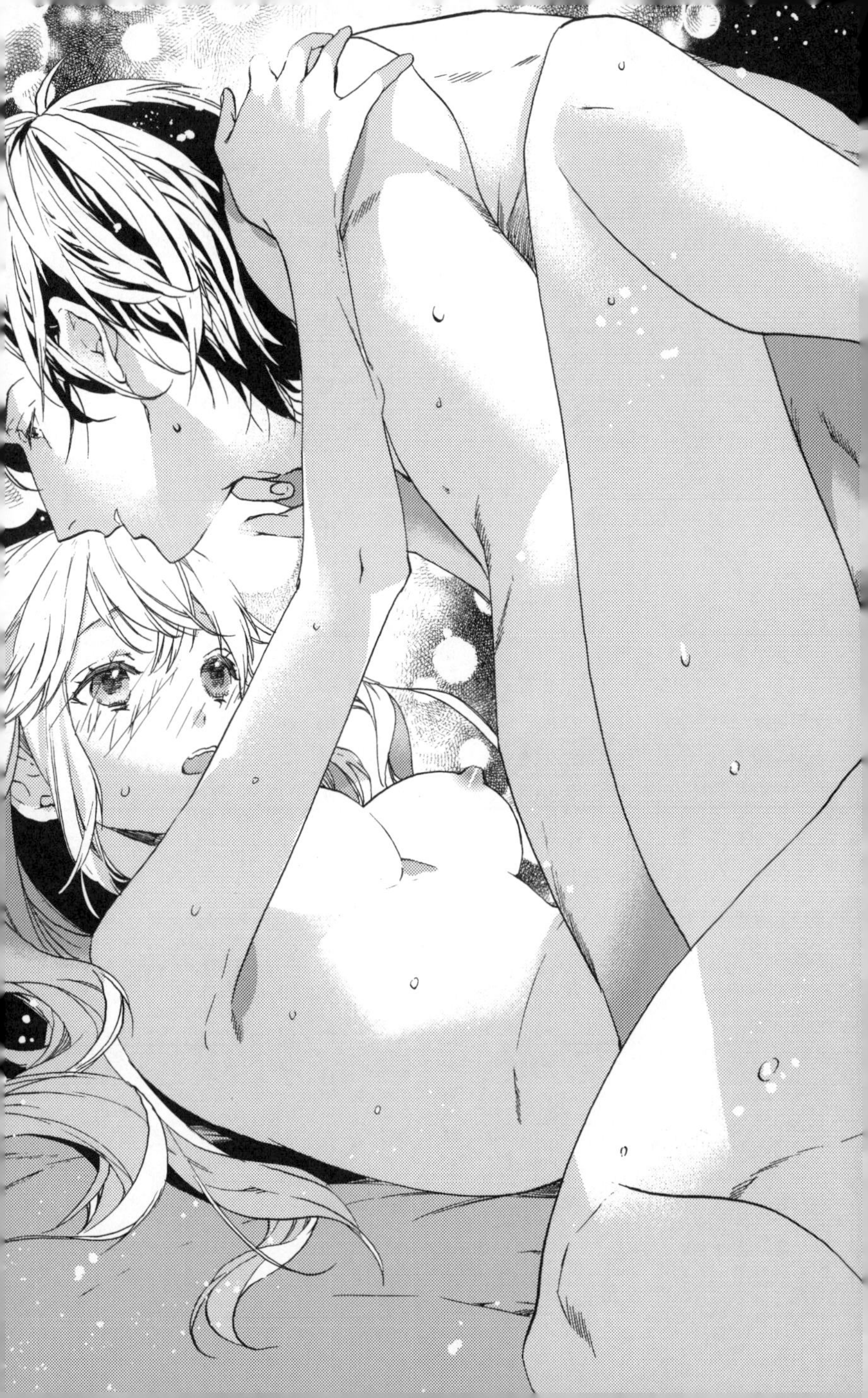

「ん、んっ……、リジ、オ……」

「……無理をさせたな。少し休め」

「ん……」

激しかった心臓の鼓動が少しずつ落ち着いてくると、甘い痺《しび》れが全身に広まっていく。そして、徐々に瞼《まぶた》が重たくなっていった。夢うつつの状態で、ジェシカはリジオンの手を探す。

ジェシカの動きに気づいたのだろう。彼女の手を握ったリジオンは、手の甲に優しく口づけて、指を絡《から》ませるように繋《つな》いできた。手のひらからじんわりと伝わってくるぬくもりに、ほっとして微笑む。

(幸せ……)

最初は痛かったけれど、好きなひとと肌を重ねてひとつになることが、こんなにも心を満たしてくれるものなのだと初めて知った。

(リジオン……大好き。わたし頑張るから、ずっとそばにいてね……)

幸福感に満たされながら、ジェシカはすぅっと眠りに落ちていったのだった。

第三章　一人前の淑女へ

「ん……」

朝日が目元をまぶしく照らし、ジェシカはゆるゆると瞼《まぶた》を上げた。

なんだか全身が温かい。寝起きでぼうっとしたまま目を擦《こす》っていると、すぐ隣でくすくす笑う声が聞こえてきた。

「おはよう、ジェシカ」

「……ッ!? リジオン！」

大きな手に頬を包まれ、額《ひたい》にちゅっとキスをされる。

あまりに自然な仕草だったのでつい受け入れてしまったが、ここが自分の寝台であることを認識したジェシカは、驚きのあまり飛び起きた。

「きゃあっ!? どうしてあなたがわたしの寝台に……、うっ、うあ……っ」

勢いよく身体を起こした途端、足のあいだをつぅっとなにかが伝っていく感覚があって、ジェシカはたまらず身震いする。

ちらっと毛布の隙間から自分を見下ろしたジェシカは、再び悲鳴を上げた。なにも身につけていないのはもちろん、白い肌のあちこちに、情事の名残《なごり》がしっかり浮かび上がっていたからだ。

「あっ、そ、そうだ、わたし、昨日っ……！」

瞬間的に、昨夜の記憶を鮮明に思い出し、ジェシカは耳まで赤くなる。

恥ずかしさが極限に達して硬直していると、隣でリジオンが盛大に噴き出した。

「……リジオン！ もう、笑わないでよ」

「いや、悪い」

ちっとも悪いと思っていない様子で、目尻に浮いた涙をぬぐったリジオンは、ジェシカの肩にガウンをかけてくれる。それに急いで袖を通したジェシカは、否応《いやおう》なくドキドキしてくる胸をぎゅっと押さえた。

(わたし、昨日はリジオンと、何度も……)

濃密すぎるふれ合いの数々を思い出してしまい、ジェシカは羞恥《しゅうち》のあまり叫び出しそうになる。

初めて身体を繋《つな》げて疲れたジェシカは、結局夕方過ぎまで眠ってしまった。その後、入浴して軽い夕食を取ったが、様子を見にやってきたリジオンに再び寝台に連れ込まれてしまったのだ。

まだ破瓜《はか》の痛みが残っていただけに、今日はもう無理だと訴えたものの、優しく丹念に愛撫《あいぶ》されれば身体は素直に反応してしまう。

そうしてとろとろになるまで喘《あえ》がされ、欲望に滾《たぎ》った彼のものを再度深々と埋められることになったのだ。

(……は、恥ずかしすぎる……っ!)

立てた膝に顔を埋《うず》めて、ジェシカは情けないうめき声を漏らした。

なんだか喉がヒリヒリする。というより身体中が軋《きし》むように痛い。彼の欲望を何度も受け入れた場所は言わずもがなで、ジェシカは思わず枕を引っ掴《つか》んでリジオンをぼすぼす叩いた。

「痛い、痛い。悪かったよ、無理をさせて」

「もう、リジオンの馬鹿! 限度ってものがあるでしょうが!」

「仕方ないだろう? おれの下でいやらしく喘《あえ》ぐおまえが可愛すぎるのがいけない」

どういう理屈よ！　と頬を膨らませるジェシカに素早く口づけて、リジオンは明るく笑った。

「湯の用意ができているから、ゆっくり入ってくるといい。食事をしたら少し話そう。いいな？」

優しくそう言われて、ジェシカはこくりと頷く。

リジオンが出て行くのと入れ替わりに、二人の侍女がやってきた。二人の表情が心なしか嬉しそうに見えるのは気のせいだろうか？

彼女たちの手を借りて風呂に入り、ゆっくりと身を清めたあとは、できるだけ締めつけの少ないドレスに着替えて髪を結ってもらう。

そのまま食堂に移動しようと思ったら、居間に食事の用意ができていた。

「動くのはまだ辛いだろう？　午前中は部屋でゆっくりしているといい」

コーヒーを飲んで待っていたリジオンにそう言われ、ジェシカは赤くなりつつも頷いた。入浴のおかげでだいぶ楽になったが、疲れは取れていない。自分より身体の状態を理解している様子のリジオンにいたたまれなくなるが、今日は素直に彼の気遣いに感謝することにした。

そうして遅めの朝食を取ったあと、ゆっくりとお茶を楽しむジェシカの前に、リジオンは紐《ひも》でくくられた手紙の束を置いた。

「おまえ宛に届いた手紙だ。こっちが招待状の類《たぐい》で、こっちが親族からの嫌がらせの手紙」

「こ、こんなにたくさん届いていたの？」

分厚い束を見たジェシカは、思っていた以上の多さに驚く。試しに何通かの手紙を読んでみると、私的な夜会やお茶会への招待状だった。次に親族から届いたという手紙を開けてみたジェシカは、間違って酸っぱいものを食べたような顔になる。

「な？　見ても気分が悪くなるだけだろう？」

リジオンは軽く肩をすくめて苦笑を漏らす。彼はこれまでこの手の嫌がらせの手紙は、片《かた》っ端《ぱし》から厨房《ちゅうぼう》の竈《かまど》に放り込んでいたらしい。

「この程度で気落ちするほどヤワじゃないわ。そんなに過保護にならなくても大丈夫よ」

「おまえは大丈夫でも、おれは腸《はらわた》が煮えくり返って仕方がない。ひとの婚約者をよくもこれだけ罵倒《ばとう》してくれたものだ。あとで必ず相応の礼をさせてもらわないとな」

「いや、ほら、まだ正式に婚約したわけじゃないから、そのへんはね……」

やんわりと執《と》りなしながらも、彼が自分のために怒ってくれたのを嬉しく思うジェシカだ。本当に恋とは恐ろしいものである。

「とにかく、親族どもをぎゃふんと言わせるためにも、そろそろ実技に移っていい頃合いだろう」

そう言って、彼は手紙の束の中から何枚かをジェシカの前に差し出した。

「これらの招待は受けることにする。ほとんどが格式ある家や大貴族が開く催《もよお》しだ」

リジオンが選んだ三つの招待状の一つは、昼間に開かれる音楽会、残り二つは舞踏会だった。

音楽会の主催者の名前を見て、ジェシカは「あっ」と声を上げる。そこには、先日のガーデンパーティーで知り合った公爵夫人の名前が記されていた。

（あの方が主催の音楽会なら安心だわ）

「あれ？　でもこの開催場所って、みんな王都になってるわよ」

「これから社交期が始まるからな。貴族はそろそろ王都の屋敷に移って、身内や親しい人間と顔を合わせたり、ドレスを新調したりする時期だ。ということで、おれたちも王都へ行くぞ」

「えっ!?　そんな急に？」

「使用人たちには三日前に通達している。そろそろ荷造りも終わる頃だ」

いつの間にそんな指示を出していたのか。驚くジェシカの前で、リジオンは事務的に言った。

「座学もほとんど終わったし、親族どもの指定したパーティーまでは一ヶ月ちょい。あとは実地でいろいろ学んだ方が手っ取り早い。おまえなら大丈夫だと、おれは信じている」

言葉通り信頼のこもったまなざしを向けられ、ジェシカは自然と居住まいを正す。

リジオンがそう言ってくれるなら、きっと大丈夫。

そう自《みずか》らに言い聞かせて、ジェシカもしっかりと頷いて見せた。


それから二日後、ジェシカはリジオンとその部下たちが護衛する馬車に乗って、王都までの道のりをゆったり旅していた。

窓から見える建物がだんだん密集し、行き交う人々が増えていく。初めて感じる都会の空気に、ジェシカはうきうきと心を弾ませた。

「ここが王都の伯爵邸だ。部屋は綺麗に掃除してあるはずだから不自由はないと思うぞ」

リジオンが言った通り、白い石造りの別邸は隅々まで磨き上げられていた。ところどころに生花が飾られている。

食料や日用品はもちろん、先に送っていたというドレスや小物も衣装棚にずらりと並んでおり、主人の訪れを今か今かと待っていたふうに見えた。

領地の自室と同じか、それよりも広いくらいの部屋を用意されていて、彼女はほーっとため息をついた。

「王都にもお屋敷があると聞いていたけれど、こんなに広くて立派なものだとは思わなかったわ」

窓の外を見れば、綺麗に手入れされた庭が見えた。ここへくるまで通ってきた部屋もいずれも広々としていて、ジェシカは圧倒されるばかりだった。

ひとまず部屋を出て、リジオンについて一階の廊下を進む。しばらくして足を止めたリジオンは、ジェシカに「そこの扉を開けてみろ」と言ってきた。

これまでの部屋に比べて格段に背の高い扉だ。金色の取っ手を掴《つか》み、ジェシカは重たい扉をゆっくりと開け放った。

その途端に飛び込んできた光景に、思わず息を呑む。

そこは大広間だった。ピカピカに磨かれた大理石の床が、窓から入る日差しを反射して、見上げるほど高い天井《てんじょう》までキラキラと輝かせている。壁際に並ぶ円柱はジェシカの腕では囲いきれないほど太く、頭上に下がる四つのシャンデリアもきらびやかなものだった。

「ここが舞踏会を開く予定の大広間だ。向こうの壁に扉が三つ並んでいるのがわかるか？　当日はあそこを開けて、二間続けて開放することになるだろう。庭に繋《つな》がる窓も全部開けて、客が自由に出入りできるようにするんだ」

この一部屋だって、ジェシカがかつて住んでいた田舎《いなか》の家がすっぽり収まってなお余りあるほど広いというのに。これをさらに広くするとは。完全にジェシカの想像を超えてしまう……

「……なんだか急に不安になってきた。わたし、こんな広いところで本当に舞踏会のホストなんて務められるのかしら？」

思っていたよりずっと広い会場を前に、ジェシカはつい怖《お》じ気《け》づいてしまった。

無論、それを成し遂《と》げなければ伯爵家は親族たちの好きにされてしまう。なんとしてでも成功させなければならないが、不意にそれが大きな重責としてジェシカの両肩にのしかかってきた。

「大丈夫だ。なにもおまえ一人で全部準備するわけじゃない」

震えるジェシカの肩をそっと抱き寄せ、リジオンは落ち着いた声音《こわね》で言った。

「おれもユーリーもいるし、家令を始めとした優秀な使用人たちもついている。おまえは自信を持って、これまで学んだことを活かせばいいんだ」

「そうは言っても、舞踏会のことなんて、やっぱりよくわからないし……」

「だからこそ、これからいくつかの招待を受けて、実際に雰囲気を見ておくんだよ。大丈夫だ。おれがついている」

ぽんぽんと肩を叩かれ、ジェシカはおずおずと顔を上げる。優しい笑顔でこちらを見つめているリジオンに、ジェシカはようやく頷くことができた。

「……わかったわ。うじうじしたところで、なにかが変わるわけじゃないものね。だったら、受けて立つくらいの気持ちでいたほうがいいわ」

「その通りだ。おまえならやれるさ。なんたって、このおれの生徒なんだから」

自信満々に言われると、本当にそうかもしれないと前向きな気持ちが芽生えてくる。ジェシカが笑顔を見せると、リジオンも満足げに頷いた。

「じゃあ、おれは警備について確認してくるから、おまえは明日着ていくドレスを選んでいろ」

「うん、わかった」

明日は、公爵夫人が主催する音楽会だ。ジェシカはさっそく自室へ戻り、侍女たちを交えてドレスの選定にかかった。

そうして一夜明け、音楽会当日。

清楚《せいそ》なクリーム色のドレスを纏《まと》ったジェシカは、緩《ゆる》やかに巻いた薄茶色の髪に、ドレスの色に合わせた大ぶりの生花を飾っている。

舞踏会ではないので、エスコート役のリジオンの恰好はいつもと同じ黒い騎士装束《しょうぞく》だが、今日はめずらしくジェシカの乗る馬車に同乗してきた。

彼曰《いわ》く、「さすがに王都の一等地で騒ぎを起こそうという馬鹿はいないさ」だそうだ。

だが、リジオンと一緒に馬車を降りた途端、ジェシカは居合わせた人々がにわかに色めき立つのをいやでも感じた。

ベリンダによると、すでに社交界ではジェシカとリジオンの仲が噂になっているようだが、実際に注目されるとさすがに落ち着かない。

「いらっしゃい、グランティーヌ家のジェシカさん、それとリジオン卿。年寄りばかりの会だけど、ゆっくりなさっていってね」

主催者である公爵夫人は、先日と同じ温かな笑顔でジェシカを迎えてくれた。

ジェシカも笑みを浮かべながら、教えられた通りの挨拶《あいさつ》をする。それを見た夫人がうんうんと頷いてくれたので、無事に合格点をもらえたようだ。

年寄りばかりと夫人は言ったが、会場には若い男女も多く訪れていた。

ほどなくリジオンのもとに、何人かの青年が近づいてくる。

「リジオン、こういう場所で会うのは久しぶりだな。そちらが噂の恋人か？」

「会って早々不躾《ぶしつけ》なことを言うなよ。おれはともかく彼女に対して失礼だろ」

顔見知りなのか、気安い口調で近寄ってきた青年を、リジオンは冗談めかして牽制《けんせい》する。そして、改めて彼らにジェシカを紹介した。

「グランティーヌ伯爵家のジェシカ嬢だ。おれの兄が後見人になっている。今日は兄に頼まれてエスコート役を任されたんだ。おまえのような軽薄そうな男から護るためにな」

まだ正式に婚約しているわけではないので、公《おおやけ》の場ではこうした説明をしていた。

だが周りからは、すでに恋人のように見えるらしい。

「おいおい、冗談だろう」

「君がぴったりと横について護っているお嬢さんを口説《くど》くほど、僕たちは命知らずじゃないぞ」

口々にそんなふうに言われてしまい、ジェシカは曖昧《あいまい》に微笑むことしかできなかった。

「ご令嬢、申し訳ないが彼を少しお借りしても？　僕の学友に彼を紹介したいものですから」

「ええ、もちろんです。わたくしはここで待っておりますので」

リジオンにもリジオンの付き合いがあり、断れない誘いもあるだろう。しとやかに微笑むジェシカに目配せしたリジオンは、「すぐに戻る」と言って友人たちと連れ立って歩き出した。

ジェシカは飲み物をもらって、歓迎の緩《ゆる》やかな曲を奏《かな》でている音楽家のほうへ足を運んだ。

音楽会はとても盛況で、主催の公爵夫人が支援する音楽家が次々と紹介される。彼らは、誰もが耳にしたことのある古き良き音楽から流行の最新曲まで、幅広く演奏していった。

招待客たちはうっとりと演奏に聴き入っており、一曲終わるごとにどんどん拍手の音が大きくなった。

演奏会のあとは、音楽家も交えてのお喋《しゃべ》りの時間。音楽家たちは請《こ》われるまま演奏したり、雑談の輪に入ってパトロンを募《つの》ったりしている。

ジェシカも公爵夫人に誘われてお喋《しゃべ》りの輪に入り、素晴らしい演奏に対し、拙《つたな》いながらも素直な感想を伝えた。ジェシカの初々《ういうい》しい受け答えに、年配の招待客は温かな視線を送ってくれる。

だが同世代の視線はやはり厳しい。新しい飲み物を取りにジェシカが輪を抜けると、どこからか同じ年頃の女の子たちが寄ってきて、あれこれ質問攻めにされた。こちらの反応を探るものから直球のものまで、ありとあらゆる質問に、ジェシカは控えめな笑顔で丁寧に答えていった。

「グランティーヌ伯爵家に、わたくしたちと同じ年頃のご令嬢がいたなんて驚きましたわ。今までどちらにいらっしゃいましたの？」

「二年前、祖父に引き取られるまでは、両親とともに地方で暮らしておりましたの。祖父のもとへきてからは、ずっとお屋敷で過ごしておりました」

「ヒューイ子爵様が後見人をなさっているそうですが、いったいどういったご縁で？」

「祖父とアルジェード侯爵家の方々は、長く家族ぐるみのお付き合いをされていたそうです。そのご縁で、わたくしの後見役をヒューイ子爵様に相談されていたそうですわ」

「リジオン卿とはどんな関係でいらっしゃるの？」

「リジオン卿は、時折ヒューイ子爵様とともに、屋敷にいらしてくださっているのです。今回わたくしが社交界に出るにあたり、ヒューイ子爵様が彼にエスコート役を頼んでくださったのです」

多少話を盛ることはあっても、基本的には正直に伝える。見栄を張って大嘘をつくと、予想外の質問をされたときに墓穴を掘る可能性が出てくる、とリジオンから叩き込まれていた。

そつのないジェシカの答えに、素直に「そうなのですか」と頷くひともいれば、あからさまに疑った顔をしてくるひともいる。

中にはこの前の令嬢のように、ちょっと意地悪な物言いをしてくるひともいた。

「リジオン卿がどれほど活躍されている方かご存じですの？　お生まれも名門の侯爵家ですし、社交界デビューもしていない方がそのお隣に並ぶのは、大変な勇気が必要だと思いますけれど」

言葉の裏に「デビューもまだのくせに、リジオン卿にエスコートされるなんて身の程知らずよ」という嫌みをビシビシ感じながらも、ジェシカは笑みを絶やさなかった。

「ええ。わたくしも恐れ多いことだと思ったのですが、すぐに考えを改めました。エスコートしていただくからには、リジオン卿が恥ずかしくない振る舞いをすればいいのだ、と。まだ未熟者ですので、なにか至らないことがあればぜひ教えてくださいね」

相手の言葉を否定するわけではなく、むしろ「これからよろしく」ともとれる返事をしたジェシカに、相手はきょとんとした顔をする。

だが、すぐにばつの悪い面持《おもも》ちになってもごもご言葉を濁《にご》しながら、さっと離れていった。どうやら本当に嫌みを言いにきただけだったらしい。

そうして臨機応変《りんきおうへん》に会話を楽しみ、ジェシカはなんとか問題なく音楽会を乗り切ることができた。

その三日後に行《おこな》われた舞踏会も、特に危なげなく乗り切ったジェシカだったが、その翌々日に出向いた舞踏会では、ひやりとする出来事があった。

「君って結局、リジオン卿を遊び相手としか見ていないんでしょ？」

うしろからいきなり失礼なことを囁《ささや》いてきたのは、いかにも遊び人という印象の軽そうな青年だった。ジェシカは思わず「はぁ？」と言いたくなるのを必死にこらえる。

「仰《おっしゃ》っている意味がわかりませんわ」

笑みを貼りつけ、むかつくことを言われたときに使えと教えられた言葉を口にする。だが、青年はひるむことなくニヤリと笑った。

「だって君、彼はただの後見人の弟だと言っていたそうじゃないか。それってつまり、彼は都合のいい火遊び相手ってことでしょ？」

（なにをどう解釈したらそういう結論に至るのよ）

突っ込みたい気持ちでいっぱいのジェシカだったが、あくまでにこやかに応対した。

「あなたの仰《おっしゃ》っている意味がわかりませんわ。すみませんけれど、わたくし、お化粧直しをしたいのでこれで失礼します――」

「まぁ、待ちなって」

その場を離れる言葉を途中で遮《さえぎ》り、青年は壁に手をついてジェシカの行く手を塞いだ。

「別に、それを悪いと言っているわけじゃない。遊び相手を探しているのは僕も一緒だしね。だから、これからちょっと、僕に付き合ってくれないかなぁと思っただけなんだよ」

ジェシカは思わず目をつり上げそうになって、慌てて持っていた扇をぱっと広げる。それで顔を隠しながら慎重に口を開いた。

「せっかくのお誘いですが、あなたにお付き合いする時間はありませんの――」

「そんな堅いことを言わずにさ、一緒に楽しもうよ」

なかなか強引な男だ。きっとこうしたことに慣れているに違いない。このままでは無理矢理どこかへ引きずって行かれそうだ。

誰かに助けを求めようにも、男はジェシカを周りから隠すような位置に立っている。

焦りながらも、リジオンに習った対人教育を思い出そうとしたとき――

「失礼。わたしの連れになにかご用ですか?」

すぐ近くから涼やかな声が聞こえてきた。同時に、ぱしっ、と軽い音がして、壁についていた青年の手が別の手に捕らえられ、ジェシカから遠ざけられる。

扇の端から声の主を見たジェシカは、ハッと目を見開いた。

「リ、リジオン卿……」

青年が態度を一変させ、狼狽《うろた》えた声を出す。

「いえ、そんな……。なにやら困っていたようなので、少し声をかけただけですよ」

「そうですか。彼女はまだこういった場に慣れていないので、今後なにか困っているようでしたら、わたしに知らせてくださるとありがたい」

すでに逃げ腰の青年に向けて、リジオンはにっこりと微笑む。

青年は頬を引き攣《つ》らせて、リジオンから腕を引き抜くと急いで離れていった。

「おまえはこっち」

リジオンに先導されるまま、ジェシカは庭へ連れて行かれる。

明かりを抑えた広い庭の中を無言で進み、人気《ひとけ》がなさそうな場所でようやくリジオンは足を止めた。ジェシカに向き直った彼は、素の表情に戻って深々とため息をつく。

「またずいぶんと強引な奴に声をかけられたな？」

「まったくよ！　あの男、ケーキのお皿を取ろうとしたら、いきなりうしろから耳元に囁《ささや》いてきたのよ。……うぅ、思い出したらなんだか気持ち悪くなってきた」

青年の息がかかった耳元をごしごし擦《こす》って、ジェシカは二の腕を抱きしめる。

リジオンが「はぁぁ……」と再びため息をついた。

「無防備になる瞬間が、食べ物が絡《から》んだときというのがなんとも残念だが」

「どういう意味よっ」

「なんにせよ、警戒心が足りないな。おれが助けに入らなかったらどうするつもりだったんだ」

「そうなのよね……あのときは焦って頭が回らなかったけれど、飲み物が欲しいからあっちへ行きましょうとか、自然にひとのいるほうへ誘うのがいいかしら。もう少し知り合いが増えれば、さりげなく助けてって知らせることができるようになるかも」

落ち着いて考えれば方法は出てくるのに、さっきは本当に焦ってしまって、まったく頭が働かなかった。それに少し怖かったし……

ジェシカの答えに、リジオンは『合格』と言いたげに頷いた。

「次にもし絡《から》まれたら、そういう対応をすることだ。間違っても、相手の急所を蹴り上げるようなことはするなよ」

対人教育の中で、かつてジェシカがそう叫んだことを彼は忘れていなかったらしい。

ばつの悪さと恥ずかしさに、ジェシカはついつい唇を尖らせてしまった。

「し、しないわよ。だいたい、すぐ戻るって言いながら、ちっとも戻ってこないリジオンだって悪いと思うわ。ああいうところで一人でいたから、変な奴が近づいてきたんじゃないの？」

一瞬、虚を衝《つ》かれた顔をしたリジオンは、すぐに「へぇ？」とおもしろそうに目を細める。

「それなら、四六時中引っついていてやろうか？」

「し、四六時中って……、んむっ」

いきなり口づけられ、ジェシカはびくんと首をすくめた。

「ちょ……、リジオン、ここ外よ」

「関係ない」

慌てるジェシカに構わず、リジオンは彼女を引き寄せて耳のうしろに軽くキスをした。

「あんっ」

「まったく、変な虫に息なんか吹きかけられて。……消毒だ」

「い、ぅ……」

耳朶《じだ》のうしろをねっとり舐《な》められ、ジェシカはびくびくと震えてしまう。

初めて身体を繋《つな》げて以降、王都に住まいを移したり、夜会などの招待を受けたりと、今まで以上に忙しくなった。それに付随する支度やレッスンもあり、こうしたふれ合いはあのとき以来だった。

だが身体に深く刻まれた悦楽はそう易々《やすやす》と消えるものではないらしい。現に、リジオンの舌でちろちろと耳孔をくすぐられただけで、ジェシカは腰が抜けそうなほど感じてしまった。

「ひ、ぁぁ……っ。リジオン……っ」

「……そのままうしろを向いて、そこのベンチに掴《つか》まれ」

「ん……」

ジェシカはすぐそばにあったベンチの背もたれをぎゅっと掴《つか》む。

背後に回ったリジオンに促《うなが》されるまま、片膝をベンチに上げると、彼はジェシカのスカートをたくし上げてきた。

「やっ、リジオン……っ」

「声、抑えておけよ」

「んっ」

――前は声を聞かせろと言ったくせに。

そんな恨みがましいことを思ったが、リジオンの手が胸元から忍び込み、コルセットに包まれた乳房を掴《つか》むと、声を押し殺すことに必死になった。

しっかり紐《ひも》を結んで固定したコルセットは、ちょっとやそっとでは決してずれない。リジオンもそれはわかっているはずなのに、わざわざ硬い下着の中に手を潜《もぐ》りこませようとしてくる。

ドレスからのぞく膨らみの上部を撫《な》でられるだけでも感じてしまって、ジェシカは口元に手をやり必死に声をこらえた。

「ん、んぅ……うぅ……っ」

柔肌を何度も撫《な》でられて、コルセットの下で乳首が尖っていくのがわかる。

布越しに撫《な》でるだけではなく、直接さわってほしい。

そんなはしたない思いが通じたのだろうか、リジオンがくすりと耳元で笑った。

「さっきから腰が揺れてる。おまえも欲しいんだろう？」

「や、やだ……っ」

慌てて腰を引こうとするが、その前にぐっと引き寄せられて身動きできなくなる。さらに臀部《でんぶ》に硬く張りつめた彼自身を押し当てられて、ジェシカはカッと頬を赤くした。

「おれはおまえが欲しい。すぐに挿《い》れたくて仕方がない」

「こ、こんなところで、不謹慎よ……！」

「悪いな。実のところ、馬車に乗っているときからしたくてたまらなかった。今日のおまえのドレスは胸が開きすぎだ」

「あんっ」

真っ白なデコルテを指先ですいっと撫《な》でられて、ジェシカは再びびくんと震えた。

「ん、んン……っ、リ、リジオンの……えっち……っ」

「褒《ほ》め言葉だな。だが、おまえだって」

「いやぁ……っ」

ドロワーズ越しに秘所を撫《な》でられ、ジェシカはたまらず声を上げた。

「ちょっとさわっただけで、もうこんなに濡らしてる。……期待したんだろう？」

「し、してない、してないもん……っ」

強がって否定するも、実際は布越しに秘所をくすぐられるだけで、奥から熱い蜜があふれて止まらなかった。

「ふっ、んく……んンン……っ」

「ただ撫《な》でるだけでそんな調子じゃ、挿《い》れたらどうなるのかな」

「……ん、ふぅ……」

ドロワーズの紐《ひも》が引かれ、薄い布がベンチに落ちる。一気に心許《こころもと》なくなった下肢に、いつの間に取り出したのか、リジオンの肉棒がぴたりと押し当てられた。濡れてヒクつくジェシカの秘所と同じく、彼のそれも熱く震えて、女の中に挿入《はい》りたがっているように感じる。

だが彼はすぐには挿入せず、秘所のくぼみにぴたりと竿部をあてがって、あふれる蜜を絡《から》めるようにゆっくりと腰を前後させた。

彼の肉竿が陰唇を撫《な》でる感覚と、時折敏感な芽をかすめてくる感覚に、ジェシカは声も出せずにぶるぶると震える。

ベンチについた片膝が頽《くずお》れそうになる寸前、リジオンは反り返ったものの先端をジェシカの蜜口にあてがった。

「あぁんっ……！」

ずぶりと中に挿入《はい》ってくる感覚に、ジェシカは耐えきれず首を反らす。

背後から愛撫《あいぶ》されることはあったが、挿入されるのは初めてのことだ。向き合って受け入れたときとまた違う感覚に胸が苦しくなる。熱い塊《かたまり》でお腹側の感じるところを撫《な》でられるのは、信じられないほど気持ちよかった。

自然と背がしなり胸を突き出す体勢になりながら、ジェシカはリジオンが最奥《さいおう》まで押し入ってくるのを全身で感じた。

「はっ……締まるな。それに中も、よく濡れて……」

「い、言わないで、そういうこと……あんっ、ん……、んぅう……ッ」

時間が惜しいとばかりにすぐに抜き差しを始められ、ドレスの下から響くぬちゅぬちゅという水音にめまいを覚える。

快感にうねる襞《ひだ》が彼の肉棒をしっかりと咥《くわ》え込む。リジオンが時折、感じ入った吐息を漏らした。

絹靴下に包まれた太腿をいやらしく撫《な》で上げながら、彼は無言で抽送《ちゅうそう》を速めていく。

「ふっ、う、うぅ、……んぁっ、いや、いや……っ」

水音のほかに腰がぶつかるぱんぱんという音も加わって、あまりの卑猥《ひわい》さに耳まで赤くなっていることだろう。声が漏れないよう必死に口元を押さえるが、こらえきれない甘い喘《あえ》ぎ声が薄暗い庭に小さく響く。

(あ、あ……、気持ちいい……っ)

初めてくる人様の家で、初めての体位、おまけに屋外という、改めて考えると非常識この上ない事態。なのに、ジェシカはとんでもない快感を覚えていた。

誰かが不意にこちらに顔を出すかも……そんな想像すら、恐怖を掻き立てるどころか興奮を煽《あお》るばかりで、自分はいつの間にこんな淫乱になったのかと危機感を覚える。

だが湧き上がる悦楽に抗《あらが》うことはできず、ジェシカはあふれそうになる声を必死にこらえて、下肢から這《は》い上がる愉悦に翻弄《ほんろう》された。

「ん、んぅ……！」

「……はぁ、もっと愉《たの》しみたいが……」

「ひぅ、あ……、も、むりぃ……っ」

深いところを何度も穿《うが》たれて、ジェシカは息も絶《た》え絶《だ》えに許しを請《こ》う。リジオンは了解したとばかりに、それまで太腿を撫《な》でていた手を二人が繋《つな》がっているところに滑らせた。

「ひぁっ……！」

悪戯《いたずら》な指が、剛直を呑み込んで広がった陰唇を撫《な》で上げる。それだけでも腰がびくっと跳ねたのに、リジオンはそのまま上へと指先を滑らせた。

「――ッ！」

ぷっくり膨らんだ花芯をぬるぬると撫《な》でられて、ジェシカは声にならない声を漏らす。下腹の奥で燻《くすぶ》っていた愉悦が一気に膨らみ、膣壁が淫《みだ》らに蠕動《ぜんどう》した。

「ぐっ……」

リジオンが苦しげなうめき声を漏らす。それと同時にジェシカは昇りつめて、両足をがくがくと震わせた。

「んっ……、んぁ、あ……ッ！」

絶頂と同時に、はぁっと息を大きく吐き出し、ジェシカはずるずるとベンチにもたれかかる。

その背に重なるように身体を折ったリジオンは、二度三度と腰を打ちつけて、ジェシカの中に白《はく》濁《だく》を注《そそ》ぎ込む。ジェシカはその熱さをぼうっとしながら感じていた。

「……そんな顔じゃ、もう会場には戻れないな」

息を整え、顔を上げたリジオンは苦笑まじりにジェシカの頬を撫《な》でる。

あいにくと自分がどんな顔をしているかはわからない。だがドレスの裾に皺《しわ》が寄り、髪も崩れてしまったであろうことは容易に想像がついた。

急いで身繕《みづくろ》いをしながら、肩越しに背後を振り向いたジェシカは頬を膨らませる。

「もう……、誰のせいだと思っているのよ」

「それはもちろん、食べ物の誘惑に負けて無防備な姿を晒《さら》したおまえのせいだ」

「なっ。そんな無茶苦茶な理屈……、ひゃうっ」

「口答えする気なら、もう一度しっかり躾《しつ》けてやるが」

まだ硬度を失わない熱棒を太腿に押し当てられて、ジェシカは真っ赤になった。

「け、結構です！」

「まぁそうだな。どうせなら寝台でたっぷり時間をかけてしようか。帰るぞ」

「えっ⁉　ちょっ、まだ舞踏会は終わってない……！」

「律儀に終わりまで付き合う必要はない。主催者に挨拶《あいさつ》して、それなりに喋《しゃべ》って踊ったら充分だ」

「えええ……っ？」

そういうものなの？　と疑問に思うが、問答無用で腕を取られて歩き出される。

しかし馬車に乗るや否《いな》や、リジオンの膝の上に座らされあちこち愛撫《あいぶ》された。息も絶《た》え絶《だ》えになって屋敷に着くと、そのまま寝室に連行されて、これまでの夜を取り戻すかのように激しく求められたのだった。


その後も、勉強を兼ねていくつかお茶会や舞踏会の招待を受けたが、リジオンは本当にジェシカにぴたりとくっついて片時もそばを離れなくなった。

それは屋敷に帰ってからも続いて、いつの間にか一緒の寝台で眠るのも当たり前になっていた。

リジオンのそんな変化に戸惑いながらも、愛するひとと過ごす時間は単純に嬉しくて、ジェシカはどんどん彼の虜《とりこ》になっていく。

同時に、自《みずか》らがホストを務めるパーティーを絶対に成功させなければという気持ちが大きくなった。暦《こよみ》と顔をつきあわせながら、ジェシカはリジオンはもちろん使用人たちも交えて、当日はどのような趣向で客人を迎えるか入念に準備を始める。

招待客をリストアップし、招待状を書き進める中、料理や衣装の打ち合わせも行《おこな》う。結果、かなりめまぐるしい日々を送ることになったが、ジェシカは決意に燃えていた。

（お祖父《じい》様の護ってきたもののためにも、そして自分のためにも、絶対に未来を掴《つか》み取ってやるんだから……！）

そんなジェシカの前に、運命の日は刻一刻と迫ってきていた。

＊　＊　＊

澄み渡る青空がどこまでも広がる中、ジェシカはとうとう運命の日を迎えた。

すなわち親族たちが指定してきた、王都の伯爵邸でジェシカ主催のパーティーを開く日である。

「ようこそおいでくださいました。ジェシカ・フォン・グランティーヌと申します。以後、お見知りおきください」

ジェシカは楚々《そそ》とした笑みを浮かべて、次々に訪れる招待客を伯爵邸に招き入れる。

客人を出迎えるのはホストの最初の仕事だ。入り口に立ち挨拶《あいさつ》するだけのように思われるが、実際は招待客の顔と名前を間違えないように挨拶《あいさつ》をしなくてはならないのでかなり神経を使う。

客人があらかた会場に入ったら、今度は主催者として全員に向けての挨拶《あいさつ》だ。

それが終われば招待客へ声をかけつつ、会場中に目を光らせて、不備はないか常に気を張り続けなければならない。それでいて、誘われたら会話やダンスにも応《こた》えなくてはいけないのだ。

親戚たちはパーティーの内容までは細《こま》かく指定してこなかったので、ジェシカのお披露目《ひろめ》を兼ねて、昼に行《おこな》う小規模のパーティーを開くことにした。まだ国王陛下に拝謁《はいえつ》していないため、大規模な催《もよお》しを開催できないというのを逆手《さかて》に取らせてもらったのだ。

それでも招待客は五十人以上いる。この二ヶ月半の成果を見せるには、充分過ぎる舞台だろう。どうせ上手《うま》くいかないと踏んでいる親族たちは、ジェシカの出迎えにうんともすんとも言わなかった。だがそれも想定通り。ジェシカは気にすることなく、にこやかに笑顔を振りまいた。

ジェシカの今日の装《よそお》いは、レースを多用した美しいラベンダー色のドレスだ。

淡い紫色は彼女を実年齢の十八歳より大人びて見せる。それに対して髪は流行の形に結い上げ初々《ういうい》しさを演出した。申し訳程度に露《あら》わにしたデコルテと耳朶《じだ》には、若葉色の瞳に合わせたエメラルドを使ったアクセサリーが下がっている。今日のためにリジオンが贈ってくれたものだった。

「お守り代わりにつけておけ。――初めて会ったときのおまえには不釣り合いな飾りだっただろうが、今のおまえにはしっくりとよく似合っている。自信を持て」

リジオンはそう言って背中を押してくれた。そんな彼のためにも、ジェシカはなんとしてでもホスト役を成功させるつもりだった。

（伯爵家は絶対にわたしが護ってみせる。信じてくれたリジオンのためにも頑張らなくちゃ）

明確な目標があるためか、あるいは恋の力がそうさせるのか、今日のジェシカは一段と自信に満ちてきらきらと輝いていた。

そんな彼女の様子に、亡き伯爵の友人や知人たちは、ほぅ……と感嘆のため息を漏らす。

伯爵が生前に孫娘を引き取ったこと、伯爵の死により彼女が表に出てくるようになったこと、後見人がアルジェード侯爵家の嫡男であること、そしてその弟であるリジオンが、彼女の婚約者候補であるということ……いろいろ噂されているが、実際にジェシカを見るのは初めてというひとも多い。そういった人々の目に、ジェシカは初々《ういうい》しくも洗練された淑女として映ったのだった。

「やぁ、お招きありがとう、ジェシカ嬢」

「ユーリー様！　お久しぶりです」

新たに入ってきた客人に、ジェシカはパッと華やかな笑みを浮かべる。奥方のエリーゼを伴ったユーリーは、ニヤニヤしながら親族たちを横目で見やった。

「みんな君の豹変ぶりに言葉もないようだね。無理もない、今の君はどこからどう見ても立派な淑女だ。招待客はみんな、君の堂々たる出迎えに満足しているよ」

「ありがとうございます。そう言っていただけると自信が持てます」

二人に会うのは久しぶりだし、もっと親しく話したいところだが、人前なのでしとやかに微笑むだけに留める。

やがて会場の大広間が招待客で埋まったのを認めたジェシカは、隅に控えた楽団に合図を送った。

この楽団は先日の音楽会で得た伝手《つて》で招いた。彼らは一流の音楽家で、王宮でも演奏をしたことがあるらしい。少人数とは思えない素晴らしい音楽を奏《かな》でてくれた。

静々と中央に出たジェシカは、集まった人々にゆっくりと視線を向け挨拶《あいさつ》の言葉を口にする。

「皆様、我がグランティーヌ伯爵邸にようこそおいでくださいました。本日は庭も開放してございますので、どうぞ楽しいひとときをお過ごしください」

集まった人々に笑顔でお辞儀をすると、パラパラと拍手が起こった。これから本格的にパーティーが始まる。何人かがさっそく庭へ出て行った。

領地の屋敷ほどではないが、ここにも広くて立派な庭があった。見頃を迎える薔薇《ばら》はもちろん、手入れの行き届いた季節の花々が美しく咲き誇り、招待客の目を楽しませてくれるだろう。

庭を散策する人々のためにそこここにベンチを設置し、日差しがきついところには日よけのパラソルを置いていた。様々な料理が並ぶテーブルは大広間と庭の両方に用意して、使用人が入れ替わり立ち替わり補充や給仕をしている。

招待客の中にまだ小さな子供を連れていたひとがいたので、急遽庭に専用の調理台を作り、そこで料理長に飴細工《あめざいく》を作ってもらった。暇そうにしていた子供たちは漂《ただよ》ってくる甘い匂いと、目の前で作られる星や花などの飴細工《あめざいく》に歓声を上げ、キラキラと目を輝かせた。

近くを通る大人たちも物珍しげに足を止め、楽しげにしている様子に、ジェシカはほっと息をつく。パーティーではあまり見ない趣向だけに顰蹙《ひんしゅく》を買うかもと心配したが、子供たちが楽しそうにしているので、用意してよかったと思った。

そのとき、広間のほうからガチャンとなにかが割れる音がして、女性の悲鳴が聞こえてくる。何事かと急いで広間に戻ると、親族の女性の一人が金切り声を上げて叫んでいるところだった。

「いったいどこを見ているのよ!? せっかくのドレスがシミになったじゃない!」

「も、申し訳ございません……」

どうやら給仕が飲み物を零《こぼ》したらしく、女性のドレスに大きなシミができていた。

平謝りしている給仕は領地から連れてきた使用人の一人で、およそ客人に飲み物を引っかけるようなミスをする男ではない。が、今はそれを質《ただ》している場面ではないと、ジェシカは速やかに二人のあいだに入った。

「うちの者が失礼をいたしました。他にシミになったところはございませんか?」

「危うくグラスごと倒れてきて怪我をするところだったわよ! いったいどう責任を取ってくれるつもり!?」

頭ごなしに怒鳴られ、思わず首をすくめる。ジェシカは急いで頭を巡《めぐ》らせ、すぐに手を叩いて近くにいたメイドを呼び寄せた。

「奥様、どうぞこちらにお越しくださいませ。皆様、少し失礼いたしますわ」

見守る人々ににっこりと笑顔で頭を下げ、ジェシカは女性を奥へ連れて行く。そしてすぐさまメイドに指示を伝えた。

半時後。汚れたドレス以上に美しいドレスを纏《まと》った女性が、ジェシカの先導で大広間に戻ってくる。会場に戻るなり楽団に目配せし音楽を華やかなものに変えさせたジェシカは、自然とこちらに人目が集まるようにした。そして振り返った人々に再び笑顔を向ける。

「皆様、お騒がせいたしました。引き続きどうぞご歓談をお楽しみくださいませ」

そうしてジェシカがその場を離れると、ドレスを着替えた女性のもとにわっと貴婦人たちが集まってきた。彼女たちは一様に目を輝かせ、次々にドレスを褒《ほ》め始める。

「まぁ、そのドレス、王室お抱えと名高いアウニャック夫人の新作ですわね？　袖口のレースがこのように広がっているのが、夫人のドレスの特徴ですもの。間違いありませんわ！」

「王女様たちでさえ順番待ちをしているというのに。そのようなドレスをご用意なさるなんて……さすがはグランティーヌ伯爵家のご令嬢ですわ」

「あら、髪飾りもドレスに合わせて変えましたのね？　先ほどまでのドレスも素敵でしたが、こちらもとてもよくお似合いですわ……！」

流行に敏感な貴婦人たちから口々に褒《ほ》められて、初めこそ不機嫌だった女性は徐々に笑顔になっていく。それを遠目で見届けたジェシカがほっと一息ついたとき、今度は別の場所で騒ぎが起きる。見るとまた親族の男性だ。今度は並べられていた料理が熱すぎるとわめいている。

冷めた料理を並べるのは論外だが、飛び上がるほど熱い料理を出すのもマナー違反だ。そのあたりは料理長を始め、厨房《ちゅうぼう》にいる誰もが心得ている。

ジェシカが見る限り料理はさほど熱そうではなかった。だが、ここでそれを指摘するわけにはいかない。まったくつまらない因縁をつけてくるものだと内心で憤《いきどお》りつつ、ジェシカはすぐに男性に近寄っていって頭を下げた。

「こちらの不手際でございました。申し訳ございません。すぐに新しい料理を用意させます」

「ふん！　おかげで舌を火傷《やけど》したではないか。行儀のなってない娘はこれだから……！」

「それはいけませんわ。なにかお飲み物を……」

そう言いかけたジェシカは、ハッとあることを思いついて、再び音高く手を叩いた。即座に近寄ってきた給仕に耳打ちして、ジェシカは新しいグラスを用意するよう指示を出す。

彼らが頼んだものを用意して戻ってくると、ジェシカは少し声を張り上げ人々の注目を集めた。

「お料理に不備があったことを皆様にお詫びいたします。その代わりと言ってはなんですが、めずらしいお酒を皆様にお出しいたします」

メイドが興味を持った人々に素早くグラスを配り、給仕が手際よくグラスに酒を注《つ》いでいく。

人々はそれが白いワインだと気がついたようだ。あらかた注《つ》ぎ終えたところで、ジェシカは給仕をそばに呼び寄せ、瓶のラベルを客人に見せるよう掲《かか》げさせる。

そばにいた何人かが、大きくどよめいた。

「そ、それは！　幻の酒として有名な二十年物の白ワイン……！」

「仰《おっしゃ》る通り、王家の方々でもなかなか口にできないと言われている幻の白ワインです。亡き祖父が貯蔵していたものですが、今日のよき日にぜひ皆様に味わっていただきたくて」

にっこり微笑むジェシカに、グラスを持つ人々は感激の面持《おもも》ちでグラスを見つめる。

ジェシカもグラスを受け取り、高らかに乾杯の音頭《おんど》を取った。待ちきれない様子でグラスに口をつけた人々は、そのまろやかな口当たりに歓声を上げる。

あいにくジェシカはあまりお酒が好きではないので、これが美味《おい》しいかどうか判断する術《すべ》がない。

だが多くのひとが喜んでくれているので、ほっと胸を撫《な》で下ろした。

（こんないいお酒を残しておいてくれてありがとう、お祖父《じい》様！）

こっそり祖父への感謝を呟《つぶや》きつつ、ジェシカはちらりと会場の隅を見やる。

そこには悔しそうに顔を歪《ゆが》めた親族たちが、新たな策を練るべくひそひそ話をしていた。

（今のところは、上手《うま》く立ち回れているということよね……）

親族たちが焦っているということは、それだけジェシカのホストぶりにケチがつけられないということだ。そのことに大いに安堵する。

（とはいえ飲み物をわざと零《こぼ》して服を汚したり、料理にケチをつけたり……親族ながらあきれるわ……）

当日はきっと、様々な嫌がらせをして恥をかかそうとしてくるはずだ、とリジオンに忠告されたジェシカは、淑女教育の合間にあらゆる対策法を考えた。そしてちょっとやそっとのことでは決して動じたりしない、鋼《はがね》の精神を鍛《きた》えてきたのだ。

新たな衣服やお針子を待機させていたのも対策法のひとつだ。実は奥には怪我人に備えて医師も控えているし、宿泊できる客間も用意している。暇を持て余した小さな子供用の部屋もある。今のところそれらの出番はなさそうだが、備えあれば憂いなしだ。

楽しげに語らう人々を見つめるジェシカの視界に、部屋の隅にたたずむリジオンの姿が入った。

今日の彼は、招待客の一人としてジェシカから離れたところに待機している。

いつものようにリジオンがそばにいては、どんなにジェシカがホストらしく振る舞っても、彼の指示だと言われかねないからだ。

それでも常にこちらを見守る彼の視線は感じていた。今も目が合った瞬間、上出来だとばかりに頷いてくれる。彼からの信頼がなにより嬉しい。

ジェシカは顔が緩《ゆる》みそうになるのをぐっとこらえ、彼に小さく頷き返した。

そうして客人が快適に過ごすために他にもなにか出来ないかと、会場を回りながら忙しく知恵を絞るのだった。

＊　＊　＊

人混みに消えていくジェシカのうしろ姿を見送り、リジオンはグラスの酒にゆっくり口をつけた。

「――やぁ。思っていた以上に盛況じゃないか、我らがジェシカ嬢主催のパーティーは」

そのとき、背後から明るい声がかけられる。

振り返ると、にこにこと微笑む兄のユーリーがいた。奥方のエリーゼとともにやってきたはずだが、ユーリーの隣に彼女の姿はない。

無意識に周囲を見回すリジオンに、ユーリーは軽く肩をすくめた。

「エリーゼなら友人たちと歓談中だよ」

「ふぅん。めずらしいな、こういうパーティーで兄さんが義姉《ねえ》さんを自由にさせるなんて。一時期は異性はもちろん、同性だって近寄らせなかったじゃないか」

「そりゃあ未婚や、新婚の頃とは勝手が違うよ。あの頃のエリーゼはそれはそれは可愛かったから、放っておくとあちこちから男が寄ってきて、本当に大変だったんだ。女友達でさえ、浮気相手を紹介してくるから信用できないし。そんな中に一人で愛するひとを置いておけないよ」

盛大にのろけるユーリーは、結婚から数年が経ち子供が生まれた今でも、奥方に首ったけだ。

以前はエリーゼに対する兄の行動をまったく理解できなかったリジオンだったが、今は兄を笑うことができない。

それどころか、当時の兄以上にジェシカに近づいてくる男の存在に過敏になっている自覚がある。今も、できることなら彼女のそばに行って、男どもを牽制《けんせい》して回りたいくらいだ。

それが顔に出ていたのだろう。グラスを傾けながら、ユーリーがニヤニヤとからかい混じりの視線を向けてくる。

「澄ました顔をしているが、本当はジェシカ嬢を独り占めしたいと思っているんだろう？」

「わかっていることを改めて聞くなよ。意地が悪いな」

「それくらい恋に右往左往《うおうさおう》している君の様子がめずらしくてね」

しかし……と会場を振り返ったユーリーは目を細める。兄の視線の先を追ったリジオンも同じような表情になった。

そこには子供たちを手招きして、手ずからジュースを配るジェシカの姿がある。子供が喜んだ声を上げると、彼女も嬉しそうに相好《そうごう》を崩した。

「ああいう顔のときは、まだちょっと幼さがのぞくけど、大人相手に挨拶《あいさつ》する姿はいっぱしの貴婦人だったね。伯爵の葬儀のときは全然垢抜《あかぬ》けてなくて、ドレスに着られているような状態だったのに。よくあそこまで彼女を教育したものだ」

率直な感想を述べるユーリーは、リジオンに感心したまなざしを向けてくる。

葬儀のあと、伯爵の親族に向かって大きなことを言ったけれど、当然リジオンは淑女教育などしたことはなかった。実のところ、本当に上手《うま》くいくかどうか半信半疑だったのだ。

だから今のジェシカがあるのは、彼女自身が毎日努力してきた結果だ。自分はただそれを手助けしたに過ぎない。最近のジェシカは休日にもなにかしらの勉強をしている。その向学心はリジオンも舌を巻くほどだった。

そのため彼女は今や生まれついての淑女と言っても過言ではないほど、美しいレディに成長した。まだ十代でパーティーの主催を務めるなど、普通の令嬢でも難しい。それを彼女はわずか三ヶ月程度の淑女教育で実行している。

そんな彼女を心から誇らしいと思った。だが……誇らしい一方で、好きな相手には頼られたいと思う複雑な男心があるのも事実で……

そこでリジオンはハッとした。

いつの間にか、兄はジェシカではなく自分を向いてニヤニヤしている。

「彼女が自立するのは嬉しい。けれど少しは自分を頼ってほしい。そんな心情がだだ漏れだぞ、リジオン」

「……だから、いちいち言葉にしなくても自覚している！」

「まぁ、今の彼女を見ていると、いろいろ心配になる気持ちもわかるよ、うん」

ユーリーはなにやら訳知り顔でうんうん頷いて見せた。

「なんだよ、いろいろ心配って」

「そりゃあジェシカ嬢があれだけ綺麗になったからには、これまで以上に『お近づき』になりたい人間が増えるだろうからね。上品な微笑みに美しい立ち居振る舞い。それでいてあんな屈託のない笑顔を見せられたら、伯爵家の跡継ぎ娘じゃなくても興味をそそられるよねぇ？」

その言葉に、リジオンは思わずムッとして兄を小突いた。

「痛いっ！　ひどいじゃないか、いきなり殴るなんて」

「ちょっと突《つつ》いただけだろ。兄さんが嫌なことを言うのが悪い」

「僕は一般論を言っただけだよ。そもそも僕は、奥さん以外の女性は目に入らないし」

「なら、なおさらジェシカに妙な目を向けるな」

「おお、怖い。そういう台詞《せりふ》は彼女に近づく男どもに言いなよ。……あ、言っているそばから悪い虫が」

ばっと視線を向ければ、ジェシカの周りに挨拶《あいさつ》待ちの若い男連中が列をなしている。思わずリジオンはそちらへ足を踏み出しそうになった。

「こらこら。今日は彼女を手助けしないことにしているんだろう」

「そう、だが……っ」

「見苦しい嫉妬はやめなさい。どのみち、もうすぐダンスの時間だ。相手は後見人のわたしが務めることになっている。他の男は近づかせないよ」

むすっと黙り込んだ弟に、ユーリーは「重症だね」とカラカラ笑った。

「愛する弟が恋に戸惑う姿を見るのは、なんとも楽しいものだね。さて。じゃあ僕はダンスをしてくるよ。……焦らなくても、最後の挨拶《あいさつ》が終わったら彼女の隣にいるのは君だ。そのときに嫉妬剥《む》き出しの顔を晒《さら》さないように、今から綺麗に微笑む練習をしておきたまえ」

そう言って、ユーリーは会場の中央へ歩いていった。

まったく……とその後ろ姿を見送りながらため息をついたとき、ジェシカが再び動き出した。

子供たちがジュースを飲み干し、大人たちもひとしきり談笑に花を咲かせた頃合いを見計らって、華やかなダンス曲を奏《かな》でさせたのだ。

全員の注目が楽団の前のフロアに集まる中、ジェシカはホストらしく一番最初に中央に出ていく。

ユーリーがすかさず彼女に近寄っていくのが見えた。

「ジェシカ嬢、一曲お相手願えますか？」

「はい、喜んで」

ユーリーが申し出ると、ジェシカはにっこり微笑んで、差し出された手に手を重ねる。

ユーリーが巧みな踊り手であることをリジオンはよく知っている。

実際に二人の踊りは素晴らしく、人々の驚嘆を誘った。リジオンも惜しみない拍手を送るが、本心では自分が彼女と踊りたかったと思った。

（むしろ今すぐユーリーの首根っこを掴《つか》んで、ジェシカの前から引き離したい……）

ジェシカがまんざらでもない様子で微笑んでいるのも気に障る。

兄の言葉ではないが、まだ我慢、我慢だ、と自《みずか》らに言い聞かせ、リジオンはそのときを待った。

二曲目からは客人たちも加わり、広間はほどなくくるくると踊るひとの輪で埋めつくされる。

パーティーも佳境に近づいてきて、親族たちも「これはまずい」と焦り出したようだ。さりげなさを装《よそお》いつつ、次々とジェシカに声をかけていく。

「ジェシカ嬢、よろしければこちらでお話ししませんか？　昨今の王宮事情などを」

「グランティーヌ伯爵の思い出話でもいたしましょう。伯爵は領主として尊敬できる方だったが、一時期は貴族院の議長も務められた方だったのはご承知ですかな？」

「近頃貴婦人たちのあいだで流行している詩のことはご存じ？　隣国の言葉で書かれているものですけれど、お読みになったことは？」

ご丁寧に、彼らは親族ではない招待客を会話の輪に交えて、ジェシカに質問してくる。いかにジェシカが無能かを証人つきで実証しようとしたのだろう。愚かなことだとリジオンは一笑に付す。案の定、親族たちの企《たくら》みはあっけなく崩れ去った。

——王宮事情に関しては、まだデビューしておりませんのでなんとも申せませんが、第三王女様のお輿入《こしい》れの話が上がっていると聞いておりますわ。隣国との関係強化を図るためのご結婚とか。和平のためにそれをお決めになった陛下にも、他国に嫁がれる王女殿下にも尊敬の念を禁じ得ません。

——祖父の功績を今でも讃《たた》えてくださる方がいることを嬉しく思います。若い頃は法務省に長く勤めて、アルジェード侯爵家の方々と関わりが強くなったと聞いておりますわ。ご子息のユーリー様には後見人になってもらっていますし、祖父の結んだ縁に日々感謝する思いです。

——もちろん存じておりますわ。ミア・リランカという女性詩人の詩でございましょう？　あの中の自然に関する詩が大好きですの。特に木漏れ日を詠《よ》んだ一節が——

ジェシカはうっとりした表情を浮かべ、件《くだん》の木漏れ日の一節を隣国の言葉でそらんじて見せた。内容はもちろん、発音も抑揚も完璧だった。親族のみならず、一緒にいた客人たちも驚いた様子で目を見開く。さらにはそれを聞きつけたある貴婦人が喜色を浮かべて話しかけてきた。

『まさかこちらで祖国の言葉を聞けるとは思いませんでしたわ。グランティーヌ伯爵令嬢は我が国にいらしたことがございますの？』

『いいえ。ですが地方に住んでいたため、そちらの国の方とお話しする機会がたくさんありましたの。わたくしもこうしてお客様のお国の言葉で話せることを嬉しく思います』

貴婦人は感動のあまり薄く頬を染めながら、ジェシカの発音の良さを褒《ほ》め称えた。実際、ジェシカの発音はレッスンを始める前から完璧だった。敬語に関しては壊滅的だったが、それも二ヶ月半のあいだに、すっかり様《さま》になっている。リジオンは再び誇らしい気持ちになった。そして親族たちの、ジェシカを貶《おとし》めようという企《たくら》みが丸つぶれになったと思うと、実に愉快だった。

がっくりとうなだれる親族たちに、ジェシカもほっとした様子を見せる。

（そろそろ頃合いだろう）

そう判断したリジオンは、ユーリーに目配せを送る。

ユーリーはひとつ微笑みを返すと、ジェシカに朗《ほが》らかに声をかけた。

「――ジェシカ嬢、今日はお招きいただきありがとうございました。あなたのおかげで素敵な午後の一時を楽しむことができました。まだお若いのにホスト役も完璧に務められて……後見人として誇らしい限りです」

ユーリーがやや声を張り上げてジェシカを讃《たた》えると、周囲の人々もうんうんと笑顔で頷く。

多くのひとから好意的な微笑みを向けられ、ジェシカの肩から力が抜けていくのをリジオンは見つめていた。安堵と喜びを胸いっぱいに感じているだろうに、すぐに背筋をしゃんとするジェシカの姿がまぶしい。

「ありがとうございます。わたくし自身も大変楽しい時間を過ごすことができました。こうして無事にホストを務めることができたのも、支えてくださった皆様のおかげですわ」

目に留まった人々一人一人に微笑みながら、ジェシカが会場中に届くように、少し大きめの声で挨拶《あいさつ》する。

「特に親族の皆様には、年若いわたくしがこの伯爵家を背負っていけるのかと、ご心配をかける場面も多々ございました。この場を借りて改めて、無事にこの日を迎えられましたことのお礼を申し上げます。本当にありがとうございました」

ジェシカが隅にたむろしていた親族たちに頭を下げると、会場中の視線がそちらに集中する。

すっかりふて腐れていた彼らだが、注目が集まると慌ただしく姿勢を正し、いかにも自分たちの

手柄とばかりに胸を張ってみせた。

その変わり身の早さにリジオンは危うく噴き出しそうになる。おそらくジェシカやユーリーも同じだろう。だがこうして花を持たせておけば、親族たちも悪い気はしないはずだ。あとあと嫌みを言われるよりかはずっといい。

「まだまだ若輩者《じゃくはいもの》ではございますが、このグランティーヌ伯爵家にふさわしい人間となれるよう、精一杯努めていく所存です。どうか皆様、今後も末永く伯爵家をよろしくお願いいたします」

ドレスの裾をつまんだジェシカが深々と頭を下げると、ユーリーが高らかな音を響かせ手を叩く。ぱんぱんという音はすぐに広がって、万雷《ばんらい》の拍手となってジェシカに降り注《そそ》いだ。会場中が彼女に笑顔を向けている。ジェシカが微笑みながらうっすらと嬉し涙を浮かべているのに気づき、リジオンも胸が熱くなった。

(これで、ジェシカを伯爵家の跡継ぎにふさわしくないと貶《おとし》めることはなくなるだろう)

貴族間の噂話は矢のような早さで広まるものだ。今日の参加者たちは伯爵家の温かいもてなしと、新たな女主人ジェシカのことを好意的に広めていくに違いない。

(……すごいな。本当に、たった二ヶ月半でここまで成長するなんて)

自分で教育しておいてなんだが、ジェシカはリジオンが思っていた以上に、完璧な淑女に変貌を遂《と》げた。蛹《さなぎ》から羽化《うか》した蝶を見る面持《おもも》ちでジェシカを見つめていたリジオンは、危うくユーリーがちょいちょいと手招きしているのを見落としそうになる。

軽く咳払いして表情を引き締めたリジオンは、颯爽《さっそう》と兄のほうへ歩を進めた。

「ジェシカ嬢、この場をお借りして、一つよろしいでしょうか」

改まった様子のユーリーの言葉に、ジェシカはもちろん周りの人々も拍手を止めて彼を見つめる。

感動していたジェシカがハッと我に返った様子で、「まぁ、なんでしょう?」と首を傾《かし》げた。

「アルジェード侯爵家より、正式にグランティーヌ伯爵家へ縁談を申し込みたいのです」

「縁談?」

ジェシカが思わず繰り返すと、周囲にいた人々が一斉にどよめき出す。

ご令嬢方など大きく息を呑んで、興味津々《きょうみしんしん》のまなざしで彼女たちを見つめていた。そしてそのうち何人かは、視線をジェシカからリジオンへ移していく。

ジェシカも戸惑うようにリジオンに向き直った。

「リジオン……」

ジェシカがかすかに震える声で自分の名を呼ぶ。それだけで、彼女を抱きしめたくなる衝動をリジオンは必死にこらえた。

ゆっくりとジェシカに歩み寄ると、ユーリーが再び声を張り上げる。

「我が弟、リジオン・ジェン・アルジェードを、ぜひとも伯爵家の婿として迎え入れていただきたいのです」

その申し出に、周囲はわっと色めき立った。誰も彼もが息を詰めて成り行きを見守る。

ジェシカもまた息を呑んでリジオンとユーリーを交互に見つめた。ユーリーが頷くと、彼女はおずおずとリジオンに視線を戻し、白い頬を薔薇《ばら》色に染める。本物の薔薇《ばら》よりよっぽど可憐な恋人の姿だった。

リジオンは自然と口元をほころばせながら、ジェシカの手を取りその場に静かに跪《ひざまず》く。

「ジェシカ・フォン・グランティーヌ嬢」

改まった口調で名前を呼ぶと、握った右手から、ジェシカがぴくんと震えるのが伝わってきた。

リジオンも多少の緊張を感じながら、大きく目を見開いたジェシカをまっすぐ見上げて、真摯《しんし》に言葉を紡《つむ》ぐ。

「年若い令嬢の身でありながら、この家のため、亡き祖父君のために懸命に努力するあなたの姿に感銘を受けました。長い生涯をともに歩む相手として、あなた以上にふさわしい方はいない。どうか、わたしと結婚してください」

型通りと言われればその通りの挨拶《あいさつ》だが、大勢に聞かれることを考えればこのほうがいいはず。それに二人きりだと「好きだ。結婚してくれ」の二言で求婚の言葉を終わりにしてしまうだろうから、これくらいのほうが彼女としても嬉しいに違いない。

実際ジェシカは相当嬉しいらしく、頬が緩《ゆる》みそうになるのを懸命にこらえているのが伝わってきた。

ぽろぽろとうれし涙を零《こぼ》しながら、ジェシカは「はい」と大きく頷く。

「はい、はい……！　喜んで……！」

その瞬間、周りの人々が一斉に祝福の拍手を送り、歓声や黄色い悲鳴がこだました。

今日一番の拍手の中、ゆっくり立ち上がったリジオンは、涙が止まらないジェシカを抱きしめ、ぽんぽんと背中を撫《な》でる。彼の広い胸に額《ひたい》を押し当て、ジェシカは小さく微笑んだのだった。

＊　＊　＊

「プロポーズするなんて予定、なかったじゃない……」

「悪いな。おれとユーリーで決めたんだ。せっかくパーティーを成功させても、まだ親族どもがなんやかんや言ってくる可能性があるから、この場で婚約を成立させたほうがいいと思って」

会場の隅では、親族たちががっくりと肩を落としている。これだけ大勢のひとが二人の婚約の証人なのだ。親族たちの選んだ婿をジェシカにあてがうという彼らの目論見は破れたも同然だろう。

悔しげなラスビーゴ男爵を始め、親族たちが続々と出口へ向かうのを目の端で見送りながら、二人はこそこそ声で会話する。

「それならそうと、あらかじめ言っておいてくれればよかったのに」

「どうせなら驚かせたいじゃないか」

「驚かせすぎよ。おかげでお化粧が崩れちゃったわ」

指先で目の縁に溜まった涙を拭いて、ジェシカはなんとかもとの顔に戻ろうとした。

リジオンはそんなジェシカを見下ろしつつ、耳元に囁《ささや》いてくる。

「ホストぶり、完璧だった。トラブルにもしっかり対処していて、ダンスも素晴らしかった……だがユーリーに踊らせるのは今回だけだ。次からは必ずおれと踊ること」

「もう。本当に嫉妬だけは人一倍なんだから」

思わず笑ったジェシカは、ようやく落ち着きを取り戻す。

顔を上げて、周囲に取り乱したことを詫びると、次々と祝福の言葉をかけられた。その一つ一つを笑顔で受け取り、パーティーがとてもよい雰囲気で終えられそうなことに温かい気持ちになる。

大変だったが、大勢のひとに喜んでもらえたなら本当によかった。

リジオンとともに歓声に応《こた》えるジェシカは、ふと他の親族たちと離れたところにベリンダ伯母がいるのに気づく。客人を出迎える際、確かに彼女が会場入りするのを見ていた。だがベリンダは挨《あい》拶《さつ》どころかジェシカを一瞥《いちべつ》もしなかったので、こちらもすっかり存在を忘れていたのだ。

てっきり彼女も、他の親族たち同様、横槍を入れてくるだろうと思っていたのに……

(さすがにこの状態では、なにを言っても仕方ないと思ったのかしら?)

違和感を覚えつつ、ジェシカはパーティーのお開きに向けて指示を出し始めるのだった。

＊　＊　＊

一つの山場を越えて、その日の夜は達成感と疲れですっかり気が抜けてしまったジェシカだが、一夜明ければそんなことなど言っていられなくなる。

次はいよいよ王宮舞踏会だ。

国王陛下が主催される、社交期の本格的な始まりを告げる大々的な催《もよお》しだ。

王宮舞踏会には、貴族であっても必ず出席できるわけではないらしい。それだけ、この催《もよお》しに招待されることは貴族にとって大きなステータスになるそうだ。

そもそも国王陛下に拝謁《はいえつ》し伯爵家の跡継ぎと認められなければ、リジオンと結婚することもできないという。ジェシカは緩《ゆる》んだ気持ちを再び引き締めた。

伯爵家の未来のためにも、ぼんやりしてはいられない。

すっかりレッスンのための教室となったいつものサロンで、ジェシカはぐっと拳《こぶし》を握った。

「まず一番に用意すべきは、ドレスだな」

神妙に話を聞くジェシカに、リジオンはそう告げる。

なんでも王宮舞踏会は、伝統ある催《もよお》しだけにドレスコードが細《こま》かく指定されているのだそうだ。

リジオンはすぐに一流の仕立て屋を呼んで、ジェシカのドレスを新調させる。

さらには宝石商と靴屋も呼んで、ドレスに合わせた一流の品を用意するよう取りはからった。

「——すでに着られないほどのドレスがあるのよ？　舞踏会のたびにドレスを新調するのが、無駄遣いにしか思えなくって……。こういうところは、まだまだ庶民感覚なんだと思うわ」

伯爵邸で開いたパーティーから二日後。

きちんと約束を取りつけて訪ねてきたエリックに、ジェシカはついそんな愚痴《ぐち》を零《こぼ》してしまった。

朝食を終えて少し経った時間帯のため、なんとなく屋敷にはほのぼのとした空気が流れている。

窓から入る日の光は穏やかで、サロンでお茶を楽しむには絶好の日和《ひより》だった。

エリックは母親のベリンダとともに王都の屋敷に移ってきているそうだ。パーティーでも顔を合わせたが、忙しくて最初の挨拶《あいさつ》しかできなかった。だから、こうしてゆっくりエリックと話ができるのはジェシカも嬉しい。

(今日はリジオンも王宮に行っちゃっていないしね)

王国騎士団の騎士であるリジオンは現在長期休暇中らしいが、国王陛下から直々《じきじき》に顔を見せにこいと命じられれば、行かないわけにはいかないらしい。

朝早くに出て行ったリジオンはまだ戻っていない。馴染《なじ》みの騎士や近衛兵《このえへい》の宿舎にも顔を出すと言っていたから、帰りは早くても夕方になるだろうとのことだった。

淑女教育を始めてから、これだけ長い時間リジオンと離れていることはなかったジェシカだ。なんだか寂しさを感じてしまう。

向かいに座るエリックは、ジェシカの愚痴《ぐち》にくすりと笑った。

「相変わらずだなぁ、ジェシカは。お祖父《じい》様が生きている頃も、そうやってドレスを仕立てるのを遠慮していたよね。自分は薬草園か厨房《ちゅうぼう》にいることが多いから、ドレスは必要ないって」

「そういえば、そうだったわねぇ」

「欲しがるものといえば、新しい薬草や乳鉢で……。そんなジェシカが、一昨日《おととい》は生まれつきの貴族令嬢みたいに、堂々と客人をもてなしていたんだからなぁ。本当に、何度も我が目を疑ったよ」

「まぁ失礼ね！　でも、わたし自身もそう思うの。全部リジオンのスパルタ教育のおかげよね」

するとエリックは、ほんの少し迷う素振りを見せて、おずおずと口を開いた。

「その……失礼を承知で聞くけど、ジェシカは本当にリジオン卿と結婚するの？」

突然の質問にびっくりして、ジェシカは若葉色の瞳を大きく瞠《みは》った。

「そのつもりだけど……どうしてそんなことを聞くの？」

「これは母から聞いた話なんだけど……実はリジオン卿には、以前から縁談があるみたいなんだ」

「えっ」

縁談？　とぽかんとしたジェシカは彼の言葉を繰り返す。エリックは頷いた。

「それも、国王陛下直々《じきじき》のお申し出ということだよ。相手は君と同じ年頃の王女殿下らしい」

「え、だって……そんなこと、リジオンは一言も……」

動揺を隠せないジェシカに、エリックは気の毒そうな顔をしながら続けた。

「国王陛下はリジオン卿の働きを高く評価されていて、自分の懐《ふところ》近くに置いておきたいと考えられているみたいだ」

「リジオンの働きって？」

知らないのかい？　と不思議そうに首を傾《かし》げて、エリックはリジオンの功績を挙げていった。

「国のあちこちに配属されてきたリジオン卿だけど、行く先々で必ず成果を挙げることは有名な話だ。特にここ数年は、国境で起きる山賊相手の小競り合いを何度も鎮《しず》めていたしね」

「そう、だったの……」

彼が腕の立つ騎士であることは聞いていたが、それほど有名とは知らなかった。

だからこそ、王女様との縁談が持ち上がったのかもしれない……

「今はまだ一個隊の隊長だけれど、騎士団長や将軍の覚えもいい。家柄もいいし同世代の誰よりも実力があると言われているからね。王女様だけでなく、他の高貴な女性たちも彼に熱を上げているらしいから、陛下は早いうちにこの縁談をまとめたいという噂だよ」

初めて聞く話に戸惑いつつも、ジェシカは毅然《きぜん》と顔を上げた。

「でも、リジオンはあれだけ大勢の前でわたしに求婚してくれたのよ。後見人のユーリー様だって婚約を認めてくれたわ。そのことは、きっともう噂になっているわよね？」

ジェシカは強いまなざしでエリックに詰め寄る。

第一、情報源がベリンダというのがなんとも胡散臭《うさんくさ》かった。

脳裏に、先日のパーティーでのベリンダが過《よぎ》る。嫌がらせもなにもせずに帰って行った伯母の態度に違和感を持った。だが、彼女は最初からこうした形で揺さぶりをかけるつもりだったのではないか？　そう考えるくらいには、ジェシカはベリンダに不信感を抱いていた。

だがエリックは、ぼそぼそと言いにくそうに口にする。

「君とのことが噂になったから、国王陛下はリジオン卿に縁談を持ちかけたんじゃないかな？　いくら大勢の前で君とリジオン卿の婚約が祝福されたといっても、君はまだ陛下への拝謁《はいえつ》前だし、結婚の許可を陛下に願い出たわけじゃないよね？」

「……ええ。それは陛下に拝謁《はいえつ》するときに、一緒にしようってユーリー様が言って……」

ジェシカとリジオンの婚約はまだ正式に認められたものではない。エリックの言う通り、内輪の決定で留まっている状態だ。

「つまり、国王陛下がリジオン卿に王女との結婚を命じたら、彼が誰と約束していようとそれは決定事項になるんだよ。貴族は基本的に、王命には逆らえないからね」

「そんな……横暴よ！　いくら国王陛下でもひとの結婚を邪魔することは……」

「できるよ。国王陛下だもん」

エリックの答えは簡潔だった。それがまごうことなき真実だからだろう。

国王陛下の命令は絶対――ジェシカは頭を抱えたくなった。

「嘘でしょう？　結婚を許してほしい一番の相手に許してもらえないどころか、その相手が別の結婚相手をリジオンにあてがおうとしているなんて……信じられない」

「それでも、国王陛下の決定に異を唱えることはできないんだ。そんなことをして陛下の怒りを買ったりしたら、それこそお家取りつぶしもいいところだし」

お家取りつぶし――その言葉にジェシカは息を呑んだ。

この家のためにも、リジオンとの結婚を望んできたのに……

突然降って湧いた問題に泣きそうになりつつも、ジェシカは自《みずか》らに落ち着けと言い聞かせる。

「で、でも！　そもそもこの話自体、単なる噂で、リジオンに縁談なんてないかもしれない……」

「そういえば、今日リジオン卿は？　彼のことだから、君と僕がこんなに長時間話していたら、なにをしているんだと乗り込んできそうなのに」

「うっ……」

そのリジオンはまさに今、王宮に呼び出されているのだ。

まさか、本当に……？

(うそ……っ。うそうそ、嘘でしょう⁉　リジオン……！)

彼と結婚できないかもしれない。急激に不安が湧き起こり、涙となってあふれそうになった。

今すぐ確かめに行きたい。でもリジオンは王宮にいて、拝謁《はいえつ》前のジェシカは王宮に上がることができない。なにか知っているかもしれないユーリーも、しばらくは忙しくて王宮に泊まり込みになると言っていた。

侯爵家に連絡や言づけを頼む？　でも、そんなことをしているあいだにリジオンが縁談を命じられていたら？

絶望のあまり真っ青になったジェシカを見て、エリックがハッとする。慌てて自分の口元に手をやった彼は、「そ、そうだ！」と無理に明るい声を出した。

「よ、よければこれから、王立公園に散歩に行かない？」

「……散歩？」

「いい天気だし、今あそこの薔薇《ばら》園がちょうど見頃で、散策にはもってこいなんだ！　ほら、ここにいても滅入《めい》ってくるばかりだろう？　だから気晴らしに……どうかな？」

そもそもあなたがこんな話を持ってくるからじゃないの、と無言で睨《にら》みつける。エリックはおどおどと視線を彷徨《さまよ》わせたが、彼にしてはめずらしく「行こうよ」と熱心に誘ってきた。

「綺麗な花を見れば元気も出るよ。君は薬草だけじゃなくて、普通の草花も好きだろう？　……どのみちリジオン卿が戻ってくるまで真相はわからないんだ。それまで、ね？」

ジェシカはそっと窓の外を見やる。

そういえばここ最近、草花の中をのんびり散歩するなんてことなかった。

……確かに、ここにいても悪いことばかり考えて落ち込むだけかもしれない。

ジェシカはこっくりと頷いた。


貴賤《きせん》を問わず、王都に住まう老若男女《ろうにゃくなんにょ》が散策に訪れる王立公園は実にのどかなところだ。

美しく舗装されたところもあれば、雑草が生い茂るところもあり、噴水や花時計などもある。

ジェシカはエリックに連れられて、貴族たちが好んで歩くという散歩道を歩いていた。左右の花壇には様々な種類の薔薇《ばら》が植えられており、馥郁《ふくいく》とした香りを放っている。

だが今のジェシカには薔薇《ばら》の美しさも香りもまるで響いてこない。

「それで、馬が逃げ出した拍子《ひょうし》に柵が壊れて、今度は鶏《にわとり》まで脱走しちゃって。屋敷の人間みんなで捕まえたはいいけど、全員鶏《にわとり》の羽だらけになっちゃってさぁ」

「そう……」

隣を行くエリックの話も右から左に抜けるばかりだ。今のジェシカの頭の中は、どうやったらリジオンと王女様の結婚を回避できるかということでいっぱいだった。どうしたらいいのかまるでわからず、しだいにうつむきがちになって歩いていたジェシカは、ふと顔を上げる。

いつの間にかずいぶんと奥まったところまで歩いてきていたらしい。

同時にエリックがすぐ近くからこちらをじっと見つめていることに気づいて、ずっと上《うわ》の空でいたジェシカは今さらながらに申し訳なく思った。

「ごめんね、エリック。せっかく誘ってくれたのに……」

「いや、いいよ。君の気持ちはわかってるから」

緩《ゆる》く首を振ったエリックは、どこか緊張した様子で深呼吸する。真面目な顔をした彼にじっと見つめられ、自然とジェシカも背筋を伸ばした。

「急にこんなこと言ったら驚くかもしれないけど……。ジェシカ、僕と結婚してくれないか？」

思いがけない申し出に、ジェシカは目を瞠《みは》って大きく息を呑んだ。

「君は僕のこと、手のかかる従兄《いとこ》としか思っていないだろうけど……僕はずっと、君のまっすぐなところを好ましく思っていた。傷心につけ込むようで気が引けるけど、今を逃したら、もう言えないと思うから」

「エリック……」

「君が、……いや、あなたが好きです。ジェシカ・フォン・グランティーヌ嬢。僕と、結婚してくれませんか？」

真面目な面持《おもも》ちで告げたあと、エリックは慌てて片膝をついた。普通は跪《ひざまず》いてから求婚するだけに、彼がかなり緊張していることが伝わってくる。

まさかエリックがこんなふうに求婚してくれるなんて……素朴ながら心のこもったプロポーズに、ジェシカは胸が熱くなった。

だからこそ彼女は、真摯《しんし》な態度でエリックに向き合い、そっと首を横に振る。

「ありがとう、エリック。でも、ごめんなさい……好意は嬉しいけど、あなたに家族以上の感情を持っていないの。だから、ごめんなさい」

そう言って、ジェシカは深く頭を下げる。エリックは傷ついた顔をしたが、すぐに息を吐き出して立ち上がった。

「それほど、リジオン卿のことが好きなの？」

「……ええ」

「王女様と結婚するかもしれないのに？」

「それでも、リジオン以外との結婚は、考えられないの」

苦笑しながら告げるジェシカに、エリックは、そっか、と寂しげに微笑んだ。

「……あんまり遅くなると屋敷のひとが心配するね。送っていくよ」

「ありがとう」

変わらないエリックにほっとして微笑むと、お腹がくぅぅ～と間の抜けた音を出した。驚いたジェシカはとっさに腹部を押さえる。こんなときに、まさかお腹が鳴るなんて……！

これにはさすがにエリックもこらえられなかったのか、ぷっと小さく噴き出した。

「よ、よかったら食事でもしていく？　近くにいいレストランがあるんだけど……！」

「そ、そうね！　もうお昼も過ぎているから、待ち時間も少なくて済むだろうし！」

肩を小刻みに震わせて笑い続けるエリックに、ジェシカは赤くなりながら頷いた。

「馬車寄せ場はこっちだよ。ついてきて」

王立公園に初めてきたジェシカは、エリックに言われるまま道を歩く。

しかし、どんどん人気《ひとけ》のない道に入っていくエリックに疑問を覚えた。ここへくるあいだ、いくらぼうっとしていたとはいえ、それなりにひとのいるところを通ってきた気がするが……

「エリック？　本当に道はこっちで合っているの？」

そのときだ。急に振り返ったエリックに強い力で口元を覆《おお》われ、ジェシカは目を白黒させた。その手には強い香りのするハンカチーフが握られている。

「んぐ!?　ぅ……っ」

驚いて反射的に息を吸い込んでしまったジェシカの視界が、直後くらりと大きく揺れる。

たちまち意識が真っ黒に染まって、ジェシカの細い身体はゆっくりと頽《くずお》れていった。

＊　＊　＊

「う……」

身体が硬い椅子のようなものに押しつけられる感覚がして、ジェシカは重たい瞼《まぶた》をこじ開けた。

窓から入る光が目に沁《し》みる。何度も瞬《まばた》きをしながら頭を振ったジェシカは、「気がついた？」と声をかけられハッと顔を上げた。

「あっ……、エリック！」

「よかった。ずっと眠っていたから、薬が効きすぎたんじゃないかって心配していたんだ」

そう言って、いつもと同じ少し気弱な表情で微笑む従兄《いとこ》に、ジェシカは一瞬混乱する。

なぜか自分は、エリックに薬で眠らされて、ここに連れてこられたらしい。

（というか、ここ、どこ……!?）

ジェシカたちがいるのは狭く小さな部屋だった。四角い壁の三方に窓、残り一方に扉がある。エリックはその扉の前に、まるで通せんぼするように立っていた。

外からはゴーンゴーンと大きな鐘の音《ね》が聞こえてくる。部屋に入る日差しの色と鐘の音《ね》の数から、今のが仕事終わりを報せる夕刻の鐘であることがわかった。音がこれだけ大きく聞こえるということは、おそらくここはどこかの教会の一室だろう。

「まったく、世話をかけさせる娘だこと。ほら、さっさとこれにサインをおし」

エリックがいるのと反対側から声をかけられ、ジェシカは飛び上がらんばかりに驚いた。急いで振り返ってみると、ベリンダが憎々しげなまなざしでジェシカを見下ろしている。

まるで人目を忍ぶような黒いドレスを着た伯母と、相変わらず弱々しく微笑む従兄《いとこ》に挟まれ、ジェシカは言い様のない危機感に駆られた。

「ど、どういうことなのエリック？　サインって……」

ジェシカが座る前のテーブルに書類と羽ペンが用意されている。その書類に『婚姻誓書《こんいんせいしょ》』という文字が見えて、彼女は思わず立ち上がった。

「じょ、冗談じゃないわ、どうして『婚姻誓書《こんいんせいしょ》』にサインなんか……！」

しかも花婿の欄に書いてあるのはエリックの名前だ！　ジェシカはすぐさまここから出ようとするが、背後からベリンダに髪を鷲掴《わしづか》みにされ、再び椅子に座らされた。

「痛い！　ちょっ、なにするの⁉」

「おまえこそなにを考えているのです。リジオン卿に王女殿下との縁談があるとエリックから聞いたのでしょう？　国王陛下の思し召《おぼめ》しに逆らえるとでも？」

「そ、そんなことは思っていませんけど……！　かといってエリックと結婚するのも無理です！本人にも言いましたけど、わたしは彼を異性として愛していませんから！」

「ふんっ。貴族同士の結婚に愛も情もあってたまるものですか。いいからさっさとサインをしなさい。それともラスビーゴ男爵が連れてきた、あの小汚い男と結婚するほうがいいというの？」

「だから、どっちもいやですってば！」

半ば怒りを覚えながら、ジェシカはベリンダの手をふり解こうともがいた。

しかしベリンダはとんでもないことを言い出してくる。

「あくまでサインしないと言い張るつもり？　ならこちらにも考えがありますよ。今、この部屋の外には人買いの馬車を待たせてあります。エリックと結婚しないというなら、おまえを引き渡すことになっているけど構わなくて？」

「はぁっ⁉」

人買いの馬車？　ベリンダの言葉にジェシカは目を見開いた。

それと同時に、祖父の葬儀のあとの誘拐騒ぎを思い出し、伯母に疑惑の目を向ける。

「まさかとは思いますけど、お祖父《じい》様の葬儀のとき、御者に指示してあのならず者どもを雇ったのは……⁉」

ベリンダはかすかに目を見開いたあと、すぐにニタリと微笑んだ。

「その通り。あの時点ではお父様が遺言を残しているなんてわからなかったけれど、万一のことを考えて、あの男たちを待たせていたのですよ。もしおまえが爵位や財産を受け継ぐようなことになっても、本人がいなければ遺言は無効でしょう。それなのにおまえときたら、のこのこ戻ってくるわ、厄介な後見人を連れてくるわで……本当に、おもしろくなかったわ」

そう憎々しげに吐き捨てられ、ジェシカは開いた口が塞がらなくなる。もしかしたらとは思っていたが、本当にこのひとがジェシカを力ずくで排除しようとしていたなんて。

「ですが、おまえが姿を消せば遺言が無効になるのは今も変わりないわ。屋敷にいるあいだは、リジオン卿とその部下の警備が厳しすぎて近づけなかったけれど……出てきてくれて助かったわ」

ふんっと馬鹿にしたように鼻で笑われ、ジェシカは奥歯を噛みしめた。

エリックに誘われるまま、護衛もつけずに外出したのは自分の落ち度だ。おそらく彼らはリジオンの不在を調べた上でジェシカを誘い出したのだろう。

リジオンがここにいれば危機感が足りないだのなんだのと、怒られるに違いない。

その小言さえ聞けなくなるかもしれないと思うと、じわりと涙が滲《にじ》みそうになる。だが今は感傷に浸《ひた》っている場合ではない。

「こんなことをして……きっとユーリーもリジオンも黙っていないわ。もしわたしが姿を消したりすれば、不審に思って捜し出してくれるはずよ。そうなればあなたたちのほうこそ分《ぶ》が悪くなるんじゃない？」

精一杯の反論を試《こころ》みるが、そんなジェシカに向かってベリンダは高笑いした。

「そのヒューイ子爵に知られる前に、爵位と屋敷、財産の管理をわたしたちが引き継げばいいだけの話よ。肝心のおまえがいなければ、後見人としての権限はないに等しいもの。いくら侯爵家の嫡男といえど、彼自身が伯爵家の事情に口を出すことはできないわ。むしろ、おまえが行方《ゆくえ》知れずになった責任を問われるかもしれないわねぇ」

「そ、そんな……」

自分だけでなくユーリーにまで被害が及ぶと聞いて、焦りが募《つの》る。

そんなジェシカを追い詰めるように、ベリンダは勝ち誇った笑みで迫ってきた。

「それがいやなら、おとなしくわたくしの息子と結婚しなさい。そうすればおまえも人買いに買われることなく、今まで通り伯爵邸で暮らせるわ。ここまで譲歩してやっているのに、なんの文句があるというの？」

だからさっさとサインしろと書類を突き出され、ジェシカの怒りが爆発した。

「——いい加減にして！　文句だらけに決まってるじゃない！　わたしが保身とか伯爵家で暮らし続けたいからだけで、淑女教育を頑張ったと本気で思ってるわけ!?」

淑女らしさを脱ぎ捨て、ジェシカはベリンダ伯母に詰め寄った。

「あんたたちみたいな自分勝手な親族に任せてたら、伯爵家の財産なんてすぐなくなっちゃうわよ！　そんなことになったら、大切な領民に迷惑がかかるじゃないッ!!　お祖父様《じい》はそれがわかっていたから、わたしを跡継ぎに指名したの！　それを知らずに伯爵家の管理を引き継ぐとか、馬っっっ鹿じゃないのッ⁉　エリックと結婚すればこれまで通り伯爵家で暮らせる？　あんたらに伯爵家の実権が渡るの間違いじゃない‼　そんなの絶対にお断りよ――ッ‼」

ジェシカの怒声が小さな部屋いっぱいに響き渡る。その勢いに気圧されていたベリンダだったが、みるみるうちに顔を真っ赤に染め上げた。

「こっ……の、小娘！　言わせておけば、無礼なっ！」

「無礼⁉　薬を使ってこんなところに連れてきて、勝手なことを要求してくるそっちのほうがよっぽど無礼じゃないッ！　本当に伯爵家のことを思うなら、こんな犯罪まがいなことをするはずがないわ！　あなたがやっていることこそ、伯爵家の名を貶《おとし》めることじゃないの？　そんなこともわからないで、よく自分たちが伯爵家を継ぐなんて言えるものね！」

一息でそう言い切ったジェシカの髪を、ベリンダが鷲掴《わしづか》みにしてきた。

「痛いっ、なにするのよ！」

容赦ない力で掴《つか》まれたジェシカは痛みにうめく。だが、ジェシカも負けずに伯母へ掴《つか》みかかった。

取っ組み合いの喧嘩であれば、田舎《いなか》育ちの上に若いジェシカが負けるはずがない。姪《めい》を人買いに売り飛ばそうとする人間に手加減なんて無用だと、ジェシカは伯母を力一杯突き飛ばした。

「きゃあっ！　なにをするの⁉」

したたかに床に腰を打ちつけたベリンダが、大げさな悲鳴を上げてのたうち回る。息を荒らげながらそれを一瞥《いちべつ》したジェシカは、次いでエリックをキッと睨《にら》みつけた。

「ご、ごめんね、ジェシカ。母上には逆らえなくて……」

本能的にまずいと思ったのか、両手を上げて謝ってきたエリックに、ジェシカの怒りは再び沸点に達した。

「なにが逆らえなくて、よ！　エリック！　さっきの求婚は本気じゃなかったの？　伯母様に言われて演技しただけ？　だとしたらあんたも最低よ！」

「そんな……。求婚は本気だったよ。僕は君を愛している。だからこそ母の計画にも乗ったんだ。母はともかく、僕は伯爵家を好き勝手にしようなんて考えていないよ。だから……」

「好き勝手にしようと考えていない？　その言葉、もう一度言ってみなさいよ！　本気でそう考えているなら、伯母様のいいなりになるはずがないし、そもそも眠り薬を使って無抵抗な人間をこんなところに連れ込んだりしないでしょうがッ！」

あとからあとから怒りが湧いてきて、ジェシカは激しくエリックをなじった。

「ただ気弱なだけなら救いもあるけど、こんな犯罪まがいのことに協力して結婚しようなんて男を、好きになるはずないじゃない！　結局は、あなたも伯母様と同じ穴の狢《むじな》よ。恥を知りなさい!!」

すると、それまで薄ら笑いを浮かべていたエリックが、すっと表情を消した。

一変した雰囲気に驚き、ジェシカは思わず息を呑む。すると今度は、ようやく立ち上がったベリンダがまくし立ててきた。

「これだから庶民育ちは品がないというのよ！　伯母を突き飛ばした挙げ句に、鶏《にわとり》のようにギャーギャーうるさくわめき散らすなんて！　どんな教育をしたところで、所詮田舎《いなか》娘は田舎《いなか》娘のまま変わらないのね！　こんな娘が伯爵家の跡取りなんて、ああ恐ろしい——」

「母上、ちょっと席を外していただけますか？」

延々と続きそうなベリンダの言葉を遮《さえぎ》り、エリックが穏やかに声をかけた。

「もう少し説得を試《こころ》みます。人買いに連れて行かせるのはあくまで最終手段。母上もできれば穏便に事を進めたいでしょう？」

他ならぬ息子の言葉に、ベリンダも「む……」と口をつぐんだ。

「……そうね。無駄なことだと思いますけど、おまえがそう言うなら……。でも、無理だと思ったらすぐにその娘を馬車に連れて行きなさい。人買いたちと話はついていますからね」

「わかりました」

様子の変わったエリックによくわからない恐ろしさを感じて、ジェシカはじりじりと後ずさる。

ベリンダが扉から出て行こうとしたタイミングで駆け出すが、すかさず前に出たエリックに進路を阻《はば》まれた。

扉が閉められる音に続き重たい施錠《せじょう》の音が響いて、ジェシカはごくりと唾を呑み込んだ。

逃げ場を探すジェシカに、エリックは「はぁ……」とため息をつく。

「残念だよ、ジェシカ。おとなしくサインに応じてくれれば、こんな方法を取ることはなかったのに……」

「こ、こんな方法って」

ゆっくり歩み寄ってくるエリックに、否《いや》が応《おう》もなく危機感を煽《あお》られる。ベリンダにぎゃあぎゃあ言われたときは、怒りは覚えても恐怖は感じなかった。なのに、今は背中がひやりとするほど恐ろしさを感じる。

それだけ、こちらに向かって歩いてくるエリックはいつもと雰囲気が違っていた。

ジェシカに向けられるまなざしが、異常なほどぎらぎらしている。

「ごめんね。でも僕は君と結婚しないわけにはいかないんだよ。いろいろ事情があってね」

「事情――?」

「だから、手っ取り早く、既成事実を作っちゃおうか」

「き、既成事実って」

「さすがの君でもお腹に子供がいれば、僕との結婚に頷かざるを得なくなるんじゃない?」

「こっ」

(子供――ッ!?)

一足飛びの提案に、ジェシカは思わずよろめきかける。やはりエリックは尋常ではない。

子供など一朝一夕《いっちょういっせき》でできるものではないのだ。もし本気で実行するつもりなら、それこそ子供ができるまでジェシカをどこかに閉じ込めておくなんてことも……

(いやいやいや、無理でしょう、普通に考えて! そんなのただの監禁じゃない!)

だが今のエリックにはそれくらいやりそうな雰囲気がある。

「悪いけどもう一度眠り薬を嗅いでもらうね? 大丈夫、僕は母と違って君を人買いに売ったりしないよ。悪いようにはしないからね――」

「ひっ」

言うなり、再びハンカチーフを手に覆《おお》い被さってこようとするエリックを、ジェシカは間一髪のところで避けた。

こうなればもうなりふり構ってなどいられない。扉からの脱出をあきらめ窓へ向かおうとするが、その前にエリックにうしろから抱きつかれた。

「暴れないで。おとなしく――」

「できるわけないでしょ、エリックの変態ッ!! ばかばかばかばか――ッ!!」

力の限り叫んで暴れるが、ベリンダのときのようにはいかない。いくら気弱でひ弱と言えど、エリックも若い男だ。

あっという間にジェシカは羽交《はが》い締《じ》めにされ、床に押しつけられる。

「痛っ……！」

硬い床にしたたかに肩を打ちつけ、ジェシカは痛みと恐怖にうめく。目を開ければ眠り薬を染み込ませたハンカチーフが迫ってきていた。

「いや！　やめて！」

「くそっ。おとなしくしろよ！」

ジェシカがあまりに抵抗するせいか、エリックは舌打ちしてハンカチを投げ捨てる。そして、両手をジェシカの襟元にかけた。

「ひっ……！」

「その気になればここで君をすきにすることもできるんだ。だからおとなしく言うことを聞け！」

そのまま布地を引っ張られ、ジェシカは本能的な恐怖に震え上がる。同時に強い嫌悪を覚えた。

（いや、いや！　絶対、リジオン以外としたくない!!）

その思いが、恐怖に萎《な》えかけた身体に力を呼び戻す。ジェシカはあらん限りの力でエリックの顎《あご》を押しやり、彼がひるんだ隙に鳩尾《みぞおち》を膝で蹴り上げた。

「うっ、ぐ！」

「エリックなんか大嫌いッ！　どきなさいよ！　わたしは絶対あなたたちの思い通りになんてならないから……！」

ジェシカは必死に身を捩《よじ》りエリックの下から抜け出す。

ドレスの裾がからげるのも構わず、急いで窓枠に飛びついた。焦りで手を震わせながら掛けがねを外し窓に体当たりする。

「ちょっと、なんの騒ぎ……きゃあああっ！」

様子を見にやってきたベリンダの悲鳴と、窓ガラスがガシャン！　と耳障りな音を立てて割れたのは同時だった。

ガラスを巻き込みながら外に転げ出たジェシカはすぐに立ち上がる。

その瞬間、がっちりとした腕が腰に回され、ジェシカは思わず悲鳴を上げた。

「いやあああッ!!　離してぇッ！」

「ジェシカ、落ち着け！　おれだ！」

「えっ……？」

聞き覚えのある声に、半泣きになったジェシカはパッと顔を上げる。

「リ、リジオン……!?」

「ったく、まさか窓を割って飛び出してくるとは思わなかった。こんなんじゃ、また一から淑女教育のやり直しだな」

呆然と目を白黒させるジェシカを、騎士装束《しょうぞく》を纏《まと》ったリジオンが正面からしっかり抱きしめた。

どうして彼がここに、という疑問が頭を過《よぎ》ったが、抱きしめられた瞬間それらはあっという間に霧散《むさん》した。代わりにどっと涙があふれ、夢中で彼の首筋にしがみつく。

「リジオン！　リジオォォン……！」

「悪かったな、怖い目に遭《あ》わせて。だが勝手に外出したおまえにも落ち度はあるからな」

「ごめんなさいぃぃぃ……」

よしよしと頭を撫《な》でられ、ジェシカは情けなく泣きじゃくった。どうやら自分で思っていたより、ずっと怖かったらしい。

「な、なんの騒ぎですか、これは……！」

そのとき、窓の向こうからベリンダの上擦《うわず》った声が聞こえ、ジェシカは涙に濡れた顔を上げる。

よく見ると、外にいたのはリジオンだけではなかった。屋敷で見たことのある彼の部下がずらりとそろい、剣先を室内にいるベリンダとエリックに向けている。

四方を剣を持った騎士に取り囲まれ、ベリンダは今にも卒倒しそうになっていた。

「観念するんだな、ベリンダ夫人。あなたが手配した人買いもすでにこちらで取り押さえている」

リジオンが指し示すほうを見ると、屈強な騎士に取り押さえられた男たちがわめき散らしているところだった。

あっけにとられてそれを見つめるベリンダとエリックを、リジオンの部下たちはすぐさま外へ引きずり出した。恐怖にひいひい喘《あえ》ぐベリンダと、なにが起きたかわからず呆然とするエリックの前に、リジオンが何枚かの書状を突きつける。

「エリックがサインした借用書だ。集めるだけ集めてきたが、まだあちこちにあるらしいな？　この件でおまえには手配書が回っているぞ」

「しゃ、借用書……!?」

ベリンダが大きく目を見開き、リジオンの手にした書類と息子の顔を見比べる。

一方のエリックは瞬時に青くなって、「で、でたらめだ！」と大声を出した。

「そんなもの僕は知らない！　なにかの間違いで――」

「借用書はまぎれもなく本物だ。おまえ、前々から賭け事でかなり負けが込んでいたみたいだな？そのくせ返済の当てならあると店側には嘯《うそぶ》いていたとか。おおかた、ジェシカと結婚すれば伯爵家の財産が転がり込むとでも言っていたんだろう」

ジェシカは大きく息を呑む。気弱でベリンダの言いなりなエリックが賭け事で借金を作っていたのも驚きなら、その返済のためにジェシカとの結婚を企《たくら》んでいたのも驚きだった。

（わたしと結婚しないわけにはいかない事情って、そういうことだったのね）

あまりに自分勝手な理由に、ただでさえ地に落ちていたエリックの評価が最低になった。

「当然のことだが、手配書が回るような男が、伯爵家の跡取り娘と結婚などできるはずがない。おれやユーリーはもちろん、国王陛下だってお許しにならないさ。それに……見たところ、ベリンダ夫人も姪《めい》であるジェシカ嬢を力ずくでどうにかしようとしていた様子。親子ともども、見過ごせない事態ですね？」

リジオンが厳しい顔で告げると、ベリンダはわなわな震えながら首を振った。

「そ、そんな、どうにかしようなんて……！　わ、わたくしは伯爵家のことを思って行動したまでで、息子の借金のことなど、寝耳に水もいいところ……！」

「どんな弁明をしたところで、ジェシカ嬢を人買いに引き渡そうとしたことは事実。あなた自身がそう仰《おっしゃ》るのを、ここにいる全員が聞いています」

リジオンの言葉を裏付けるように、部下たちがしっかり頷いてみせる。

ベリンダはなおも反論しようとしたが、リジオンを始めとする騎士たちに厳しい目で睨《にら》まれて、がっくりとうなだれた。

「二人を連れて行け」

リジオンが命じると、すぐさま部下たちが二人を引っ立てていく。

往生際《おうじょうぎわ》悪くわめくベリンダと、「か、監獄なんていやだ。助けてくれー！」と情けなく叫ぶエリックが、騎士団の馬車に押し込められるのを見届け、ジェシカは詰めていた息を吐き出した。

ほっとするあまり、思わずその場に座り込んでしまう。

「大丈夫か、ジェシカ？」

「だ、だいじょうぶ……、じゃ、ないぃぃ……！」

ジェシカは涙目でキッとリジオンを睨《にら》みつけ、その胸を拳《こぶし》でぽかぽか叩いた。

「ばかばかばかっ。リジオンの馬鹿！　もっと早く助けてくれてもいいじゃない！」

「悪かった。どうしてもあの親子から悪事を裏づける言葉を聞き出す必要があってな。どっちもすんなり暴露してくれて助かった」

ジェシカの非難を甘んじて受けながら、リジオンはジェシカの頭をよしよしと撫《な》でる。

ひとしきり彼をなじり、おいおい泣いたあとで、ジェシカはようやく鼻を啜《すす》って顔を上げた。

「でも、どうしてこの場所がわかったの？」

「このところ、ベリンダたちがおまえやおれを嗅ぎ回っていたからな。近々なにかやらかすだろうと思っていたんだ。もし仕掛けるならおれがおまえから離れたときだろうと、周囲を張り込んでいたら案の定だ。特にエリックは金が必要なぶん、なりふり構っていられないだろうからな」

どうやらジェシカがベリンダたちの罠にかかるのは織り込み済みだったらしい。

言われてみれば、エリックと外出すると告げても、リジオンの部下たちはなにも言わずに彼女を送り出したことに思い当たる。普段なら「どちらへお出かけですか？」とか、「自分たちも一緒に行きます」くらいは言ったはずだ。

ぷくっと頬を膨らませたジェシカをなだめつつ、リジオンは部下たちに「あとを頼む」と伝える。

そして「ここじゃ落ち着いて話せないから」と馬に乗せられ、ジェシカは彼と相乗りする形で屋敷へ戻ることになった。

「あの……ありがとう。助けてくれて」

結果的に囮《おとり》に使われたわけだが、それもこれもジェシカをベリンダたちから助けるためにしたことだと思えば、これ以上文句は言えない。

渋々お礼を言うと、リジオンは苦笑して「もっと怒ってもいいんだぞ」と呟《つぶや》く。

そのまま肩を抱き寄せられ、ほっとするまま彼の胸に寄りかかった。そこでジェシカは、ハッとあることを思い出す。

(そういえば、王女様との縁談って、結局本当のことなのかしら……?)

情報の出所がベリンダだけに、自分を誘い出すための嘘である可能性が高い。だが、もしかしたら、という不安がぬぐいきれなかった。

もし、本当に王女様との縁談があるのなら。

もし、王命で結婚を避けられない立場にあるのなら。

(やっぱり、わたしができることなんてなにひとつないわよね……)

強《し》いて言えば「王女様と結婚なんて大出世ね。おめでとう」と言って送り出すくらいだろうか?

そうする自分を想像して、絶対無理だ、とジェシカの気持ちは沈む。大好きな彼が、他の女性の手を取るのをどうして祝福できるというのか。

(でも現実問題として、王命が下ってしまったら、わたしに打つ手はないわ……)

リジオンと別れなければならなくなる。そう考えるだけで胸が引き裂かれるほど辛くて、気づけばジェシカの瞳からは再び涙が零《こぼ》れていた。

「どうした、どこか痛むのか？　まさか怪我を……？」

ジェシカはぶんぶんと首を振って、リジオンに強く抱きついた。リジオンが困惑ぎみに肩を抱き返してくれるのを感じつつ、深呼吸した彼女は思い切って顔を上げる。

「王女様との縁談があるって本当？」

するとリジオンは、かすかに身体を強張《こわば》らせた。

その反応から、この話がベリンダのでまかせではないとわかり、ジェシカは一気に奈落《ならく》の底に突き落とされる。

（否定してほしかったのに……！）

ジェシカは涙が止まらなくなる。だがリジオンが狼狽《うろた》える気配がして、慌てて目元をぬぐった。

「ご、ごめん、泣いちゃって……。突然の話で、上手《うま》く心の整理ができな……っ」

「おい……ジェシカ、心の整理って」

「あ、安心して。伯爵家のことは、わたしがなんとかするから。リジオンと、け、結婚、できなくても、なんとか一人で、やっていくし……！」

涙をぼたぼた零《こぼ》しながら、ジェシカはそう伝える。

そうだ。リジオンと結婚できないなら、どうにか一人でやっていく道を探そう。今は、とてもじゃないが彼以外との結婚は考えられないから、いっそのことジェシカ自身が爵位を継いで、女領主になるとか……

ジェシカが密かにそんな決意を固めていると、なぜだか、頭上から「はぁぁ……」と盛大なため

息が聞こえてきた

——ひとが悲壮な決意を固めているときに、ため息をつくとは！　悲しみが怒りに変わり、ジェシカはリジオンを睨《にら》みつけた。

「わたしは、なんとかあなたなしでもやっていこうと考えているのに！　悲しいけど我慢しようとしているのに、あなたはわたしと離れてもなんとも思わないのね!?」

そうよね、王女様と結婚するなんて出世だもんね……とやけになってまくし立てるジェシカに、あろうことかリジオンはまたため息をついたのだ。

さすがにムッとしてさらに怒りをぶつけようとした口を、キスで塞がれた。

「んむっ！　うぅー……っ」

「……はぁ。あのな、文句を言うのはひとの話を聞いてからにしろ。いったいどうしてそんな勘違いをしたんだか……おおかた、あの馬鹿親子がおまえを誘い出すために言ったことだろうが」

ジェシカの背をぽんぽん叩きながら、リジオンは言い聞かせるように語気を強めた。

「いいか、よく聞けよ。そもそもおれは、王女様を嫁にもらう気はいっさいない」

「へっ……？」

「王女を娶《めと》るなんて、いかにも面倒臭そうだろうが。どんなに頼まれようが絶対にごめんだ」

「……そ、そうなの？」

うんざりした様子のリジオンに、ジェシカは面食らってしまう。

「まぁ、確かに何度か王女様との結婚を打診された。王女様方の中でおれに熱を上げている方がいるのも事実だ。だが、いずれもその場で断っている」

「その場で、って……」

それって不敬罪に問われるのでは？　と青くなるジェシカだが、リジオンは実にあっさりしていた。

「さすがの陛下も苦笑いなさっていたが、もとより無理強《じ》いなさる方ではないからな。あのひとは普段から女性を侍《はべ》らせまくっているだけあって、恋愛に関してはかなり理解がある。他に好きな女がいると言ったら、すんなり引き下がってくださったよ」

「す、好きな女、って……!?」

そんな存在がいたとは聞いてない！　と目を瞠《みは》るジェシカに、リジオンはまたあきれたまなざしを向けた。

「またおかしな勘違いをしているだろ。おまえのことだよ、ジェシカ」

「えっ!?」

「おまえ以外に誰がいるんだ」

「え、えっ、それ、ちょっ、ホントに……!?」

驚きのあまり軽く混乱するジェシカに、リジオンは「着いたぞ」と短く告げる。

いつの間にか馬は伯爵邸の前に止まっていた。

意外と早く着いたことにジェシカはびっくりする。どうやらあの教会はここからそう遠くないところにあったようだ。

屋敷に入ると、ジェシカは着替えを促《うなが》される。よく見れば窓から脱出したときに引っかけたのか、ドレスの裾は一部裂け、スカートはところどころ泥で汚れていた。幸い怪我はなかったが、足も少し汚れてしまっている。

その様子を見た侍女はすぐさま湯を用意し、ジェシカはあれよあれよと入浴させられた。

湯から上がる頃にはとっぷりと日が暮れていて、屋敷のいたるところに明かりが灯《とも》されていた。

ジェシカは夜着にガウンを羽織り、侍女に促《うなが》されて自室の居間へ入る。

そこにはすでに、リジオンが長椅子に腰かけて待っていた。

侍女たちが軽食とお茶を用意して部屋から出て行くと、彼女はさっそくリジオンの隣に座り話の続きを求める。

「わたしのことが好きって、本当?」

「いきなりそれか。まぁ、結論から言えばイエスだ。愛している」

「あい……っ」

いきなりのリジオンの告白に、ジェシカはぼんっと音が出そうなほど真っ赤になった。

「今さらだろう? おまえだって、おれがおまえを好きなことはわかっていただろう」

「そ、それは、その……っ」

ジェシカは恥ずかしさにしどろもどろになる。だが、ふとあることに気づいて声を上げた。

「で、でも……リジオンはこれまで一言だって、わたしに好きとか愛しているとか、言ったことなかったじゃない!」

「そうだったか？」

「そうよ！　一度だって言われてないわ……！」

これまでのことを必死に思い返すが、リジオンから愛の言葉をもらったことは一度もない！

（ああ、だからわたし、王女様との結婚の話を聞いて不安になったのかも……）

彼からはっきりと『ジェシカが好きだ』と告げられていたなら、もっと自信を持っていられたかもしれない。彼はわたしのことを好きだと言ってくれた。だからなにがあってもわたしを選んでくれる、と。

「言わなくても好きなことくらいわかるだろう。言わないとなにか問題があるのか？」

「も、問題だらけよ！　はっきり言ってくれなくちゃ、あなたが本当にわたしを好きなのか……あなたの『好き』が、わたしの『好き』と同じなのか、わからないじゃない……」

だからこそ、自分ばかり悲しんだり不安に思ったりする状況が悲しく腹立たしかったのだ。それもあって、ついつい相手を睨《にら》んでしまう。リジオンは困った様子で頬を掻いた。

「それは、悪かったな。……だが、前にも言ったかもしれないが、おれは義理や恩義だけで結婚したりしない。おまえが恩人の孫というだけで、教育係を引き受けるほどお人好しでもない。純粋におまえのことが好きで、欲しいと思ったから、抱いたんだ」

好きから、いきなり話が情事のことに飛躍して、ジェシカは心臓がひっくり返りそうになった。

「こ、ここでっ、このタイミングでそれを言うのは卑怯じゃないかしら……!?」

「そうか？　今以上に言うのに最適なときなんてないだろう」

「もうっ、リジオン⁉」

「好きだ、ジェシカ」

リジオンに両頬をそっと包まれ、正面から告げられる。真摯《しんし》に告げられた言葉に、ジェシカは思わず息を呑んだ。驚きやら喜びやら、いろいろな感情があふれ出て、言葉の代わりにじわじわと涙が滲《にじ》んでくる。

「ジェシカ、返事は？」

リジオンを見つめたまま固まってしまったジェシカに、彼は苦笑まじりに答えを促《うなが》す。

あふれる涙をぬぐうこともせず、泣き笑いを浮かべたジェシカは、自分の頬を包むリジオンの手にそっと手を重ねた。

「わたしも、あなたが大好き」

リジオンが笑みを深め、そっと身を屈《かが》めてくる。ジェシカは目を閉じて、彼のしっとりした唇を受け止めた。

（幸せ……）

これまで何度もキスをしてきたけれど、思いが通じ合ったあとのキスは格別だ。

何度も何度も、角度を変えて与えられる柔らかなキスにぽうっとなる。だがいつの間にか長椅子の座面にぽふんと押し倒されていることに気づいて、慌てて身を捩《よじ》った。

「リ、リジオン、ちょっと待って……」

「どうして」

「どうしてって……、いや、ほら、夕食もまだだしっ、わたし、お昼も食べてないから……！」

「そんなのはあと」

「んっ……！」

もうなにも言うなとばかりに口づけられて、ジェシカはうーうー唸《うな》りながらも、嬉しいと思う気持ちが止められなかった。ひとしきりジェシカの口腔《こうこう》を味わったリジオンは、身体を起こすとジェシカをひょいっと抱え上げる。

「きゃっ」

「だが、確かに場所はわきまえるべきだな。今は寝台の上で存分におまえを愛したい」

一度『愛している』と口に出したせいだろうか、リジオンは箍《たが》が外れたように甘い言葉を言ってくる。おかげでジェシカは赤面しっぱなしだ。

「もぉぉ～……。リジオンのばか、スケベ」

「ほーう？　そんなことを言っていいのか？　やめてと言ってもやめてやらないぞ？」

「えっ。それはちょっと……、うわっ」

言っているうちに寝室に到着し、柔らかな寝台の上に放り投げられた。弾みで室内用の靴が脱げて寝台の下に落ちる。

まくれ上がった夜着の裾から手を入れたリジオンに足を撫《な》で上げられ、ジェシカはぞくぞくと震え上がった。

「あっ……」

「お喋《しゃべ》りはここまでな」

ジェシカの踵《かかと》をそっと持ち上げ、リジオンが足の甲に口づける。

ひくんと足先を揺らしたジェシカは、早くも淫《みだ》らな熱が身体に渦巻くのを感じ、ほんのりと頬を赤く染めるのだった。


こうしてリジオンに抱かれるのは何度目だろう？

何度抱かれても、裸を見られたり、身体を重ねる行為への羞恥心《しゅうちしん》は消えない。

彼と思いを通じ合わせた今、その羞恥《しゅうち》はさらに増したように感じる。

「や、ぁ……っ、リジオン、恥ずかしいからぁ……！」

寝台のヘッドボードに大きな枕を立てかけ、それに背を預けたジェシカは、涙目で目の前のリジオンを見つめる。

すべての衣服を脱ぎ捨て、惜しげもなく裸身を晒《さら》け出したリジオンは、唇の端を上げてすいっとジェシカの膝頭を撫《な》でた。

「あんっ……」

「ほら、もっと足を開いて。じゃないとおまえの大事なところが見えないだろう？」

「見なくていいからぁ……！」

ジェシカはいやいやと首を振る。彼女は今、太腿の裏に両手を添えて足を開けというリジオンの要求に、ギリギリのところで抗《あらが》っていた。

自分から恥ずかしい部分をさらけ出すなんてできないと主張するジェシカを、リジオンは余裕の笑みを浮かべて陥落しにかかる。

「それなら、足を開くまでずっとこのあたりを攻めるだけだ」

「ひぃ」

このあたり、と言いながら、膝頭から足の指先までを舌先でつぅっとたどられ、ジェシカはびくんと肩を揺らした。

「やだ、待っ……、ひぁぁ……！」

身を屈《かが》めたリジオンがジェシカの白い足を持ち上げ、ふくらはぎにちゅうっと口づける。

その刺激につま先をひくんと震わせたジェシカは、自分の肌に新たな印がつけられたのを見て耳まで真っ赤に染めた。

すでに彼の口づけの痕《あと》は、胸やお腹、背中に散っている。彼女の夜着を丁寧に脱がせながら彼がつけていったものだ。おかげですべての服を脱がされて寝台に横になる頃には、ジェシカはとろとろに蕩《とろ》け切っていた。キスだけならまだしも、彼は不意打ちのように乳房を揉《も》んだり、乳首を摘《つ》まんだり、花芯を指で擦《こす》ってきたりする。

なのにそのままのしかかってくると思ったリジオンは、彼女を枕に寄りかからせると、自分から足を開いて見せろと意地悪なことを言ってきた。

恥ずかしいやら悔しいやらで、ジェシカは唇を噛むことしかできない。

（足を開くなんて、ただでさえ恥ずかしいのに……それに……）

今の秘所の状態はおよそ普通ではない。ほんの少し体勢を変えただけで、足のあいだからちゅく……と聞こえる水音に、ジェシカは耳を塞ぎたくなった。

「ほら、ジェシカ」

「きゃあっ、あっ……！　い、やぁぁ……、そこ駄目ぇ……！」

小刻みに震える膝頭にキスされ、ついでにちろりと舐《な》められた瞬間、ジェシカは悲鳴のような声を上げてしまう。

なのにリジオンは楽しそうにもう一方の膝頭も手のひらで包み、温めるように優しく撫《な》でる。膝頭からくるぶしまでを舐《な》め下ろし、足の指を一本一本口に含んで舐《な》め回した。以前足のマッサージをされたときと同じ……否《いな》、そのとき以上に執拗《しつよう》な足への攻めに、ジェシカは切ない声を漏らし続ける。

「足を開かないと、ずっとこのままだぞ？　それでもいいのか？」

「うぅ……」

いいわけがない。こんなのは生殺しだ。

もっと強い刺激がほしくて、ジェシカは無意識に腰を揺らしてしまう。それにより新たな蜜がとろりとあふれ出し、真っ白な敷布を濡らしていった。

「はぁ……う……っ、リジオン……」

「見せてくれ、ジェシカ、おまえの恥ずかしいところを。おまえが自《みずか》らおれを受け入れる意思を見せてほしい」

「ん、ぅ……」

そんなふうに言われると、頑《かたく》なに拒んでいた気持ちが緩《ゆる》む。

羞恥《しゅうち》と愛しさのあいだで揺れ惑うジェシカは、いやいやと首を横に振るが――

「おまえの愛をおれに見せてくれ、ジェシカ」

重ねて懇願されて、なんだか泣きたくなった。

「ひ、卑怯者ぉ……！」

そんなかすれた声と、切なげなまなざしで懇願されたら、断れないではないか――！

根負けしたジェシカは、羞恥《しゅうち》に身を震わせながらゆっくり足を開いていった。

太腿を持って自《みずか》ら開脚していく姿を想像し、そのあまりの濫《みだ》りがましさに目の前が真っ赤になる。

人間が羞恥《しゅうち》で死ねるとしたら、それは今だ――と、ジェシカはありえないことを考えた。

どんなにきつく瞼《まぶた》を閉じても、秘所に注《そそ》がれるリジオンの強い視線を感じる。心臓がどくどくと激しく脈打つのと一緒に、蜜口が勝手にヒクついてしまった。

「すっかり濡れているな……」

リジオンが吐息まじりに呟《つぶや》く。それがさらにジェシカをいたたまれなくした。

「言わないで……本当に恥ずかしいの。お願いだからもう見ないでぇ……っ」

「悪いな。おれは見たいんだ。おまえがおれで、どれだけ感じているのか」

「んあっ……！」

リジオンはそう言うなり、あふれた蜜をすくい上げるように指で蜜口にふれてくる。そうして蜜を塗りつけるように花芯を擦《こす》られて、ジェシカは喉を反らして甘く喘《あえ》いだ。

「あ、あぁ、やぁ……！　だ、め……、あんっ、んぅう……！」

花芯から蜜口をゆっくりといじりながら、リジオンはピンク色に染まったジェシカの内腿に吸いつき、赤い痕《あと》を残していく。足の付け根のきわどいところまで吸い上げられて、ジェシカはぴんと足先を伸ばしてがくがく震えた。

「は、ぁ……っ」

「ジェシカ……」

身体を起こしたリジオンが、ぐったりとしたジェシカを引き寄せ口づけてくる。口の端から零《こぼ》れそうな唾液ごと啜《すす》り上げられ、ジェシカはどくんと胸を高鳴らせた。

「あ、あぁ……リジオン……」

「……蕩《とろ》けそうな顔をして。ほら、どうして欲しいか言ってみろ」

「ん、ん……」

頬や鼻先、額《ひたい》や顎《あご》にちゅっちゅっとキスの雨を降らされて、こそばゆさと気恥ずかしさにジェシカは首をすくめる。同時に、それとなく足のあいだに押しつけられたリジオンの屹立《きつりつ》にどうしようもなく興奮が煽《あお》られた。無意識のうちに、ジェシカは彼のものへ自《みずか》らの秘所を擦《こす》りつける。

「あ、ぁ……、挿《い》れ、て……？」

はしたないと自覚しつつも、湧き上がる欲求に負けてジェシカは懇願した。

「リジオンの、それ……、わたしの中に、挿《い》れ、て……っ」

「……ひねりもなにもない誘い文句だが、男をその気にさせるには充分だ」

楽しげに笑ったリジオンは、ジェシカの膝裏に手をかけると、一気に腰を進めてきた。

「ひああっ……！」

ぐちゅっと音を立てて突き挿《い》れられたものの熱さに、ジェシカは背を弓なりにしならせ息を呑む。

蜜をとろとろに零《こぼ》していた秘裂は、直接ほぐされていないにもかかわらず、彼の欲望を根元までしっかり呑み込んでしまった。

「あ、あぁあ……、くる、し……っ」

身体を起こした状態で繋《つな》がるのは初めてで、ジェシカはお腹の奥に感じる圧迫感にはぁはぁと息を荒らげる。

リジオンは少し苦しげに眉を寄せつつ、ジェシカの腰をぐっと引き寄せて自分の上に跨《また》がらせた。

「ひっ、やぁぁ……！」

気づけば、仰向けに寝そべったリジオンの身体の上に、座り込む形になっている。

慌てて退こうとした瞬間、ずんっと下から最奥《さいおう》を突かれて、ジェシカは声を上げてのけ反った。

「いっ、いや、だめっ……、ああああ……ッ！」

そのまま下からずくずくと突き上げられて、ジェシカはどうすることもできず、ただ込み上げる愉悦に酔いしれる。

何度も揺さぶられるうちに、危うくうしろに倒れ込みそうになった。とっさに敷布に手を突くと、繋《つな》がったままの秘所や揺れる乳房がリジオンに丸見えになってしまう。

「やだぁ、こんな……っ、恥ずかしい、見ないでぇぇ……！」

「いい眺めだぞ。真っ白な乳房が揺れて、おれを呑み込んだここがよく見える」

「ひゃあう！」

ここ、と言いながら繋《つな》がった部分を指先でなぞられ、ジェシカはびくんと腰を震わせる。リジオンはそのままぷっくりと膨らんだ花芯を摘《つ》まんだ。ジェシカはさらなる快感に激しく頭を振った。

「あっ、あぁ、やぁ、だめ……っ、だめぇ、そ、な……、さわらない、でぇぇ……！」

結合部からあふれる蜜を周りへ塗りつけながら、ゆるゆると花芯を刺激されて、ジェシカはたちまち昇りつめた。

「ひっ、ぃうう……ッ!!」

絶頂を迎えた瞬間、膣壁をえぐる肉棒の先端が最奥《さいおう》をさらに突き上げてきて、ジェシカはがくがく震えたまま大きく目を見開く。

下腹の奥から生まれた熱い奔流《ほんりゅう》が一気に膨らみ、指先までを甘く痺《しび》れさせた。

「あ、あ……、あぁ……っ」

あまりの熱さに息もできない。なのにリジオンを呑み込んだそこは、彼をきゅうっと締めつけ、淫《みだ》らに蠕動《ぜんどう》していた。

リジオンが苦しげに息をつき、両手でジェシカの腰を支えて自身を抜き取る。

支えを失ったジェシカはそのままぱたりとうしろに倒れ込んだ。

絶頂の余韻がなかなか引かない。未だ小刻みに震える手足をもてあましつつ、ジェシカは枕に顔を埋《うず》めてはぁはぁと荒い呼吸を繰り返した。

（な、んだか……今日は、いつもと違うみたい……）

リジオンの気持ちをはっきり聞いたためだろうか。今まで以上に感じてしまう……

彼も同じことを思ったのだろう。ジェシカに覆《おお》い被さりながら耳元で「すごいな」と囁《ささや》いた。

「まだ始めたばかりだっていうのに、危うく全部搾《しぼ》り取られるかと思った」

「し、知らない、そんなの……」

未だ息が整わない中ではそう答えるのが精一杯だ。

「……リジ、オン……」

「どうした？」

「……わたし、変じゃない？　こんなに感じて、おかしくなって……」

あまりに淫《みだ》らすぎやしないかと、ジェシカは今さらながらに不安になった。

「なにを心配しているかと思えば……。変なわけないだろう。むしろあんなに感じてくれて……可愛すぎて、愛しさが増すばかりだ」

「リジオン……」

優しく頬を撫《な》でられ、額《ひたい》を合わせた状態で言われたジェシカは、心が温かくなるのを感じた。

「んっ……」

そっと口づけられて、柔らかな感触に酔う。どちらともなくお互いの身体に手を伸ばし汗ばんだ肌を撫《な》でていると、欲望が再燃して秘所がじくじくと疼《うず》き出した。

リジオンも自身の切っ先を足のあいだに擦《こす》りつけ、ジェシカの中に入りたいと無言で主張してくる。震える足をそっと開くと、張りつめた屹立《きつりつ》が待っていたとばかりに、再びジェシカの中に挿入《はい》ってきた。

「ふあああ……ッ！」

物足りなさにヒクヒク震えていた場所が、押し入ってきた熱塊《ねっかい》を歓迎して激しくうねる。

挿入されただけで危うく達してしまいそうになり、ジェシカはぎゅっとリジオンにしがみついた。

「んっ……きついな」

リジオンがくぐもった声を漏らす。大きな手に背を撫《な》でられ、髪を掻き上げられると、ジェシカは心地よさともどかしさに腰を揺らした。

それにより中の角度が変わって、亀頭のくびれが感じやすいところを刺激する。

痺《しび》れるほどの快感にびくんと震えたジェシカは、いつしか自《みずか》ら腰を振り、さらに深い愉悦を感じ取ろうとしていた。

「あ、あぁ、んっ……、んぁ、ああ……ッ」

「いやらしいな、ジェシカ……。そんなに腰を振って」

「だっ、てぇ……、止まらな……、あ、あっ、あっ……！」

リジオンもこらえきれずに、腰を小刻みに前後させる。

すっかり熟《う》れた膣壁を繰り返し擦《こす》られ、ジェシカは込み上げる悦楽に甘く喘《あえ》いだ。抽送《ちゅうそう》の動きに合わせて枕に散った髪が淫《みだ》らにうねり、リジオンの目を愉《たの》しませる。

「ジェシカ……、ジェシカ、好きだ」

「んっ、んぅ、あっ、あ……、ひぁああ、あっ、やぁあん……っ！」

こめかみや頬に口づけられ、指先でくにくにと乳首をいじられ、ジェシカは湧き上がる快感のすさまじさに喉を震わせる。あふれそうになる唾液を必死で呑み下し、襲いくる絶頂の予感にきゅっと目をつむった。その瞬間、身体が勢いよく引き起こされる。

「いやっ、あぁ！　あああ――……ッ！」

あぐらを掻いて座り込んだリジオンと、向かい合う形で引き起こされたジェシカは、再び剛直の先端が最奥《さいおう》を強く押し上げる感覚にびくびくと震えた。

とっさに手足を彼の身体に巻きつける。すると、リジオンもジェシカの細い身体を掻き抱《いだ》き、下からずんずんと奥を突き上げてきた。

息もできない深い抽送《ちゅうそう》に、ジェシカは艶《つや》やかに濡れた唇を大きく開いて嬌声《きょうせい》を放った。

「も、もぅ駄目……あああッ！　も……やあぁぁあん……ッ!!」

リジオンの荒い呼吸が耳元をくすぐる。それを聞くだけでぞくぞくして、ジェシカは彼にしがみつく腕に力を込めた。

抽送《ちゅうそう》のたびに大きくなる悦楽が、こらえきれないくらいあふれ出して、ジェシカはぶるぶる震えながら長い睫毛《まつげ》を伏せた。

「リジオ、ン……！　も、もう、わたしっ……、きゃああう……ッ！」

「いいぞ、イけよ。おれも、もう……」

「ひ、あっ……！　きて、一緒がいい……、ンあぁぁ――……ッ!!」

いっそう深くなった突き上げに、ジェシカは目元を真っ赤に染めて大きくのけ反った。

ほぼ同時にリジオンが低くうめいて、ジェシカの身体を折れそうなほど強く抱きしめる。

汗ばんだ肌がこれ以上ないほど密着し、高まる心と身体が一気に高みへと押し上げられた。

「ひあっ、ぁぁああ、あああ――ッ!!」

ジェシカが甘やかな声を放つと同時に、リジオンの欲望が解放されて、最奥《さいおう》を熱い白濁《はくだく》でどっぷりと染め上げる。中に感じる彼の熱に、ジェシカは目の前がちかちかするほどの快感を覚えた。

ほとばしる熱量に彼の思いの強さを感じて、ジェシカの胸がいっぱいになる。鼻の奥がツンと痛んで、気づけばぽろりと涙が零《こぼ》れていた。

「ふ、あ……っ、リジオン……」

「ジェシカ――」

支えていなければふらふらと倒れ込みそうな彼女の身体をしっかり引き寄せ、リジオンは柔らかなキスを落とす。ジェシカが唇を開くと、熱い舌がするりと入ってきた。

上でも下でも深く繋《つな》がって、ジェシカは陶酔感に朦朧《もうろう》とする。膣内を満たすリジオンの半身が未だビクッビクッと震えているのが、たとえようもなく愛おしい。

「リジオン……、好き、大好き……」

万感の思いを込めて囁《ささや》くと、リジオンも「おれもだ」と返してくれる。

「おまえが好きだ、ジェシカ。こんなに感じて、こんなに乱れて……。おれだけの艶姿《あですがた》だ」

「リジオン……」

「愛している」

わたしも、と呟《つぶや》き、ジェシカは自分から舌を差し出し、もっと深くリジオンと繋《つな》がろうとする。

欲望は止《とど》まることを知らず、何度も激しく舌を絡《から》ませながら再び濃密に互いを感じ合う。

ひっそりと更《ふ》けていく王都の夜を、二人は時間も忘れて寝台で睦み合って過ごした。

第四章　家族になろう

いよいよ王宮舞踏会が明日に迫った夜。

打ち合わせも兼ねて夕食の時間にやってきたユーリーは、出迎えたジェシカを見て満面の笑みを浮かべた。

「先日のパーティーでも立派な淑女になったと感心していたけれど、さらに美しさに磨きがかかったね。後見人として誇らしく思うよ、ジェシカ嬢」

「ありがとうございます、ユーリー様。すべてリジオンのおかげです」

にっこりと笑って言うジェシカに、隣に座るリジオンは「当然だ」と言わんばかりに頷いた。

挨拶《あいさつ》がひとしきり終わったところで、給仕が料理を運んでくる。

前菜とサラダから始まり、ジャガイモの冷製スープ、中がもっちりとした丸いパン、白身魚の香草焼きと続き、晩餐《ばんさん》は終始和《なご》やかな雰囲気で進んでいった。

「当日のジェシカのエスコートは、後見人のわたしがするのが筋だとは思うけれど——」

「なにを言っているんだ。おれがするに決まっているだろう」

ユーリーの申し出をばっさり切り捨て、リジオンがこれまた当然のごとく主張する。

「そう言うと思った」

苦笑したユーリーは、赤ワインのグラスを傾けた。

「仲がいいようでよかったよ。最初はリジオンが一人で空回りするんじゃないかと心配だったが——」

「どういう意味だよ、兄さん」

「言ったままの意味さ。しかし、たった三ケ月で本当に落としてしまうとはねぇ。我が弟ながら手が早っ……いやいや、情熱的でとてもいいことだね、うん」

今、手が早いって言いかけた？

ジェシカは思わずじっとユーリーを見る。そんなジェシカからさりげなく目を逸《そ》らし、ユーリーはまたグラスを傾けた。

リジオンがむすっとした顔で兄を睨《にら》みつける。

「失礼だな。だいたい、空回りなんてするわけないだろう。十代のガキじゃあるまいし」

「そう？　僕の認識だと君はそれくらいの恋愛経験しかなかったと思うけれど。だいたい、ジェシカ嬢に惚れ込んだあとの君の行動は、まるっきり十代の少年みたいじゃないか」

「んぐっ、なっ、惚れ込む？」

危うくメインの鶏肉を喉に詰まらせそうになったジェシカは、ひっくり返った声で繰り返した。

「兄さん……」と咎《とが》めるような声を出すリジオンに構うことなく、ユーリーは喋《しゃべ》り続ける。

「僕の目に間違いはないはずだよ。そうじゃなきゃ、気楽な独り身主義のリジオンが、家や妻に縛られる道をわざわざ選ぶはずがないからね。おまけに教育係まで引き受けちゃって。これはもうぞっこんだなぁと兄としては嬉しく思ったものだよ、ホントにね」

「な、そ、そんな、本当に……っ？」

驚きのあまりジェシカはリジオンを振り返るが、彼は無言で鶏肉を口に運ぶ。涼しい顔を崩さない弟を、ユーリーは「照れ隠しさ」と言ってからかった。

「なんにせよ落ち着くところに落ち着いてよかったよ！　王宮舞踏会が終わったらまた忙しくなるね。結婚の支度をしないといけないから」

大変だよー、と言いながらも、ユーリーはとても嬉しそうだった。

弟思いのユーリーを微笑ましく思いながら、ジェシカは明日の舞踏会の先にあるリジオンとの未来を考えるのだった。


翌日はからりと晴れたいい天気だった。

舞踏会の開会は夕方だが、ジェシカは朝早くから準備を始めている。急《せ》かされるように浴室に連れて行かれ隅々まで身体を洗われたあとは、顔パックと、髪に花の香りがするオイルを入念に擦《す》り込まれた。さらに全身を丁寧にマッサージされ、浴室を出る頃には身体がふやふやになっていた。

湯あたり寸前のふらふらした状態で寝室に戻ると、パンをスープで流し込むだけの簡単な食事をさせられる。そして息を継ぐ暇もなく身支度に取りかかることになった。

この時点ですでに時刻はお昼近く。おろし立ての下着を身につけコルセットを締められた頃には、ジェシカはもうぐったり疲れ切っていた。

（し、知らなかった……。本格的な舞踏会の準備ってこんなに大変なのね）

これまでも何度か貴族の舞踏会に足を運んできたが、王宮の催《もよお》しは別物のようだ。当然、支度にも普段の倍以上気を遣うらしい。

きつく締められたコルセットのおかげで空腹は感じなくなったが、朝からの疲れがじわじわと押し寄せてきて、侍女たちに髪を結ってもらいながらジェシカはついうとうとしてしまった。

髪をきっちりまとめたあとは、いよいよドレスを身につける。

この日のために誂《あつら》えたドレスは、リジオンが仕立て屋にあれこれ注文をつけて作らせた特注品だ。おかげで完成したのは昨日の夜という状態で、今も部屋の隅に細々《こまごま》とした直しをするためにお針子が一人控えている。侍女たちの手によって、ジェシカは慎重に新しいドレスを身につけた。

「ふわぁ……っ」

姿見に映った自分の姿に、思わず感嘆の声を上げる。

社交界デビューする令嬢が着るドレスの色は、白と決まっているらしい。

なので今回のドレスもそれに倣《なら》ったわけだが、一口に『白』と言ってもいろいろあるのだということをジェシカは初めて知った。光沢《こうたく》のある生地《きじ》を使ったドレスは、そこここに多用されたレースや、銀糸で施《ほどこ》された刺繍《ししゅう》により、光の入り具合や見る角度によって様々な輝きを見せる。

大きく膨らませたスカート全体に小粒の真珠が縫い止められており、つやつやと柔らかく輝いていた。広く開いたデコルテや手首、耳朶《じだ》を飾る宝飾品もすべて真珠で統一されている。

唯一ティアラだけは、ダイヤモンドを連《つら》ねたものだった。

「お、重い……」

まばゆいばかりの美しいティアラだが、頭にのせたときのずっしりとした重さに、ジェシカは早くも音《ね》を上げそうになった。

「大変よくお似合いでございます……！」

侍女たちやお針子が嬉しそうに褒《ほ》めてくれるが、ジェシカはそれを喜べるだけの余裕がない。

（うぅ……。コルセットやヒールにも、ずいぶん慣れたと思っていたけど……）

美しい装《よそお》いの裏にある苦労と、じわじわ高まってくる舞踏会への緊張に、ジェシカの足取りは自然と重くなった。それでも侍女たちに急《せ》かされるまま、馬車が待つ玄関へ向かう。

いつの間にか日も傾き始めていた。玄関にはすでに伯爵家の紋がついた馬車と、リジオンとユーリーの実家であるアルジェード侯爵家の紋が入った馬車がつけられている。

ジェシカが表へ出ると、侯爵家の御者がすかさず馬車の扉を開けた。

顔を上げたジェシカは、馬車から身軽に降り立った婚約者の姿に思わず息を止める。

「ああ、思った以上によく似合っているな、ジェシカ」

「リジ、オン……？」

大股で近寄ってきたリジオンの顔を、ジェシカは穴が空くほど見つめてしまった。

あまりにまじまじ見すぎたためか、リジオンは軽く声を上げて笑ってくる。

「そんなに驚くことはないだろう」

「だっ、だって、いつもと、その、雰囲気が全然違うから……っ」

動揺も露《あら》わに答えたジェシカは、今一度リジオンの全身を見て、林檎《りんご》のように頬を赤らめた。

盛装姿のリジオンは、まるで絵画の中から飛び出してきた貴公子のように麗《うるわ》しかったのだ。

（ただでさえ恰好いいのに、こんなの反則……！）

きちっと撫《な》でつけた黒髪も、藍色に統一された夜会用の上下も、真っ白なタイもなにもかも素敵に見える。肩を彩《いろど》る金の房飾りやボタン、よく磨かれた靴もキラキラ輝いていて、ジェシカは瞬《まばた》きも忘れて見入ってしまった。

「おまえもいつも以上に綺麗だ。キスしたくなる」

「キ……!?」

驚くジェシカの顎《あご》を指先ですくい、リジオンは本当に口づけようとしてくる。ジェシカがあわあわと焦ると、リジオンの背後から「ごほん」とわざとらしい咳払いが聞こえた。

「もしもし？　僕がここにいることを忘れていないよね？」

「ああ、すっかり忘れていた。思い出させてくれなくてもよかったのに」

「ちょっ、リジオンったら……！」

侯爵家の馬車の中からひらひらと手を振るユーリーを見て、ジェシカは真っ赤になって後ずさる。

その肩を強引に引き寄せながら、リジオンは「しっしっ」と兄に向かって手を振った。

「ひどいな、犬を追い払うみたいに。……おおっ、ジェシカ、とっても綺麗だ！　これまで見た中でもひときわ素敵なドレスだね」

「あ、ありがとうございます」

「それ以上見るな。さっさと行け」

「うわぁ、すごい独占欲。いいじゃない、少しくらい。減るもんでもないし」

「そういう兄さんだって、おれが義姉《ねえ》さんを少しでも褒《ほ》めると不機嫌になるじゃないか」

「それは確かにそうだね」

唖然として二人を見守っていたジェシカは、ユーリーが「じゃあ王宮でね」と微笑んで馬車を走らせたのを、ぽかんとしたまま見送った。

「さて、おれたちも行くか」

「あ、うん……」

なんとも落ち着かない気持ちのまま、リジオンの手を借りて伯爵家の馬車に乗り込む。

柔らかな座席に腰かけると、ほどなく馬車が走り出した。遠ざかる伯爵邸を見つめながら、とうとうこの日がきたのだと緊張が高まる。

ユーリーの話では、ジェシカのことは国王陛下に好意的に受け止められているらしい。よほどの失敗をしない限り、伯爵家の跡取りとして認められるだろうということだった。そして、リジオンとの結婚に対しても異論は出されないだろうと。

そう聞いていても、やはり緊張でそわそわしてしまうのを止められない。つい、落ち着きなく膝の上で何度も手を組み替えてしまった。

「今からそんなに緊張していたら最後まで保《も》たないぞ」

「そんなこと言われたって……、んっ」

唐突に口づけられ、ジェシカはぴくんと肩を跳ね上げる。いつの間にかリジオンの腕が腰に回り、それとなく抱き寄せられた。

「んぅ……っ、や、だっ！　リジオン、なにしてるの……!?」

「緊張をほぐしてやってる」

「どこが！」

抱き寄せられるだけならまだしも、真っ白なデコルテを撫《な》でられジェシカは飛び上がった。

「なに考えているのよ、これから王宮に上がるっていうのに！」

「だからこそだ。少しでも違うことを考えて、ガチガチに強張《こわば》った身体から力を抜いておけ」

「だからってこんなこと……、んむっ、う……、んン——！」

言っているそばから深く口づけられて、ジェシカはリジオンの厚い胸板を叩いて抗議する。

だが快感を覚えてしまった身体は、感じやすいところを舐《な》められるとたちまちくたりとしてしまって、突き放すことなどとうてい無理だった。

「……んぁ……っ、あ、リジオ、ン……っ」

「そのまま少し快楽に酔っていろ。そのほうが——」

「ひあっ、や……、あ、駄目そこ……！　んっ……！」

「艶《つや》っぽさが増して、よりいっそう綺麗になる」

感じやすい耳孔に舌先を入れられ、ちろちろと動かされる。それだけでも息が上がってしまうのに、スカートをたくし上げられ太腿に直《じか》にふれられ、秘所がじんわりと熱を持つのがわかった。

コルセットで押し上げられた乳房の膨らみをそっと撫《な》でられる。それと同時に、太腿から移動した手のひらが、下着越しに秘所をそっと包み込んだ。

指先を陰唇のくぼみに添って動かされたと思ったら、秘所全体を手のひらで柔らかく揉《も》まれる。ジェシカは、込み上げる快感に熱い吐息を漏らした。

「は……ぁ……っ、……リジオン……っ」

「ほら、おれの膝に乗って」

「ん……っ」

言われるまま、ジェシカは座席に腰かけた彼の腿《もも》に座り込む。遠慮がちに腰かけたジェシカをぐっと引き寄せ、リジオンは優しくジェシカの性感帯を刺激していった。

「……ふぁ……、あ、あ……、や、ぁ……っ」

羽がふれるほどの些細《ささい》な刺激なのに、いやに感じてしまってジェシカは目元を赤く染める。伏せた睫毛《まつげ》を小刻みに震わせながら、白い喉を反らした彼女は甘やかな快感に一時緊張を忘れた。

身体の奥から染み出した蜜が下着を濡らし始めた頃、馬車が小さく揺れて静かに停車する。

「お嬢様、リジオン卿、到着しました」

「ここまでだな」

御者の言葉に、リジオンは意地悪く笑いながらそっとジェシカの身体から手を引く。

絶頂までには至らない、けれどとても心地よい刺激がふっと遠ざかり、ジェシカはそっと目を開いた。寝台で睦み合うときほどではないが、肌はほんのりと紅潮し、瞳はとろんと潤《うる》んでいる。かすかに震える手足からはすっかり力が抜けていた。

「ひ、どい……。ひどいわ、こんなの」

王宮へ上がる前に、不埒《ふらち》にふれられたことへか。それとも中途半端に愛撫《あいぶ》をやめられたことへか。自分でもわからないまま呟《つぶや》いたジェシカに、リジオンは小さく笑ってちゅっと口づけた。

「んっ……」

「でも、すごくいい顔になったぞ」

得意げなリジオンをジェシカは無言で睨《にら》みつける。だがすっかり蕩《とろ》けきった顔で睨《にら》んでも、相手にとっては痛くも痒《かゆ》くもないようだった。

もう！　と頬を膨らませつつ、ジェシカはドレスの裾を直して立ち上がる。幸い身体の感覚はすぐに戻ってきて、外気にふれると同時に頭もしゃんとした。

「よし。じゃあ行くか」

そう言ってすっと腕を差し出すリジオンに、ジェシカは頷いて手をかける。

寄り添って歩くと、先ほどまでは気づけなかった彼の体温や香りを感じてほっとした。いつもと違う装《よそお》いで、いつもと違う場所にいても、リジオンがいるなら恐れるものはなにもない。

そう思ったジェシカは、楚々《そそ》とした笑みを浮かべながら堂々と会場入りすることができた。

すでに広間には大勢のひとが集まっており、二人が入っていくとすぐに様々な視線が向けられる。好意的なものもあれば、値踏みするようなものもあった。嫉妬や羨望《せんぼう》まじりの強烈なまなざしをビシビシと感じて、ジェシカの口元が引き攣《つ》りそうになる。

「すごいひとね……。あそこにいるの、あなたがお茶会で話していたご令嬢たちじゃない？」

ひるみそうになる自分を必死に立て直し、ジェシカは優雅にそんな話題を振ってみる。

するとリジオンもにっこり笑って答えてきた。

「そうだったか？　それより、あちらで歯ぎしりしている男どもは、おまえを狙って手ぐすね引いていた奴らじゃないか？」

「あら、そうだったかしら？」

穏やかに会話しながら、二人で目を合わせてにこりと笑う。

ジェシカにそんなつもりはなかったが、どうやら二人は仲睦まじく微笑み合う恋人同士に見えるらしく、周囲の若者たちをよけい色めき立たせてしまったようだ。

そうこうしているうちに、華やかな舞踏会が幕を開ける。

奥の扉から王族がぞろぞろと入場してきて、一段高くなった場所に設《もう》けられた席に腰を落ち着けた。招待を受けた貴族たちは身分や地位の高い順から並び、国王陛下に挨拶《あいさつ》をしていく。リジオンとジェシカも、ユーリーたちとともに指定の位置に並んだ。

いよいよ国王陛下に挨拶《あいさつ》するのだ。にわかに緊張が舞い戻りそうになるジェシカの手を、リジオンがぎゅっと握ってくれた。それを支えに震える足を前に進める。

やがて役人がユーリーの名を呼び、彼とその妻のエリーゼが国王の前に進み出る。二人が深々と頭を下げるのを見ながら、ジェシカはごくりと唾を呑み込んだ。

「ユーリーはもとより、奥方も息災でなによりだ。そしてうしろに控えているのが……？」

「はい。わたしが後見人を務めております、グランティーヌ伯爵家のご令嬢です。ジェシカ、こちらへ」

「はい」

ユーリーに手招かれ、ジェシカは静かに前へ進み出る。声をかけられるまで頭を上げてはいけない決まりなので、自分の足元を見つつ、こちらに注《そそ》がれる無数の視線に耐えた。

「顔を上げよ、グランティーヌ家の娘よ」

威厳のある声が聞こえて、ジェシカはそろそろと顔を上げる。

そうして、初めて目にする国王陛下の顔に、思わず胸の中で感嘆の声を漏らした。

(大層な女好きって聞いていたから、だらしない体型のおじさんかしらと思っていたけれど……)

きらびやかな玉座にゆったりと腰かける陛下は、身に纏《まと》う豪華な夜会服や王冠にも負けないくらい、強い存在感を持った美丈夫《びじょうぶ》だった。

「よくまいった。亡き伯爵には余もずいぶんと世話になったものだ。今宵は存分に楽しむがよい」

声も艶《つや》やかで張りがあり、年齢よりずっと若い印象を受ける。この国を治める国王陛下は、御年四十を過ぎているというのに、年齢を感じさせない若々しいエネルギーにあふれた人物のように感じた。

（なんというか、女好きっていうより、女性のほうが放っておかない雰囲気の方だわ）

ダンディとでもいうのだろうか。おおらかで野性味にあふれ、そのくせ人懐《なつ》っこい印象もある。

そんなことを考えながら、ジェシカは丁寧に頭を下げた。

「もったいなきお言葉を、ありがとうございます」

「亡き伯爵にはたまに口でやり込められることもあったが、今となってはよい思い出よ。その孫娘となれば、気の強いしっかりした娘と思っていたが、こんなに美しい娘がくるとはな」

目を細めて語る国王の表情は、単に祖父を懐《なつ》かしんでいるように見える。だがまっすぐ向けられる黒い瞳は、ジェシカを値踏みしているようにも感じて、どう返事をすればいいか一瞬迷った。

結局は祖父を悼《いた》んでくださったことに礼を言うに留めたが、もっとなにか言うべきだったかと自信がなくなる。でも御前を離れたところで、ユーリーが軽く親指を立てて微笑んだ。

「上出来だよ、ジェシカ。これで君は名実ともに伯爵家の跡取りとして認められた。お疲れ様」

「あ、ありがとう」

つまりは、これで最大の難関は突破したということになる。安堵でへなへなと崩れ落ちそうになるが、リジオンがすかさず腰を支えてくれた。

「おいおい、これからダンスだぞ。これまでの成果をここにいる全員に見せつけてやるんだから、しっかりしろよ」

「ちょっとっ。なんでそうやって難易度を上げるようなことを言うのよっ！」

「そのほうが燃えるだろう？」

ジェシカがさらに反論しようと口を開いたとき、軽やかなワルツが聞こえてきた。

「ほら、行くぞ」

リジオンがすかさずジェシカの手を引き、踊りの輪の中へ彼女を誘った。

朝からいろいろあってぐったりしていたが、繰り返し叩き込まれたステップはすっかりジェシカの身に染みついているらしい。リジオンのリードに合わせ、自然と完璧なステップを踏んでいく。

ターンするたび、美しい光沢《こうたく》を放つスカートがふわりと広がり、周囲に感嘆のため息が漏れた。

「いいな。ダンスも問題ない。立ち居振る舞いも悪くないし、本当に成長したな、ジェシカ」

他でもないリジオンにそう褒《ほ》められ、ジェシカは嬉しさににっこり微笑んだ。

「誰かさんが遠慮容赦なくスパルタ教育をしてくれたおかげよ」

「ほーう？　……だが、そうだな。おまえが完璧な淑女になれたのは、おれが指導者として優秀だったからか。なら、ダンスくらい完璧にできて当然だよな」

「いったいどこから出てくるのよ、その自信は。そもそも女の子相手にあんなにガミガミ怒鳴り散らすなんて、相手がわたしだから耐えられたけど、他の子にはもうちょっと優しくしないと嫌われるわよ？」

「へぇ？　おれが他の女に教えてもいいと？」

「それはダメ」

間髪《かんはつ》を容《い》れずに答えたジェシカに、リジオンは晴れやかに笑った。

曲が終わり、向かい合った二人は丁寧にお辞儀をする。直後、どっとひとが押し寄せてきた。

「素晴らしいワルツでした……！　ご令嬢、どうか次の曲はわたしと踊ってください」

「いえいえ、ぜひわたしと！」

「どうか僕とも踊ってくださいませんか？」

予想外の申し込みの多さにジェシカは目を白黒させた。だが、あらかじめ「今日はおれ以外と踊るな」とリジオンに釘を刺されていたため、申し訳なく思いながら頭を下げる。

「お申し出は嬉しいのですが、慣れない身で粗相があってはいけないからと、今宵はエスコート役以外とは踊らないよう言われておりますの」

「ほう？　今のダンスを見る限り、粗相をするとは思わないが、グランティーヌ伯爵令嬢？」

突如、力強く艶《つや》やかな声がかけられ、ジェシカは驚いて振り返った。

周りにいた人々が慌てて脇に退いて頭を下げる。そうしてできた道を悠々と歩いてきたのは、他でもない国王陛下だった。ジェシカも慌てて頭を下げる。

「面《おもて》を上げよ。よもや余の誘いを断るとは言わぬであろう？」

目の前に立って、すっと手を差し出された。まさか国王陛下直々《じきじき》にダンスに誘われるとは。

当然、断ることなどできず、ジェシカはぎこちない仕草で国王の手にそっと自《みずか》らの手を重ねた。

緊張でどうなることかと思ったけれど、陛下のリードはとても巧みで踊りやすかった。

ただ、心なしかホールドの距離が近いような気がして、ジェシカは失礼にならない距離を保つのに四苦八苦した。

「と、とても楽しいひとときでした。ありがとうございます……」

「まあ、そう急《せ》くな。あちらで涼みながらもう少し話そうではないか」

曲が終わるなり丁重に頭を下げたジェシカを、国王は有無《うむ》を言わさず引っ張っていく。

あれよあれよと人気《ひとけ》のないバルコニーまで連れ出されてしまい、ジェシカは青くなった。

国王陛下は女性に対して手が早いという話が思い出され、緊張してしまう。

「そなたは、アルジェード侯爵家の次男と結婚を考えているそうだな？」

だが意に反して国王は真面目な声音《こわね》で尋ねてきた。ジェシカは姿勢を正してしっかりと頷く。

「はい。そのつもりでおります」

「ふむ。あやつが結婚か……。知っているかもしれぬが、リジオン・ジェン・アルジェードは余が前々から目をかけておった逸材《いつざい》でな。いずれ我が娘の誰かを娶《めあわ》せて、余のそばに置きたいと考えていたのだ。そこでだ、あやつを余に譲ってはくれぬか？」

まるで犬猫をやりとりするような軽い口調で言われ、ジェシカは一瞬なにを言われたかわからずぽかんとしてしまった。その直後、ごくりと唾を呑む。

答えはもちろん否《いな》だ。でも、ここではっきりそう答えてもいいものだろうか。なんとか上手《うま》い断り文句を……と思うが、言葉がまるで浮かんでこなくて焦りばかりが募《つの》る。

答えに悩むジェシカをどう思ってか、国王がカラカラと笑い出した。

「ははは、冗談だ！　本人からもとうに断られておる。娘たちはあきらめきれぬ様子だったが、去っていく者を追うのは余の性分《しょうぶん》に反するのでな」

「は、はぁ……」

性分《しょうぶん》に関してはさっぱりだが、ひとまず助かったとジェシカは上目遣いに国王を見やる。

すると国王はいきなりジェシカの顎《あご》に指をかけ、くいっと顔を上向かせた。

「へ、陛下……⁉」

「だが、そなたは、あの男が結婚相手で満足なのか？」

「えっ？」

「あんな面白味のない男、一緒にいてもつまらぬであろう？　そんな男のものになる前に、余と火遊びを楽しんでみる気はないか？」

「ひっ、火遊び⁉」

ジェシカはひっくり返った声を上げた。おまけにキスされそうになって慌てて飛び退《すさ》る。

相手が国王陛下でなければひっぱたいてやるところだが、それができないジェシカはせめてもの抵抗に扇を広げて唇を護った。

「い、いやですわ、陛下。ご冗談もほどほどになさってくださいませっ」

「冗談など言うものか。特に男女のことについて余はいつわりを申さぬ。そして余の誘いにすぐになびかぬその身持ちの堅さがますます気に入った」

（ひ――っ！）

ジェシカは胸中で悲鳴を上げる。去る者追わずの性分《しょうぶん》じゃなかったのかと大声で叫びたくなった。

じわじわと距離を詰めてくる国王から後退しつつ、ジェシカは必死に言い募《つの》る。

「い、いけませんわっ。それに、陛下をお慕いする美しい方々に申し訳ありませんし！」

「余のそばにそのような狭量な女はおらぬぞ。それに、余は美しいと思った女は誰であろうと愛さずにはいられぬタチなのだ。それを皆わかっておるのでな」

なんてはた迷惑な！　と言えたらどんなにいいだろう。バルコニーの柵にとんっと背中をつけたジェシカは冷や汗を滲《にじ》ませる。

もうこれ以上うしろには下がれない。どこへ逃げれば……と視線を巡《めぐ》らせた瞬間、陛下がジェシカの両脇に手を突いた。

「そう逃げるな。悪いようにはせん」

(そういう問題じゃなーい！)

いい加減、我慢の限界だったジェシカは、つい陛下をキッと睨《にら》みつけてしまった。

「申し訳ありませんが、陛下がよくてもわたしがいやです。わたしはリジオン以外とこういうことをしたくありません!!」

我慢していたぶん感情が一気に噴き出し、思っていたより大きな声が出た。

(ああ、言っちゃった……)

もうどうにでもなれと、ジェシカは真正面から国王と対峙する。

すると国王は一瞬きょとんとしたあと、一拍遅れて、盛大に噴き出した。

「ははははっ！　これは潔《いさぎよ》い。ますます気に入ったぞ」

「え、あの、だから、それは困るのですがっ……」

焦るジェシカにまた笑って、すっと身を引いた国王が背後を振り返った。

「どうやら貞淑な恋人を得たようだな、リジオン・ジェン・アルジェード？」

「えっ」

いきなりリジオンの名前が出てきて、ジェシカは驚いて国王のうしろを見やる。

すると、バルコニーの陰から不機嫌な顔をしたリジオンが姿を現した。

「リジオン、いつの間に……！」

「陛下に言われるまでもなく、ジェシカは最高の女ですよ。このおれが選んだのですから、それくらいの気概があって当然です」

「リ、リジオン⁉」

ひとのこととは言えないが、国王に対するリジオンの大胆な発言にジェシカはびっくりする。だが、国王は腹を抱えて大笑いした。

「とか言いつつ、余がこの娘を攫《さら》っていかぬかとハラハラしながら見ておったくせに！　そなたの焦った顔など初めて見たぞ？　なかなかいい見物《みもの》だった」

国王のからかいの言葉に、リジオンはチッと舌打ちを響かせた。

恐れ多くも陛下相手にそんな態度でいいのかと、ジェシカはますますおろおろする。しかしリジオンに手招きされて、急いで彼のもとへ駆け寄った。

「やれ、そのように親密なところを見せられると、これ以上のいたずらはできぬな」

リジオンの胸に飛び込んだジェシカを見て、国王がにやにや笑いながら肩をすくめる。

そんな国王をリジオンがギロリと睨《にら》んだ。

「陛下もいい年なんですから、こういうことはお控えになってはどうです？」

「なにを言うか。男に生まれたからには世の美しい女たちを愛し、可愛がるのが使命であろう！　それができぬというなら死んだほうがマシというものだ」

大真面目に力説する国王に向かって、リジオンはぼそっと呟《つぶや》いた。

「エロジジイ」

小さな呟《つぶや》きだったが、国王の耳にもしっかり届いたらしい。

「ほーお？　そう言うそなたこそ、任地の先々に現地妻がいるともっぱらの噂であるというのに」

「現地妻!?」

ぎょっとするジェシカに、リジオンはすぐさま釈明した。

「おれの出世をやっかんだ奴らが勝手に流した根も葉もない噂だ。真に受けるなよ？」

真剣な顔で迫られ、その勢いにつられて頷きそうになる。しかし国王はさらなる爆弾を落としてきた。

「だがこれまで来る者拒まず、去る者追わずできたことは確かであろう？　そのつれない態度が本気で落としたくなるのだと、長いこと女たちを騒がせてきたではないか」

「適当なことを言わないでください……っ！」

リジオンはすぐさま否定するが、その顔がなぜだか焦っているように見えた。声も心なしか上擦《うわず》っており、ジェシカの目が自然と据《す》わっていく。

国王陛下が再び大笑いした。

「ああ、おもしろい。安心せよ、グランティーヌ伯爵令嬢。今言ったことの半分は嘘である」

「全部嘘だ!!」

「そなたは黙っておれ、リジオン・ジェン・アルジェード。……グランティーヌ伯爵令嬢、ついでだからよく聞くがよい。実はこやつは――」

「陛下!?　いったいなにを言うつもりで――うぐっ！」

国王に容赦なく足を踏まれたリジオンが抗議の声を上げるが、ニヤニヤ顔の国王に黙殺された。

「こやつはな、もう三年も前から、いじらしくもそなたに片思いをしておったのだよ」

「へ……？」

驚きのあまりジェシカは妙な声を上げる。

「始まりは三年前に国境から帰ってきたときのことだ。こやつの働きを認めて、我が王女との縁談を進めようとしたら、好きな女ができたと言って断りおった。これまで特別な女の存在など感じさせたことがなかっただけに、おかしいと思ったが、三ヶ月前ユーリーからこやつがそなたの教育係を引き受けたと聞いてピンときたのよ」

「ほ、ほんとうに……」

思ってもみなかったことを聞かされ、ジェシカは混乱と戸惑いの中で、じわじわと頬を染める。

「まったく、王国騎士団の中でも一目置かれる騎士が、三年間もいじらしい片恋を続けておったとはな。こやつはその後もこちらの縁談をことごとく断り続け、先日など『長いこと思い続けてきた相手とようやく結ばれるときにケチをつけてくれるな』とまで言いおった！」

「――陛下！　それ以上の戯言《ざれごと》はおやめくださいッ！」

リジオンがたまりかねた様子で叫ぶ。だが国王は完全におもしろがっている顔だ。

こんなに余裕がないリジオンを初めて見る。それってつまり、国王の話が真実ってこと……？

「あの、リジオン、本当にわたしのこと、そんなに前から好きでいてくれたの？　それに三年前って……わたしたち、そんな前から知り合っていたの――？」

国王陛下との会話に割り込むなど失礼だと思ったが、どうしても気になったジェシカは矢継《やつ》ぎ早《ばや》に尋ねる。するとリジオンはらしくもなく視線を泳がせ、「あー」とか「うー」とか言葉にならないうめき声を漏らした。

それを見た国王が、再び噴き出した。肩を小刻みに震わせて笑い続ける国王に、なんとリジオンは、その膝裏に自分の膝をかっくんと押し当てる。

「うおっ？　これ、危ないではないか。余が転んで怪我でもしたらどう責任を取るつもりだ」

「ひとの恋人を寝取ろうとしたので撃退したと、堂々と釈明させていただきます。その後は煮るなり焼くなりどうぞお好きに！」

「いくら照れくさいからと言って無茶苦茶を言いおって。……わかった、わかった、そう睨《にら》むな。邪魔者は退散すればよいのであろう？　ふふん、余は寛大な国王だからな。麗《うるわ》しの伯爵令嬢に免じて、これまでの非礼も目をつむってやろう」

「さっさと消えてください、国王陛下。今度はそのケツを蹴っ飛ばしますよ？」

聞いたことのない言葉遣いで国王を追い払おうとするリジオンに、ジェシカは面食らってしまう。

「言われずとも退散するとも。だがその前に、だ」

ふと真顔になった国王は、それまでの軽薄な雰囲気を一転させてリジオンを見やった。

「そなた、やはり王国騎士団の団長を引き受けぬか？」

国王の言葉にジェシカは息を呑む。だがリジオンはどこかうんざりした様子でため息をついた。

「そのお話でしたら何度もお断りしております。自分はまだ若輩《じゃくはい》で、団長職など恐れ多い……」

「だが、そなた以外の適任者がいないことも承知しておろう？　なにも今日明日にも任命しようというわけではない。どのみち今のまま伯爵家に婿入りしたとしても、争いが起きればそなたは地方に長期赴任となる。それなら団長職に就いて、王都に留まる生活を送るほうが恋人のためにもよいのではないか？」

「それは……」

リジオンはちらりとジェシカを見やって口をつぐむ。国王は視線をジェシカに向けた。

「グランティーヌ伯爵令嬢、そなたもそう思わぬか？　今のままでは国境や地方で小競り合いが起きるたびに、こやつは隊を率いて駆けつけねばならぬ。一回の遠征で半年から一年、長ければ五年以上家を空けることになる」

「五年以上も……」

いけないと思いつつ、ついジェシカは言葉に詰まってしまう。

「軍人の妻だから仕方がないと受け入れるのも立派。だが、ものは考えようだ。昇進して、自分のそばにいる時間が増えるなら、そのほうがいいとは思わぬか？」

（そりゃあ、もちろんそのほうがいいけど）

昇進云々《うんぬん》はともかく、リジオンと一緒にいる時間は長ければ長いほどいい。夫婦生活の大半を離ればなれで過ごすなんて、あまりに寂しすぎる。

「おまえ……」

そんな気持ちがはっきり顔に出ていたのだろう、リジオンはなんともいえない顔になった。

慌てて表情を取り繕《つくろ》うが、時すでに遅し。国王がニヤリと口角を引き上げ、満足げに頷いた。

「決まりだな、リジオン・ジェン・アルジェード？」

「……ああ、もう、わかりました！　引き受ければいいのでしょう。ただし！」

まいりましたとばかりに頭を掻いたリジオンは、ギッと国王を睨《にら》んだ。

「本当に、今日明日任命するのは勘弁してください。どうせ団長になったら目が回るほど忙しくなるに決まっている。家に帰れなくなるのは目に見えておりますので」

「ちっ。頭の回るやつめ」

二人の会話にジェシカは「えっ」と声を上げる。

「偉くなると事務仕事が増えるからな……。おれは外に出ていたほうが性に合っているから、昇進には興味がなかったんだ」

眉間に皺《しわ》を寄せて答えるリジオンに、国王は呵々《かか》と笑った。

「ふふん、そんな理由で、余が将来有望な重臣候補を放っておくわけがない。そなたの協力にも感謝するぞ、グランティーヌ伯爵令嬢」

「え？　あ、はい？」

別に協力した覚えはないのだけど……、とジェシカは首を傾《かし》げる。その横でリジオンが「陛下のいつもの戯《たわむ》れだ。真に受けるな」と低い声で呟《つぶや》いた。

「さて、そろそろ戻るとしよう。そなたらもともにくるがよい」

国王に手招かれるままバルコニーから屋内に戻った二人は、そのまま広間の一段高いところに連れてこられる。

ぎょっとするジェシカの前で、「皆、聞くがよい」と国王が会場の注目を集めた。

「ここにいるグランティーヌ伯爵令嬢と、アルジェード侯爵家の次男であり、我が忠実な騎士の一人であるリジオン・ジェン・アルジェードの婚約を、余は心から祝福する。皆も若き二人の門出《かどで》を祝い、大いに盛り立ててやってくれ」

周囲の人々は歓声を上げ拍手喝采《かっさい》を送った。二人の婚約はすでに知れわたっていたが、国王が宣言したことで正式に認められたのだ。ジェシカはリジオンと並んで深々と一礼する。だが顔を上げたリジオンの表情はなんともいえない仏頂面《ぶっちょうづら》だった。それを見た国王はまた笑う。

「そう怖い顔をするでない。婚約者に愛想をつかされてしまうぞ？」

鼻歌でも歌いそうな面持《おもも》ちの国王に、リジオンが奥歯を噛みしめる気配がした。

「今に見てろよ、エロジジイ……」

「ま、まぁ、そんなに怒らなくてもいいじゃない」

渋い顔で呟《つぶや》いたリジオンを執《と》りなし、ジェシカは人々に笑顔を向けた。

そして多くのひとから祝福を受け取り、いい加減作り笑いも難しくなってきたあたりで、二人はこっそり会場を抜け出したのだった。


「で、どういうこと？　わたしのことを三年前から好きだったたって本当？　三年前と言ったら、わたしはまだ両親と一緒に辺境に住んでいた頃よね？」

休憩用に用意された客間のひとつに入るなり、ジェシカは矢継《やつ》ぎ早《ばや》に質問した。

話を逸《そ》らすことは許しませんとばかりに、腰に手を当てて仁王《におう》立《だ》ちするジェシカに、長椅子に腰かけたリジオンはせっかく整えた髪をガシガシと掻く。

言いたくなさそうにしていたリジオンだったが、しばらくして腹をくくったのだろう。ジェシカに隣に座るように促《うなが》してきた。

「国王陛下の言う通り、おれたちは三年前に会っている。おまえが住んでいた辺境の町でな」

――当時、リジオンは規模が大きくなった山賊退治のため、国境へ向かう旅の途中だった。

だが、そろそろ国境にさしかかるというところで、山賊たちの奇襲を受けた。リジオンは比較的軽傷だったが、仲間が深手を負ったため療養所のある近くの町を訪れたのだ。

その療養所で薬師の母親について働いていたのが、ジェシカだった。

「あなたも腕を怪我しているわ。止血は済んでいるみたいだけど、きちんと消毒しないと」

仲間を手当てする薬師を手伝っていたリジオンに、ジェシカがそう声をかけてきた。

聞けば十五歳だという少女に、手当てを任せてもいいものか一瞬迷う。むしろ傷を見た途端に卒倒されるのではないかと心配になった。だがそんな懸念《けねん》に反して、彼女の手際は実に見事だった。

リジオンが素直に感心していると、ジェシカはおもむろに口を開いた。

「見たところあなたが隊長さんみたいね。怪我をした部下を気にかけるのはいいけど、自分のことをおろそかにしちゃダメよ。この腕の怪我だって、普通だったらひぃひぃ泣きながら手当てされるくらいひどい傷なんだから」

そりゃあ騎士は怪我に対する耐性があるのだから当然だ、と思ったが、リジオンは「はいはい」と苦笑しておいた。

「だが、目や急所以外なら、別にどこを怪我してもたいしたことはないぞ？」

「そんな罰当たりなことを言うもんじゃないわ。お腹を痛めてあなたを産んだお母さんが聞いたら悲しむわよ」

低い声でぴしゃりと言われ、リジオンは笑いを引っ込める。ふと見上げたジェシカの表情は、十五歳とは思えないほど大人びていた。

「わたし、薬師の娘だから、母の助手としてお産に立ち会ったことも何度かあるの。すごいわよ、お母さんが赤ちゃんを産み出すときの力って。あれを見たら絶対に軽々しいことは言えなくなるわ。命って尊《とうと》いものなんだから」

自分より七つも年下の少女に言われた言葉に、リジオンは静かに胸打たれる。

そのとき、療養所の入り口から入ってきた男が薬師を呼ぶ。この町の警邏隊《けいらたい》の制服を着た男の姿を見て、リジオンは思わず息を呑んだ。

（あれは確か、グランティーヌ伯爵の息子……！）

幼い頃に何度か顔を合わせた程度だが、父が親しくしていた家の嫡男ということで、顔をしっかり覚えていたのだ。町娘と駆け落ちしたと聞いていたが、まさかこんな辺境にいたとは……

おまけに男に気づいたジェシカが、彼を「父様！」と呼んだのにはさらに仰天した。なるほど、言われてみれば、彼女の口元や目元にグランティーヌ伯爵の面影がある。

そのせいか、かつてない運命のようなものをジェシカに感じて、リジオンは彼女から目が離せなくなった。

だがこれから戦役に就く自分は、ここで悠長に過ごしている暇はない。

――今回の戦役を無事に勤め上げ、時間ができたらまたこの町を訪れよう。

そう決意したリジオンは、新たな任地へ向かったのだった。

だがその後も頻繁《ひんぱん》に国のあちこちを行ったりきたりで、結局彼女のいる町を訪れることができたのは、それから一年後のことだった。そのときにはすでにジェシカの両親は事故死しており、彼女はグランティーヌ伯爵に引き取られたあとだった。

伯爵のことだから、きっとジェシカを大切にしているはずだ。そう気持ちに折り合いをつけたけれど、伯爵が長く体調を崩していると聞けば安心することはできなかった。

だからだろうか。ユーリーからグランティーヌ伯爵の遺言を預かっていると聞かされたとき、いてもたってもいられなかったのは。それに……

「伯爵にはお世話になったし、後見人の役割はもちろん引き受けるつもりだ。ただ一緒に届いた手紙によると、伯爵家は財産狙いの親族たちのおかげで、かなりきな臭い状態になっているらしい。孫娘が跡を継ぐとなると、それを妨害する動きが出るかもしれないとのことだ。法的なことでは僕が彼女を護れるが、力ずくでこられると僕じゃ対処できない。リジオン、休暇中に申し訳ないんだが、国王陛下に拝謁《はいえつ》するまで、孫娘のジェシカ嬢を護ってやってくれないか？」

ユーリーにこう言われたとき、リジオンは柄《がら》にもなく運命の導きを感じた。

気づけば出会いから三年。彼女は十八歳になっている。

この三年のあいだに、彼女のことは折にふれて思い出していた。そんな自分の心の動きがなにを指し示すのかは言うまでもない。彼女への気持ちは、いつの間にか確かな恋心として育っていたのだ。

幸いなことに伯爵からの手紙には、リジオンが独身であることにふれ、孫娘と一緒になってくれたら助かる……と書かれてあった。

自分の望みを叶えることは、亡き伯爵の望みも叶えることになるのだ。リジオンにとってこれほど喜ばしいことはない。

愛する彼女とともに伯爵家を護《まも》っていきたい。湧き上がる思いはとても強いもので、リジオンはユーリーの言葉に一も二もなく頷いたのだ。

こうしてリジオンは、ユーリーと一緒に伯爵家に赴《おもむ》いたのだった。

「――三年ぶりに見たおまえは想像以上に綺麗になっていたし、この三ヶ月一緒に過ごして、ますますおまえへの思いは深くなった。国王とダンスをしているのを見るだけで平静でいられなくなるくらい」

「へ、平静じゃいられなかったの……？」

「少なくても、あのエロジジイを締め上げてやりたいと思うくらいにはな」

彼の告白に、ジェシカの胸は喜びと気恥ずかしさでうるさく騒ぎ出す。いつも余裕綽々《よゆうしゃくしゃく》なリジオンがかすかに頬を染めているのが新鮮で、ジェシカもまた頬を薔薇《ばら》色に染めた。

「嬉しい。でも、そんなに前からわたしのことを知っていたなら、教えてくれたらよかったのに」

「恥ずかしいだろう。いい年をした男が、十五歳の娘に一目惚れしたなんて」

ジェシカは思わず声を立てて笑ってしまった。リジオンが恥ずかしがっているなんて。気づけばジェシカはその首筋にひしと抱きついていた。

「三年前のことはよく覚えていないけれど……、わたしだって、ならず者から助けてくれたあなたに一目で惹きつけられたわ」

目尻にほんのり涙を浮かべて、リジオンと向き直ったジェシカは満面の笑みを浮かべた。

「リジオン、大好き。そんなに前から好きでいてくれて嬉しい。これからもずっと、わたしと一緒にいてくれる？」

「当たり前だ。おれだって、もう離れたくない」

情熱的な言葉と真摯《しんし》なまなざし、そして優しい笑顔が胸に迫って、たまらなくなったジェシカは自分からリジオンに口づけた。リジオンも柔らかくそれを受け入れ、二人は深く唇を合わせる。

舌を絡《から》めるだけで、身体の奥がどんどん熱くなっていく。リジオンが焦《じ》れたように唇を離した。

「この前も思ったが、この手の話はやっぱり寝台でするべきだな。この長椅子じゃ押し倒すのには小さすぎる」

「もう、リジオンったら」

ジェシカはくすくす笑いながら、リジオンの首筋にしがみつく。リジオンは心得た様子で、彼女を横抱きにして奥の寝台へ向かった。


優しいキスを繰り返しながら、お互いの衣服に手を伸ばして少しずつ肌を露《あら》わにしていく。

いつも脱がされる立場のジェシカは、自《みず》らリジオンの服を脱がせるのを新鮮に思った。同時に、どことなく気恥ずかしさも感じる。

上着のボタンを外し、首元を飾るタイを外して、男らしい喉仏から鎖骨までを露《あら》わにすると、ジェシカはこくりと喉を鳴らした。心臓の鼓動がドキドキうるさい。

「好きにしていいんだぞ。おれは全部、おまえのものなんだから」

そんなふうに耳元で囁《ささや》かれて、ぞくぞくした痺《しび》れが背筋を駆け下り、身体の奥を疼《うず》かせる。

高まった気持ちのまま、ジェシカは大胆にも露《あら》わになった彼の首筋に唇を近づけた。

「んっ……」

いつもリジオンがしているように、脈動する場所に口づけ、軽く吸い上げる。うっすらとだが、所有の証《あかし》が彼の肌の上に赤く花開いた。

「……あ」

それを見た瞬間、我に返ったジェシカはぼっと耳まで赤くしてしまう。

「わ、わたしったら……っ」

「ん？　一箇所だけでいいのか？」

「なっ、そ、そんな……！」

ジェシカは慌てて首を左右に振る。

「ご、ごめんなさい。わたし、急にこんなはしたないこと……！」

「別にいいんじゃないか？　おれは嬉しいぞ。おまえがそれほどおれを求めてるってことだろう」

「……っ！」

羞恥《しゅうち》でどうにかなりそうだったが、嬉しそうに微笑んでいるリジオンを見てほっとした。

「おれも、おまえに痕《あと》をつけていいか？」

「あ……」

ジェシカが頷く前に、リジオンは彼女のドレスを脱がせて、白い胸元を露《あら》わにする。寝台にゆっくりと押し倒しながら、コルセットで盛り上がった乳房の上部にちゅっと吸いついた。

小さな痛みと、それ以上に甘い疼《うず》きが身体を駆け抜け、ジェシカは鼻から抜けるような声を漏らす。

乳房はもちろん、鎖骨の下や首筋、肩口に赤い痕《あと》を残しながら、リジオンは手早くコルセットの紐《ひも》を解き、シュミーズごと下着を取り去った。

ジェシカは自《みずか》ら腰を浮かせて、彼が服を脱がせるのを手伝う。

ジェシカを一糸纏《まと》わぬ姿にしたリジオンは、彼女の髪に手を伸ばして、ティアラを恭《うやうや》しく取り去った。結っていた髪も解いて、指先で優しく梳《す》いていく。

そしてもどかしげに自身の衣服を脱ぎ始めた。一気に鍛《きた》えた裸身を露《あら》わにする。

「……もしかして、この傷……？」

彼の右腕に残る刀傷を、ジェシカはそっと指先でなぞった。リジオンが頷き、ジェシカの手を取って指先に口づける。

「ああ。三年前におまえが手当てしてくれた傷だ。痕《あと》は残ったが、化膿することなく治ったよ」

「よかった……」

彼の身体に残った傷痕《きずあと》のひとつひとつに目を留めたジェシカの目に、涙が盛り上がっていった。

「どうした？」

「……あなたが、無事でよかったって思って。あれからもたくさん戦役について、そのたびに功績を挙げたって聞いたけれど……無傷で済んだわけないものね」

「おまえにもう一度会いたかったから、死ぬわけにはいかないと思っていた。これからはおまえを心配させないように、滅多な怪我はできないな」

ジェシカは頷く。リジオンが騎士であるのはこれからも変わらない。きっとこれからも、幾度となく危険なことが彼を襲うのだろう。

「安心して。わたし、これからもたくさん医術と薬学を学んで、どんな傷でも治せる特効薬を作るから。死にさえしなければ、必ず助けてあげる」

「それは心強いな」

「今さらだけど……薬学、続けてもいい？　薬を作るのは趣味みたいなものなの」

「もちろん。領地の庭に作った薬草園も活用してやらないとな」

ジェシカはほっと安心する。

思えばリジオンは、一度だってジェシカが薬を扱うことを止めることはなかった。

あまり貴族の娘らしくないことだと自覚していただけに不思議に思っていたが、彼自身がジェシカの手当てに助けられた過去があったから、大目に見てくれていたのかもしれない。

リジオンがジェシカの額《ひたい》に口づける。彼女が思わず「んっ」と口を突き出すと、彼は微笑んで唇にキスを落とした。

ちゅ、ちゅ……と軽く表面だけ合わせて、やがてどちらともなく唇を開いて深く舌を絡《から》める。

ジェシカがリジオンの背や腕を撫《な》でると、彼も彼女の肌に優しく手を這《は》わせた。

二の腕をさすり、鎖骨を撫《な》で、乳房をやんわり掴《つか》む。すでに硬く尖り始めた先端を手のひらで優しく転がしながら、膨らみをゆっくり揉《も》まれて、口づけの合間に声が漏れた。

「あ……、んっ……」

さほど強くない愛撫《あいぶ》なのに、心が隅々まで満たされる感じがして、とても心地いい。

感じやすいところを撫《な》でられながら、耳殻に舌を這《は》わされる。耳孔に舌を入れられ、ちろちろと舐《な》められた。濡れた音がすぐそばで聞こえ羞恥《しゅうち》に身を震わせるジェシカに、リジオンは甘く囁《ささや》く。

「可愛い……」

「あ、あ、……だめ、そこで……喋《しゃべ》らないで、ぇ……っ」

「身体中、真っ赤にして喘《あえ》いで……、はぁ……、可愛すぎる」

ため息まじりに呟《つぶや》いたリジオンは、身体をずらして乳首に吸いついた。

すっかり硬く勃ち上がった乳首を左右交互に舐《な》め上げられ、強い快感にジェシカはびくんと震えてしまう。彼に胸を差し出すように背をしならせたジェシカは、与えられる刺激に溺《おぼ》れていった。

「あ、あぁ、んっ……、も……んぅ……っ、リジオン……」

「ん?」

「そこ、だけじゃなくて……、ひゃあぁん……!」

ちゅうっと音が鳴るほどきつく左の乳首を吸われ、ピンと突っ張った足のあいだから、大量の蜜が零《こぼ》れるのがわかった。

「はっ……、あ、し、下も……っ、ンんぅ……! さわ、ってぇ……っ」

「お望み通りに」

真っ赤になりながら訴えるジェシカに、リジオンはまだ余裕の見える笑みで頷く。そして右手をそっと彼女の秘所へ滑らせた。

「ひあっ! あっ、ンンぅ……!」

「……よく濡れてる。今日は一段と感じやすいみたいだな？」

ジェシカはこくこく頷きながらも、自分の太腿に当たる彼のものに気づいてそっと視線を下げた。

「あ、リジオンのも……もう硬い……」

「……改めて言われると照れくさいものだな。おまえの媚態を見ていたら、勝手にこうなった」

完全に勃ち上がり、切っ先がお腹につきそうになっているのを見て、ジェシカは喉を鳴らす。

「……さわってもいい？」

どうしてそんなことを口にしたのか、自分でもわからない。ただ、無性に彼にふれてみたかった。

リジオンは一瞬驚いたように目を瞠《みは》ったが、すぐに頷いた。

ジェシカはそろそろと彼の分身に手を伸ばす。指先でふれると、それはぴくんと反応した。そっと握ると、先端の小さなくぼみからなにかがあふれてくる。

「リジオンも濡れてる……。んあっ、あ！　あぁ……っ」

「そういうことを言うと、まともに喋《しゃべ》れなくなるくらい、ここを攻め立ててやりたくなるな？」

ここ、と言いながら膣内に差し入れた指をくいくいと動かされ、もどかしい刺激にジェシカはぶるぶる震えてしまった。

「あっ、あぁあ……！　だめ、リジオン……っ」

「ほら、おまえも」

「あ、あっ……」

肉竿を握った手に大きな手を重ねられ、ジェシカは焦る。だが手の中の屹立《きつりつ》がびくびく脈動するのがわかると、不思議とドキドキした。

「あ、す、すごい……っ」

「握ったまま、こうやって動かして」

「こう……？」

リジオンに促《うなが》されるまま、ジェシカはそっと手を上下させる。少し力を込めると、リジオンの口から熱い吐息が零《こぼ》れた。

「リジオン……気持ちいい？」

「ああ、たまらない。うっかりしていると、おまえへの愛撫《あいぶ》がおろそかになりそうだ」

「あ……っ、あっ、あぅん……っ」

そう言いながら、リジオンが中の指を抜き差しして、ジェシカの感じやすいところを攻め立ててくる。指の腹がざらついたところを擦《こす》るたび、腰から蕩《とろ》けそうな愉悦が湧き起こり、ジェシカの手が止まりそうになった。

リジオンにも気持ちよくなってもらいたい。その一心で手を動かすが、ぎこちないジェシカと違いリジオンの愛撫《あいぶ》は的確で、おまけに手慣れていた。

「あっ、あっ、……ああぁッ……!!」

弱いところを容赦なく攻め立てられ、ジェシカは腰を浮かせて絶頂を迎える。

高いところから落ちるような感覚に、とっさに手の中のものを強く握ってしまった。するとリジオンが「うっ……」と低くうめく。

同時に、手の中の昂《たかぶ》りがびくびく震えて、先端から熱い白濁《はくだく》をほとばしらせた。それはジェシカの手や腰をしとどに濡らし、肌の上をねっとり流れていく。

「あ……、これ……」

絶頂の余韻にぼうっとしながら、手についたそれを見てジェシカは目を瞬《またた》く。これまで何度も最《さい》奥《おう》に注《そそ》がれてきたものだが、こうして目にするのは初めてだった。

独特の匂いのするそれをまじまじと見つめ、ジェシカは興味本位でぺろっと舐《な》めた。

「おい……っ」

それに焦ったのはリジオンだ。すぐにジェシカの手を掴《つか》まえて、口元から引き剥《は》がす。

「そんなもの口にするな。まずいだろう？」

「……そりゃ、美味《おい》しくはないけど」

思いがけず過剰に反応されて、ジェシカはきょとんとしてしまう。

そんなジェシカを見たリジオンは苦笑して、優しく唇に吸いついた。

「あ、ん……っ」

絶頂を迎えたばかりの身体は、キス一つでも簡単に燃え上がってしまう。

リジオンもそれをわかっているのだろう。キスをジェシカの唇から首筋、乳房と下ろしていって、それとなく彼女の足を開かせる。すっかりほころび、蜜を零《こぼ》すところに再び指を差し入れながら、彼はぷっくり膨れた花芯に軽く吸いついた。

「あんっ……！　んぁ、あ……っ、リジオン……！」

花芯を唇で軽く食《は》みつつ、ゆっくり膣壁を擦《こす》られてジェシカは身悶《みもだ》える。内腿をびくびく震わせて耐えていたジェシカだが、すぐに達してしまいそうな予感に駆られ、思わずねだるような声を漏らした。

「リジオン……っ、も、お願い……きて……っ」

その言葉を待っていたかのように、顔を上げたリジオンはジェシカを見上げて微笑んだ。

「いつになく素直だな。けどおれも、すぐおまえの中に挿入《はい》りたい」

「わたしも、リジオンとひとつになりたい」

そう言うと、リジオンがジェシカの足のあいだに身体を割り込ませてくる。腿《もも》にふれる彼のものはいつの間にか力を取り戻して、硬く張り詰めていた。

乳房を揉《も》まれ、時折乳首を摘《つ》ままれながら、ジェシカは再び落とされたリジオンの口づけに酔いしれる。

舌の付け根や口蓋《こうがい》の感じるところを舐《な》め回されて、激しい口づけに息も絶《た》え絶《だ》えになっていく。

だが、その苦しささえもジェシカの快感を煽《あお》るのだ。

「んっ……、リジオン……、んぁ、好き……っ」

濡れた音を立てる口づけの合間に、ジェシカは精一杯愛の言葉を伝える。

リジオンも片手でジェシカの髪を掻き上げ後頭部を支えながら、熱い思いを口にした。

「おれも好きだ。ジェシカ、愛してる。初めて会ったときからずっと……おまえだけを思っていた」

「嬉しい……」

胸がいっぱいになって、潤《うる》んだ瞳から涙がぽろりと零《こぼ》れ落ちる。

頬を伝った滴《しずく》を唇で優しく吸い上げ、リジオンはジェシカの足をさらに大きく広げた。

「挿《い》れるぞ」

ジェシカが頷くのを待たず、リジオンは深く腰を沈めてくる。

物足りなさにヒクヒク震えていた蜜口が、ゆっくり挿入《はい》り込んでくる熱塊《ねっかい》を歓迎するようにうねった。もっと奥まで欲しいとばかりに彼のものをぎゅっと締めつける。

「っ……、すごいな」

「あ、あう、んン……っ！　ん、ん……ッ」

リジオンの背に強く抱きつきながら、ジェシカはずぶずぶと挿入《はい》り込む彼の熱さと硬さを感じて、すぐにでも達してしまいそうになった。

深く繋《つな》がるにつれリジオンの身体がジェシカの身体にぴたりと密着して、汗ばんだ肌と肌を合わせる気持ちよさに熱いため息が漏れる。

「リジ、オン……、んあっ……」

ほんの少し身じろぎしただけで、蜜壺を埋める彼の角度が変わって、背筋がぞわぞわするほどの快感が這《は》い上がってきた。

おそらくリジオンも同じように感じたのだろう。ほんの少し息を詰めて、ジェシカの腰をしっかり抱え直した。

「すごい、リジオン……なんだか……、んっ……」

再びキスで唇を塞がれ、ジェシカは無意識に舌を差し出す。

下肢を繋《つな》げたまま、深い口づけを繰り返し――

「ふぁ、あっ！　……も、だめ……、いあぁぁああ……ッ!!」

「っ……！」

腰を動かさないまま、口づけだけで達してしまい、ジェシカは甘やかな悲鳴をほとばしらせる。

膣壁がうねってリジオンの肉棒をぎゅっと締めつけるが、彼はわずかに息を呑んで吐精に耐えた。

「あぁ、あ……、あ、ん……っ」

長く尾を引く絶頂の余韻に、ジェシカはびくんびくんと震えながら小さく喘《あえ》ぐ。ほんの少しの刺激にもお腹の奥がひどく疼《うず》いて、気づけば彼女は自分から腰を振っていた。

「ひ、んっ……、ん、ん、ン……、んぁう……っ！」

「ああ、すごくいやらしくていい眺めだ……。ジェシカ、そのままもう一度イってみるか……？」

「いや、いやっ……！」

リジオンの囁《ささや》きに、ジェシカはふるふると首を横に振った。

「お、ねがい、リジオンがイかせて……っ。リジオンと一緒がいい……！」

「……おまえのそういうところ、本当に……可愛すぎる」

「え……？　んあっ、いやぁ！　あっ……！」

両足が肩につくほど持ち上げられ、お尻が浮き上がった。

あられもない体勢に忘れかけた羞恥心《しゅうちしん》が舞い戻るが、強く腰を抱え直された瞬間、襲ってきた愉悦に彼女は淫《みだ》らな声を上げてしまう。

「ひぁあああ……!!　やっ、やぁあん、うッ……、んぅ、うあぁぁん……ッ!!」

ギリギリまで己の肉棒を引き抜いたリジオンが、真上からずんと剛直を突き入れてきた。

最奥《さいおう》を激しく突かれるのはもちろん、くびれた部分で膣壁を擦《こす》られるのがたまらなくよくて、ジェシカは甲高い声を響かせる。

これまでこらえていた思いをぶつけるように、リジオンは大きく腰を動かして何度もジェシカの中を攻め立ててきた。

「ひあっ、ああ、あっ、あぁあ、う……ッ!!」

奥を突かれるたび、湧き起こる激しい愉悦に息が詰まる。すっかり熟《う》れた膣壁を容赦なく擦《こす》られるとたまらなく感じて、抜き差しされるたびに身体から力が抜けていった。

彼が出て行くたびに、掻き出された蜜がじゅぷじゅぷと音を立て、あふれ出たそれが臀部《でんぶ》や内腿を伝って敷布にシミを作っていく。

感じすぎて苦しい。全身がどこもかしこも敏感になっていて、些細《ささい》な刺激にまで反応してしまう。

そんな中、ぷっくり膨らんだ花芯を強く摘《つ》まれて、ジェシカは悲鳴を上げた。

「いやぁああ――……ッ!!　あっ、い、イく……、ああっ……ッ！」

湧き上がる絶頂感に下肢を突っ張らせた瞬間、狙い澄ましたように奥を突かれて、ジェシカは再び高みへと押し上げられた。

「――ッ!!」

息もできないくらいの深い絶頂に、弓なりにしなった身体を硬直させたジェシカは、一拍おいてがくがくと全身を震わせた。はっ……と息を吐くと、どっと汗が噴き出し、腰から寝台に崩れ落ちる。そんな彼女を強く引き寄せて、リジオンは無言で腰を動かした。

まだ絶頂から抜けきらないジェシカは、激しい抽送《ちゅうそう》にびくびくと身悶《みもだ》える。

「ッあああぁ……!! リジオ、ン……んぁっ、あああぁぁ――ッ!!」

「ぐっ……!」

リジオンが低くうめいて、ひときわ強く腰を打ちつけた。

それと同時に、熱い精が身体の奥へどっと浴びせかけられて、ジェシカは再び達してしまう。白い喉をさらけ出し、がくがく震える彼女をきつく抱きしめて、リジオンは最後の一滴まで彼女の中に吐き出した。

ふれ合ったところが熱い……。汗ばんだリジオンの身体も、注《そそ》がれる精の熱さもすべてが愛おしくて、ジェシカは力の入らない腕で精一杯彼を抱きしめ返した。

リジオンもジェシカをきつく抱いて、快感の余韻に身体を小さく震わせる。

こんなに気持ちよくて幸せな行為があるなんて知らなかった……

幸福感で胸がいっぱいになり、ジェシカはぽろぽろ涙を零《こぼ》しながら、リジオンに頬ずりした。リジオンもジェシカの鼻先に口づけ、髪を優しく掻き上げる。

言葉がなくても満たされる、奇跡のような時間だった。

——舞踏会の緊張のためか、あるいは立て続けに絶頂を味わったせいか、気づけばジェシカはうとうとしていたらしい。

「ん……、リジオン……？」

「ああ悪い、起こしたか」

「ううん……」

半ば寝ぼけながら身体を起こしたジェシカは、ほら、とリジオンが水の入ったコップを差し出すのを見てパチパチと目を瞬《またた》いた。

「喉が渇いただろう？」

言われてみれば少し喉が痛む。ありがたく喉を潤《うるお》したジェシカは、ほっと息をついた。

リジオンに促《うなが》されるまま再び寝台に横になる。なんだか、すごく身体がだるい。

「何時……？　わたし、ずいぶん眠ってた……？」

「いや、おれも今起きたところだが、そこまで遅い時間じゃない。まだ舞踏会も続いている」

耳を澄ませば、遠くから音楽が聞こえてくるのが耳に入った。

ひとまずほっとしたジェシカは、もう少し微睡《まどろ》んでいようと目をつむる。リジオンも隣に並んで寝そべり、ジェシカの髪を優しく撫《な》でてくれた。

「明日になったら、さっそく結婚の準備に取りかかろう。今のおまえは綺麗すぎて、うかうかしていたら他の男に横から掻っ攫《さら》われそうだ」

「ふふ、リジオンったら」

気が早い恋人の頬を撫《な》で、ジェシカは小さく笑った。

「他でもない国王陛下が、わたしたちの婚約を認めてくださったのよ？　そんな心配いらないでしょうに」

「甘い甘い。第一、その国王がのこのこ出てきたらどうするんだ」

「あー……」

ありえないと言いたいところだが、もしかしたらと思う気持ちも否定できず、ジェシカはつい苦笑してしまった。

「早く結婚して家族になろう、ジェシカ」

「家族……」

その言葉にまた目が潤《うる》んできて、ジェシカは笑いながら泣きそうになった。

「嬉しい。わたし、お祖父《じい》様が亡くなって、今度こそ本当に一人ぼっちになったんだと思ったの。覚悟はしていたけれど、いざ本当に一人になったら寂しくてたまらなかった……」

けれど葬儀のあと、すぐにリジオンたちが駆けつけてくれて、忙しい日々を過ごしているうちに悲しみが徐々に薄れていったのだ。

それでも、一人残されることへの孤独感はずっと胸に巣食っていたらしい。

今になってようやくそれに気づいたジェシカは、その孤独がリジオンによって埋められていくのに気づき、花がほころぶように笑った。

「わたし、リジオンと家族になれるのね。もう一人ぼっちじゃないんだわ……」

「ああ、そうだ。絶対に一人になんかさせない。ずっとおれが一緒にいる。おまえの両親のぶんも伯爵のぶんも、幸せにするからな」

「リジオン……」

「だから、ほら、笑え」

頬を軽く摘《つ》まれて、ジェシカは笑い声を上げる。お返しにリジオンの鼻を摘《つ》まんでやると、今度は唇にキスされた。

「リジオン、大好き。ずっと一緒ね」

「ああ。愛してる」

微笑み合い、口づけを交わして、恋人たちは幸せな時間を紡《つむ》いでいく。

華やかな舞踏会の夜が更《ふ》ける中、リジオンとジェシカはしっかり抱き合って、お互いのぬくもりを伝え合っていた。

ノーチェ文庫

偽りの結婚。そして…淫らな夜。

シンデレラ・マリアージュ

佐倉紫《さくらゆかり》　イラスト：北沢きょう

価格：本体 640 円+税

異母妹の身代わりとして、悪名高き不動産王に嫁ぐことになったマリエンヌ。彼女は、夜毎繰り返される淫らなふれあいに戸惑いながらも、美しい彼にどんどん惹かれていってしまう。だが、身代わりが発覚するのは時間の問題で——!?　身も心もとろける、甘くて危険なドラマチックラブストーリー！

詳しくは公式サイトにてご確認ください

http://www.noche-books.com/

携帯サイトはこちらから！

NB ノーチェ文庫

契約花嫁のトロ甘蜜愛生活！

王家の秘薬は受難な甘さ

佐《さ》倉《くら》紫《ゆかり》　イラスト：みずきたつ

価格：本体 640 円+税

ある舞踏会で、勘違いから王子に手を上げてしまった貧乏令嬢のルチア。王子はルチアを不問にする代わりに、婚約者のフリをするよう強要してくる。戸惑うルチアだが、なりゆきで顔を合わせた王妃にすっかり気に入られ、なぜか「王家の秘薬」と呼ばれる媚薬を盛られてしまい——？

詳しくは公式サイトにてご確認ください

http://www.noche-books.com/

携帯サイトはこちらから！

Noche ノーチェ

甘く淫らな 恋物語

4月下旬 待望の文庫化!!

甘く激しいドラマチックラブ!

疑われたロイヤルウェディング

著 佐倉紫　イラスト 涼河マコト

初恋の王子との結婚に胸躍らせる小国の王女アンリエッタ。しかし、別人のように冷たく変貌した王子は、愛を告げるアンリエッタを侮蔑し乱暴に抱いてくる。王子の変化と心ない行為に傷つきながらも、愛する人の愛撫に身体は淫らに疼いて……。愛憎渦巻く王宮で、秘密を抱えた王子との甘く濃密な運命の恋!

定価：本体1200円+税

身も心も蕩ける溺愛……

愛されすぎて困ってます!?

著 佐倉紫　イラスト 瀧順子

王女とは名ばかりで使用人のような生活を送るセシリア。そんな彼女が、衆人環視の中いきなり大国の王太子から求婚された!?　にわかに信じられないセシリアだけど、王太子の巧みなキスと愛撫に身体は淫らに目覚めていき……。抗えない快感も恋のうち?　どん底プリンセスとセクシー王子のシンデレラ・ロマンス!

定価：本体1200円+税

詳しくは公式サイトにてご確認ください。

http://www.noche-books.com/

掲載サイトはこちらから!

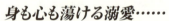

佐倉 紫（さくら ゆかり）
2012年よりWebにて小説を発表。乙女系恋愛小説を執筆しつつ、二児の育児に日々奮闘中。

イラスト：北沢きょう

マイフェアレディも楽《らく》じゃない

佐倉 紫（さくら ゆかり）

2017年4月30日初版発行

編集－本山由美・宮田可南子
編集長－塙綾子
発行者－梶本雄介
発行所－株式会社アルファポリス
〒150-6005東京都渋谷区恵比寿4-20-3恵比寿ｶﾞｰﾃﾞﾝﾌﾟﾚｲｽﾀﾜｰ5階
TEL 03-6277-1601（営業） 03-6277-1602（編集）
URL http://www.alphapolis.co.jp/
発売元－株式会社星雲社
〒112-0005東京都文京区水道1-3-30
TEL 03-3868-3275
装丁・本文イラスト－北沢きょう
装丁デザイン－ansyyqdesign
印刷－中央精版印刷株式会社

価格はカバーに表示されてあります。
落丁乱丁の場合はアルファポリスまでご連絡ください。
送料は小社負担でお取り替えします。

ISBN 978-4-434-23226-8 C0093